終物語 上

オワリモノガタリ

西尾維新
NISIOISIN

BOOK & BOX ORIGINAL DESIGN by VEIA

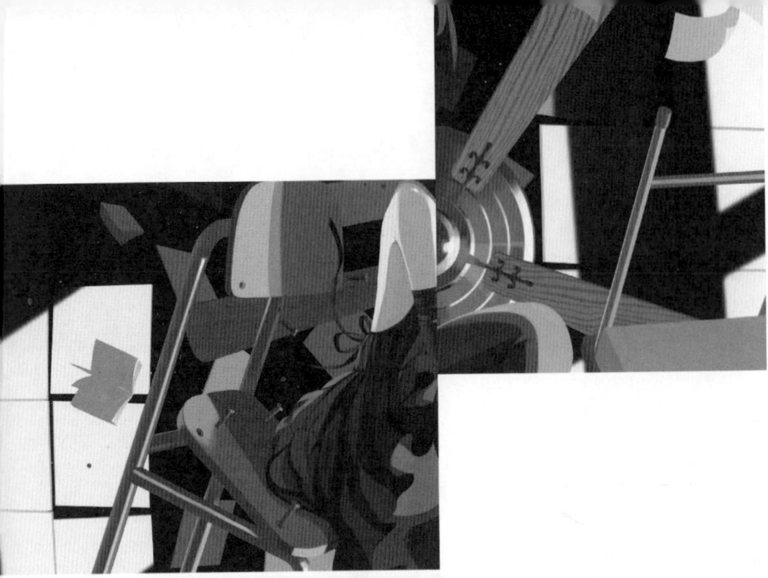

第一話 扇・公式

第二話 育・謎題

BOOK&BOX DESIGN
VEIA

ILLUSTRATION
VOFAN

第三話 育・喪失

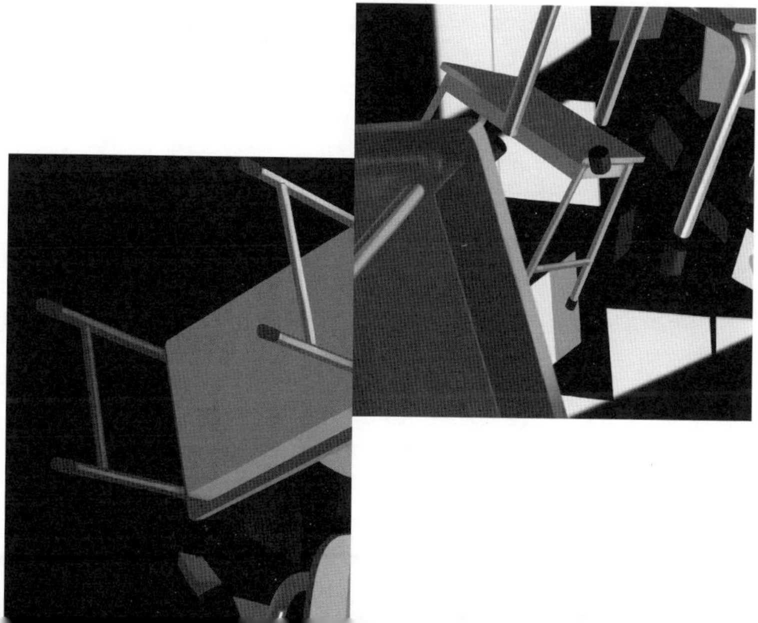

第一話　扇・公式

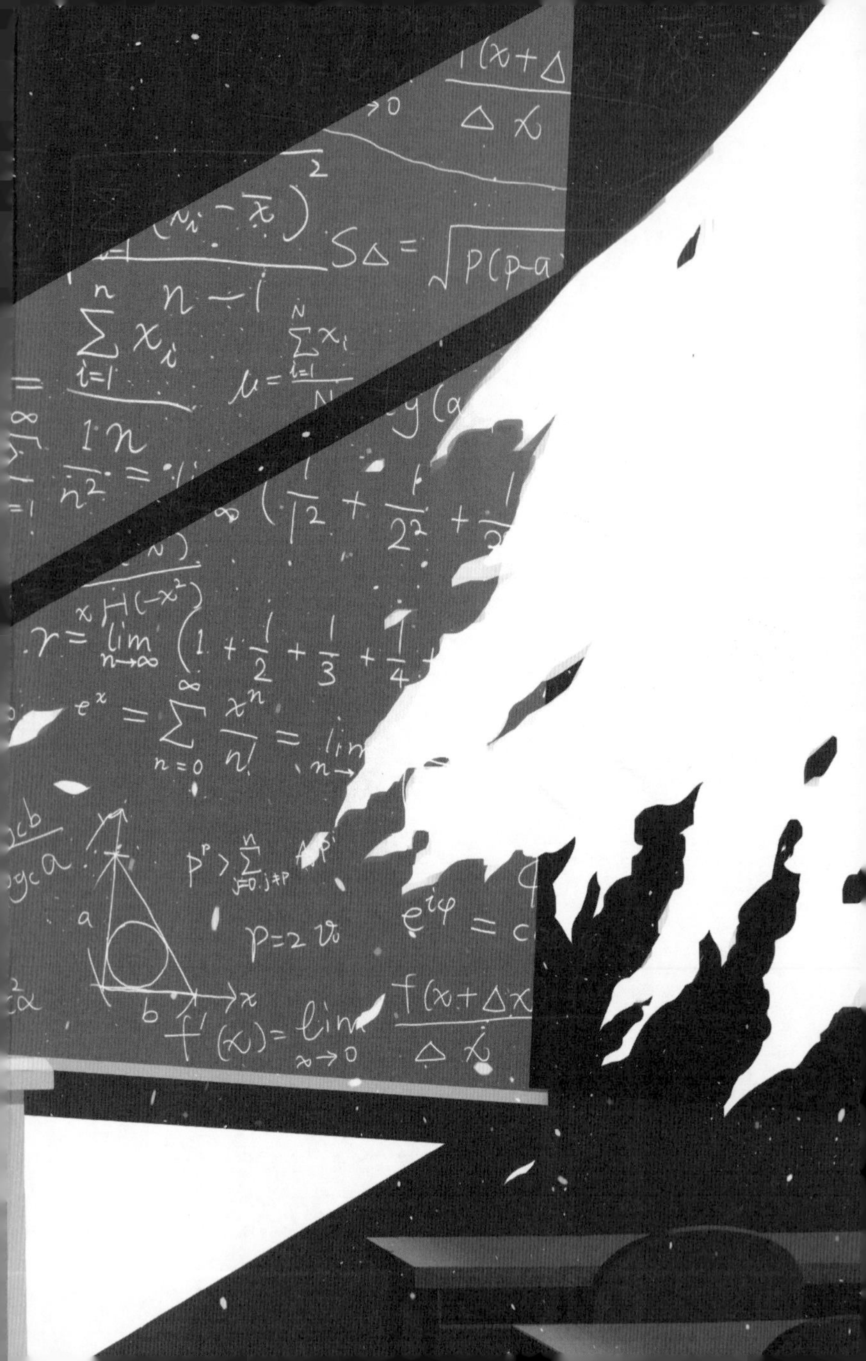

$e^x = \sum_{n=0}^{\infty} \frac{x^n}{n!}$
$f'(x) = \lim_{x \to 0} \frac{f(x+\Delta x)}{\Delta x}$
$p=2v$

O SHI NO OUG I

001

忍野扇是忍野扇。關於那個轉學生，真的只要用這句話就能做結。說出她的名字之後，就沒有其他好說的了。當然，若要這麼說的話，任何人都是他自己，不是他自己之外的任何人，極端來說，除此之外就沒什麼好說的。如同羽川翼是羽川翼、戰場原黑儀是戰場原黑儀。換言之，阿良良木曆是阿良良木曆。不過就算這樣，這個女孩忍野扇實在是過於忍野扇，簡直不是忍野扇以外的任何東西。如同「討厭的東西就是討厭」、「不行的事情就是不行」，忍野扇就是忍野扇，由此延伸的議論堪稱完全沒有發展性。已經清楚定義、認定、斷定，毋庸置疑是這樣的東西，基於這層意義，她非常像是數學——是的，大概僅次於忍野扇。

說到數學，各位知道「數學史上最美麗的公式」是什麼嗎？不，各位可別說不知道，任何人聽過都會想起來。我個人認為這不只是數學史上，甚至是人類史上最美麗的公式——「$e^{i\pi}+1=0$」。也就是歐拉恆等式。包括自然對數的底數e、圓周率π、虛數i，還有1與0。這五個基本數學常數毫無累贅收納在一條公式裡，如同待在自己應待的位置。如果這個世界有神，這條公式應該可以列為最有力的物證之一吧。

有趣的是——美麗的是，這條公式是「既定」的。若說考試有什麼必考的重點肯定是這個。換言之，歐拉恆等式對於人類來說不是構想的成果，是挖掘的成果。即使假設這個世界沒有人類，即使沒有任何頭腦想得到自然對數的底數、圓周率、虛數或是1與0，只要將自然對數底數的圓周率乘以虛數再加1，一樣會成為「0」。

雖然美麗，不過這麼想就覺得也很恐怖。

世界本身其實很模糊不清，而且生滅變化無常，極度容易顛覆一切，直到昨天的常識在今天被推翻，上午的規則到下午就違規，確切的價值一個都不存在，完全沒有目標與支柱，正因如此，我們只對完全空白的未來抱持希望……總覺得現代社會的風潮是如此認為，不過實際上，未來這種東西——未知這種東西，該不會從一開始就既定，只是我們不知道而已吧？未知或許單純是無知？

不知道圓周率的人，某天計算的時候湊巧用圓周除以直徑而得到π。即使愛因斯坦沒有將才華發揮得淋漓盡致，相對論本身也一直存在於那裡。比方說，即使不認識貝多芬，只要按照樂譜演奏，依然可以演奏出c小調第五號交響曲……什麼？

感動的程度不一樣？那就演奏到可以造成相同的感動就好。即使不是人類天才的代表——文森・梵谷本人，只要處在相同的環境，從相同的角度，使用相同的繪畫工具，以相同的筆觸與筆壓，拿相同的花來作畫，說來難以置信，任何外行人都畫得出「向日葵」。讓猴子一直打字，或許總有一天寫得出莎士比亞的作品。

答案不會改變。既定的事物不會改變。

人們之所以覺得「變了」、覺得「變新了」，只不過是對於「預先決定的另一個程式開始執行」這個事實產生會心一笑的錯覺。

基於這層意義，世界與未來完全不是什麼模稜兩可的遊戲，不是模糊不清的留白。只存在著「這麼做會變成這樣」這種嚴謹既定的公式。如同「討厭的東西就是討厭」、「不行的事情就是不行」，既定的事物就只是既定的事物，沒有意志干涉的餘地，沒有內心卡位的空隙。因此構想只是挖掘、發明只是發現。不，即使是這個發現或許也只是再度發現。我拚命尋求解答，絞盡腦汁思索的難題，或許打從一開始就備好模範解答之類的東西，在觀察者眼中，我的摸索只不過是通往該處的「遠路」。

觀察者。

或許，這個觀察者是怪物。

雖然這麼說，但如果是忍野扇——如果是那個轉學生，即使是歐拉恆等式的美，或許也會抱怨幾句吧。

就像這樣。

「是的，阿良良木學長，確實很美麗，美麗到快要讓我昏倒。最美麗的在於最後的答案是0。雖然這麼說，不過就我看來，既然答案是0，我認為根本用不著刻意去計算。」

我聽完之後，果然會認為忍野扇是忍野扇，沒有其他的形容方式。一切在她面前都是0，即使她做出多麼不像她的事，依然會變得像是她會做的事。

所以這次是數學的物語。來學習吧。

聽到「數學」可能容易繃緊神經，所以改成比較平易近人的「算數」也行，甚至也可以更直接說要聊聊「數字」。因為這次是以數量來決定解答的物語，也就是少數服從多數——「表決」的物語。

少數服從多數。

連錯誤的事情都能轉換為真實的唯一方法。

不是追求幸福，而是追求妥協，如同堆積木的方式。

我們的不等式——我們的不當式。

真正可以宣稱是人類發明的東西，大概只有這個吧。而且這也是人類史上最醜陋的公式。

002

獨自和首次見面的學妹一起被關在神祕的教室裡超過一小時——如果有人經歷過這種事，我真想請他指點迷津。不過就算這麼說，在這個教室裡，手機如同理所當然般收不到訊號，Ｗｉ－Ｆｉ訊號似乎也被阻斷，所以現在的我甚至不被允許向外界求助。

「不行耶，阿良良木學長。」

我雙手雙腳全力運作，嘗試打開教室前門時，小扇說出這句話，碎步走來。

「啊啊，我剛才的意思並不是說阿良良木學長不行。是說我雖然試過各種方法，但是窗戶與氣窗果然都動也不動。」

「……不，我認為在這種狀況，根本不會將妳那句話解釋成『我不行』的意思。」

這是哪門子的註釋？

心情變得有點差的我這麼說。

「我這邊也不行。」

「啊啊，果然阿良良木學長也不行嗎？」

「妳是故意的吧？講得好像是我不行一樣。」

「我完全沒這個意思啦……」

小扇如同裝傻般笑了。她雖然一臉笑咪咪的，不過看起來不太像是愛開玩笑的人，所以先相信她沒這個意思吧。

看來我們被關在這間教室了。確定這件事之後，我與小扇分工合作，各自尋找逃脫方法。我調查平常的出入口，也就是設置在教室前後的門，小扇則是調查窗戶。

「不是上鎖……感覺像是用強力膠之類的東西固定。」

我轉動麻痺的手臂，說出剛才和門板奮戰將近一小時的感想。身為最高年級的學生，花費一小時得出的結論卻是「感覺像是」，感覺有點丟臉，不過事實就是事實。

相對的，小扇——這個最低年級的學生，身為直江津高中初學者的轉學生，掛著微笑說出比我精闢的調查結果。

「是的，如我剛才所說，窗戶完全拉不動。說到鎖頭，窗框的月牙鎖是可以動的，可以自由開關，也可以關著鎖住窗戶。不過，最重要的窗框推不動。月牙鎖關著的時候當然推不動，開著的時候也推不動。是的，『感覺像是』用強力膠之類的東西固定。」

「…………」

小扇在最後模仿我的幼稚形容句，不知道是給我這個學長面子，還是在消遣我這個學長。我難以判斷。

「所有窗戶都不例外？」

「是的。我當然徹底確認過了，可不是偷工減料的抽樣調查。包括大窗、氣窗、靠走廊的窗戶、靠體育館的窗戶都推不動。」

小扇說。

「靠體育館的窗戶嗎……」

我說著轉身看向「那邊」。老實說，比起被關在教室的這件事本身，另一件事──「另一邊」的問題比較大。

當然不是風景本身出問題。窗外沒有成為魔界，也沒有滿滿的恐龍或是化為火海，只看得到普通的體育館──平凡無奇的直江津高中體育館。比方說，神原退休的籃球社，現在應該正在裡面練球吧，但是這邊聽不到打球聲，或許是因為這間教室隔絕了室外的聲音。

連聲音都禁止進出，真的隔絕很徹底，不過相較於「窗外的風景」，可能連這一點都不是問題。

不，就說了，體育館只是普通的體育館，完全沒有異狀。

問題在於我們所在的這間校舍，以角度來說不可能看得見體育館。

「原本……從這裡肯定看得見操場才對。」

是的。我與小扇來到的這間校舍和操場平行，所以在窗邊看得到的社團活動應該是棒球社或田徑社，不是室內競賽的籃球社。

「…………」

可以的話，我很想從窗戶探出上半身轉頭環視，進一步檢查窗外的風景，但在窗戶打不開的現在做不到這種事，只能從理所當然存在的體育館，感受到理所不當然的詭異感。

還是說我誤會了？我自以為來到面對操場的校舍，卻不小心來到面對體育館的校舍？不，面對初次見面的學妹想要帥的我，不可能犯下這種嚴重的錯誤。

到頭來，我們所在的樓層明明是三樓，窗外體育館的「角度」卻不對勁。必須是從五樓，至少也要從四樓，才會像那樣看見體育館的屋頂。哎，既然考慮到走錯校舍的可能性，應該也得考慮到走錯樓層的可能性吧……

不過，即使窗外風景不合理的原因只是我搞錯，我與小扇受困在教室的現狀也完全沒變。

即使如此，除了從窗戶探出上半身，還有其他方法可以確認這裡是幾樓嗎？

「或許差不多是時候了。」

我的思緒在這種地方原地踏步時，小扇這麼說。

「是時候？什麼時候？」

「動用粗魯手段的時候。阿良良木學長，請想想，這樣下去，我們都會餓肚子，會餓死或渴死。」

「哎，是沒錯啦……」

我認為現階段擔心餓死還有點小題大作，但要是這樣繼續受困，確實會產生這種必然的結果。不，我自信稍微可以挨餓，不過正值發育期的小扇可不行。

「可是，妳說的粗魯手段是……」

我轉身想問這是什麼意義，但我的問題沒意義了。因為一目了然。小扇以雙手抱起排列在教室的其中一張桌子。接下來是打掃時間，她看起來像是要搬開桌椅掃地，但小扇正要進行的是和打掃完全相反的「弄亂」行為。

「一，二，三！」

隨著這聲吆喝，小扇將手上的桌子砸向窗戶。不是砸向靠走廊的窗戶，是靠體育館（原本應該是靠操場）的窗戶。事後她說「如果往走廊窗戶扔，外面剛好有人經過會很危險」，不過朝戶外扔桌子的風險應該也差不多吧。破掉的玻璃與扔出去的桌子加上位能（無論這裡是三樓或五樓），甚至可能更危險。

但是無論如何，我都白操心了。小扇砸向窗戶——砸向玻璃的桌子，如同理所當然般，像是撞到堅硬牆壁的彈力球一樣反彈，抽屜裡的課本、筆記本與筆盒等物品灑滿地。桌子的主人似乎在抽屜塞了不少東西，散落程度只能以悲慘來形容。桌子反覆彈跳到最後，以四腳朝天的模樣停止。

玻璃完全沒受損。

補充一下，彈跳的桌子以及灑滿地的物品也只是散落在各處，沒有摔壞或摔裂。這就是小扇使用「粗魯手段」的結果。換句話說是毫無結果的結果。

「……既然要砸，考量到後續收拾，拿空桌子砸比較好吧？」

我說。不對，這麼說來，如果只是想拿東西試砸，其實不用硬是扛桌子，椅子比較好拿吧？畢竟要破壞的東西是玻璃，就算不能赤手空拳直接打，個子絕對不算高大，雙臂也不強壯的她，為什麼要刻意選擇桌子？我對此抱持疑問。

不過這個疑問立刻得到解答。因為小扇從抽屜灑出來的物品之中，撿起一支（筆盒裡的）原子筆，拿著筆走向黑板。看來她是為了省下找筆的力氣，秉持一石二鳥的精神，所以不是扔椅子，而是扔那張裝滿物品的桌子。搞不懂這樣是合理還是嫌麻煩。不過這個疑問消除之後，又出現下一個疑問。她拿那支原子筆究竟要做什麼？既然發出「喀」的聲音，她應該是把筆尖按出來了，不過要在黑板寫字的話應該不是用原子筆，而是用粉筆才對……

「！」

我來不及阻止。她以那支原子筆朝黑板用力劃下去。在密閉程度超乎平常的這間教室，極度折磨人類神經，非常刺耳的那種高音——沒有響起。

沒有聲音。

即使是看起來沒有手下留情，如同刀割的這「一筆」，別說刮傷黑板，連原子筆的墨水都沒留在上面。我甚至以為只是我眼花以為小扇在劃黑板，實際上她只是憑空一揮。

「不行耶。嗯。」

「小……小扇，妳想做什麼？」

「沒有啦，因為沒辦法敲壞，所以我想用聲音的共振震破玻璃。」

小扇隨口這麼說。她面不改色說出「用聲音震破玻璃」這麼高難度的事，然後失敗了。但小扇就這樣面不改色將原子筆扔到地上，如同早就知道會失敗。

拿桌子砸玻璃，同時從散落的內容物拿起原子筆，這樣的行為算合理吧。但是結果把教室弄得這麼亂就不合理了……如此心想的我收拾周邊負責復原。啊，不過她刻意把教室弄亂到讓我想這樣整理，就某方面來說很合理？

「嗯……」

我擺好桌子，整理好課本放回抽屜時，不經意看到一個以油性筆寫的名字。「一年三班　深遠」。

這裡是一年級的教室？既然上面這麼寫，應該是這樣吧……我剛才進來的時候沒看門牌。到頭來，我甚至不記得有沒有門牌。不，重點在於深遠？深遠……慢著，這是常見的姓氏嗎？

「阿良良木學長，抱歉在您忙碌的時候提出這個要求，方便過來一下嗎？」

小扇的聲音打斷我的思緒。居然說我忙碌，我是在收拾妳弄出的殘局……我很想這麼說，但還是暫時停止收拾，聽話走向小扇。她不知何時移動到我直到剛才奮戰的教室前門。

「啊啊，不是不是，請再退後一步。右邊一點，過頭了，往左。唔～再退後半步。可以繃緊心情抬頭挺胸嗎？」

……她的指示真細。我完全不知道她在想什麼、她想做什麼。會這麼說是因為她剛才拿桌子砸玻璃又拿筆畫黑板，我以為她已經不再對這間教室使用暴力手段，但我錯了。她還有一個手段。而且是特別暴力的手段。

小扇壓低身體，緊接著，一記強力的肘擊打向我的心窩。我的反射神經沒發揮功能，這一招漂亮命中。

「咕啊！」

我依照指示抬頭挺胸的身體如同發條玩具往前彎，當場翻身倒下。翻滾力道過猛，腦袋差點撞上門板，最後只是稍微擦過，我就這樣蜷縮在地上。

「咕……啊……小……小扇，妳做什麼……」

「嗯，果然不行耶。」

我連呼吸都變得困難，小扇卻毫不在乎瞥向我這麼說，一點都不愧疚。

「沒有啦，我想說能不能用胃酸腐蝕門。就算打擊與共振無效，說不定可以溶解。不過看來這個方法也沒用，只有弄髒門而已。假設真的可以溶解，阿良良木學長那一點點的胃酸肯定也沒辦法溶解整扇門就是了。等等請擦乾淨喔。」

「…………」

看來她的肘擊目標不是心窩，而是胃，目的是要我吐出胃液。這女生長得一副乖巧的樣子卻這麼亂來。我為什麼非得突然被首次見面的女生打啊……搞不懂這是什麼因果報應。

「啊啊，對不起，會痛嗎？」

她睜眼說這種瞎話，我反而氣不起來，甚至覺得灑脫。話是這麼說，其實幸好我所處的家庭環境，已經讓我習慣這種暴力行徑了……居然習慣肚子挨揍，這家暴真誇張。

這不是報應，而是造孽吧？

「還好，沒什麼大不了。」

我愛面子這麼說完起身。故做平靜就算了，如果像這樣在學妹面前耍帥會落得現在這種結果，我在這個局面差不多該換個態度了。

「這樣啊，不愧是阿良良木學長。總之，雖然我不在意自己吐胃液，不過這樣的構圖似乎不太好。以阿良良木學長的個性，與其由女生吐胃液，應該會寧願自己吐胃液吧，所以小女子才會冒昧這麼做。」

「真是謝謝妳這麼貼心啊……確實，以我的個性，與其由女生吐胃液，我寧願自己吐。」

我的個性也被歸類得太偏頗了，而且到頭來，「吐胃液」這種假設根本有問題，不過我就像這樣適度回應笑咪咪的小扇。但我還是無法分辨這張笑容究竟是在瞧不起我，還是把我視為可靠的學長而依賴。

原來如此。這種深不可測的感覺，確實像是「那個人」的姪女。

不過外表一點都不像。

「無論如何，現在確定窗戶與門都不可能破壞。既然沒有專業工具，當然也沒辦法打破牆壁吧。」

「如果有塑膠炸彈，炸一下就能搞定了。」

小扇語出驚人。實際上，她用手肘打我的時候毫不猶豫，由此看來，如果她手邊真的有炸藥，應該會斷然使用吧。她這麼做是否能炸開這間教室的牆壁另當別論，但是教室裡的我們肯定不會全身而退吧。

「沒辦法，這下子得長期抗戰了。出怪招消耗精力反而比較有問題。小扇，等外面的人來救援吧，幸好神原知道我們在這裡。」

我大方地說。盡量以開朗、抖擻的語氣說。

坦白說，我現在的心理狀態沒這種餘力，但是為了讓學妹安心，我想展現自己的度量。以小扇的立場，獨自和剛認識的男生待在密閉空間，光是這樣應該就相當不安吧……由此看來，剛才的肘擊也可以視為一種威嚇，是戒心的顯現。

無論要怎麼做，我覺得此時此地的表現是男子漢氣概的考驗。應該說要是在這時候選錯選項，肯定會邁向毀滅。

「是這樣的嗎……」

不過小扇一副不太擔心，不以為意的樣子。或許只是和我一樣在逞強吧。

「我身為神原學姊的超級粉絲，同樣期待她前來搭救，但我認為不太能期待外部的救援。」

「嗯？為什麼？放學之後，兩個學生突然消失耶？就算神原沒察覺，像是妳的同班同學或我的同班同學，肯定有人會察覺，到時候就驚動全校了。」

形容成「驚動全校」或許太誇張了。至少我的同班同學發現我不見，應該只會當成「老樣子」來處理。包含戰場原與羽川都是如此。不過以小扇的狀況，剛轉學進來的學生失蹤，應該會成為話題。

「只要看我們的書包還在位子上，就知道我們沒有離開學校。這麼一來，遲早肯定有人找到這裡……」

「阿良良木學長，您真依賴他人的拯救耶，明明人只能自己救自己。」

「！」

「抱歉，這是叔叔秉持的主義，跟我或阿良良木學長都無關。不提這個，阿良良木學長，雖然依賴同伴不是壞事，但我認為基本上我們還不應該放棄自行逃脫喔。因為……」

小扇伸出手指，指向掛在黑板上方的時鐘。

看到時鐘的瞬間，我僵住了。

從我們進入這間教室至今，時鐘的指針連一分一秒都沒走動。我們明明已經受困在這裡超過一小時，這間教室卻連一秒都還沒經過。

「當然不是時鐘沒電吧？」

小扇笑咪咪地說。

003

這個事件發生在我春假被金髮金眼吸血鬼襲擊半年後的十月下旬某日。午休時間，我在教室的自己座位準備吃便當時，我可愛的學妹神原駿河來了。

「嗨，阿良良木學長！是我神原駿河！」

這學妹還是一樣充滿活力。

「只有您一人嗎？只有您一人吧！」

而且這學妹也還是一樣沒禮貌。

「不，該說只有我一人嗎……」

我好想幫自己找藉口。哎，面對充滿正面能量的這個學妹，我總是懾於她的氣勢而畏縮。

「進入第二學期，戰場原和羽川的交情變得很好……不跟我一起吃便當。」

她們兩人正在進行午餐約會。這是女生友情戰勝愛情的罕見案例。

「是喔，那您和其他朋友一起吃不就好了？獨自吃午餐是最寂寞的事。」

她毫不客氣說出難以啟齒的事。我不反對這個主張，但就算這樣，人還是得吃東西才能活下去。即使沒有其他朋友也一樣。寂寞與孤獨都是人生的一部分。

不過，這傢伙真厲害。

她就算來到三年級的教室也毫不畏懼。感覺隨時會擅自找空位坐。雖然已經從社團退休，但她不愧是一度風靡全校的明星。

「總之，我為寂寞的阿良良木學長帶來一則好消息。」

「好消息？喔，我很好奇，務必說來聽聽。我最喜歡好消息了。」

我其實不太好奇，但如果可以別再提我孤單吃便當的事，無論是國際政治論還是ＩＴ產業的消息，任何好消息與壞消息我都想聽。

「那個，其實我想介紹一個孩子給阿良良木學長認識。」

神原說著，以纏滿繃帶的左手指向教室門口。那裡有一個從走廊探出半個身子的嬌小女生。

「…………」

想介紹的孩子……那個女生嗎？沒見過，不知道是誰……不對，神原說想介紹，所以我當然不認識。是神原在籃球社時代的學妹？不過，神原為什麼想介紹那個素昧平生的女生給我認識？從她給人的感覺判斷，應該是一年級……不過這裡距離她太遠，看不到她的學年章……

「很可愛吧？」

神原這麼說，如同任何疑問在「可愛」面前都會消失。說來意外，這算是世間的真理。

「介紹正妹給阿良良木學長的風險很高，但是當事人這麼拜託就沒辦法了。我也是忍痛做出這個決定。哎，戰場原學姊與羽川學姊湊巧不在真是太好了。」

「妳把我當成什麼了？」

「我覺得學長比動物近似人類。」

「是沒錯啦……」

不過，神原她們確實像是抓準兩人不在的時機過來。戰場原與羽川今天湊巧出去，但平常大多在教室吃便當（在這種時候也不讓我加入），所以該不會真的是抓準時機過來的吧？

話說，「介紹」是吧……

如各位所知，我的個性不太善於交際，所以不問男女老少，不太喜歡見陌生人。但神原最喜歡見陌生人，是超級善於交際的個性，要她理解我這方面的心態應該強人所難。

「不，我不擅長見陌生人。」

要是我這麼說……

「這樣啊！那就變得擅長吧！」

神原肯定會這樣回應。

到頭來，我上上個月才「介紹」某人給神原認識。依照當時的狀況，與其說是「介紹」更像「仲介」，總之雖然是逼不得已，讓神原見到那個相當危險的人物，我至今依然過意不去。對了對了，回想起來，我在這之前也曾經介紹暴力妹妹火憐給神原認識。所以如果神原想介紹某人給我認識，即使這個人是誰，我都非見不可吧……說真的，這傢伙的人際關係過於廣泛，交到什麼朋友都不奇怪。

不過，在教室外面等待神原牽線的女生，我完全不覺得虧欠她什麼。只是該怎麼說，她給我一種來路不明的感覺……

「放心，阿良良木學長。」神原如同看穿我內心的不安，咧嘴笑著這麼說。「我確實讓她脫掉內衣了。」

「給我滾回妳該回的地方！」

「放心放心，雖然讓她脫掉，不過也只是脫掉內褲，胸罩還在身上。記得阿良良木學長是想親手脫女生胸罩的那一派吧？」

「妳跑來三年級教室到底在講什麼啊？我沒加入什麼派或什麼組！」

神原是校內的風雲人物，我們的對話本來就吸引旁人注意，引人注目了，她還這樣語出驚人……幸好旁人似乎沒聽到神原的變態發言，認為我正在單方面臭罵神原，以為我仗著學長身分耍大牌的責難視線刺得我好痛。換言之，現狀對我來說毫無「幸好」可言，不過總比神原的變態個性公諸於世來得好。

「咦？連內褲都想親手脫？阿良良木學長的男子氣概真不是蓋的，到底多麼想要掌握主導權牽引女生啊？啊，這裡說的牽引不是ＳＭ的那種意思。」

「我真想拿個項圈套在妳身上。不是ＳＭ的那種意思。」

其實我真正想套的是鈴鐺。雖然這麼說，但這段對話應該是神原平常代替問候語的玩笑話吧。我也差不多習慣了。

「所以，那個孩子是誰？是什麼身分？妳說想介紹給我……但我不是值得被介紹認識的人啊？『終生自我介紹』是我阿良良木曆的宣傳標語耶？」

「天底下哪有這麼悲哀的宣傳標語？一點都沒有宣傳到吧？沒有啦，她說要找阿良良木學長諮商，所以希望見您一面。」

「找我諮商？喂喂喂，這才真的荒唐吧？找誰諮商都行，唯獨不能找阿良良木諮商。這種諮商在校內隨處可見耶？」

「什麼嘛，原來周邊的傢伙都在諮商這種事？那我去揍飛他們。」

「暫停暫停暫停！開玩笑的開玩笑的開玩笑的！」

神原洋溢相當凶暴的氣息瞪向我的同班同學，我連忙認真阻止她。就班上同學看來，應該是明星神原結束話題想離開卻被我硬是拉住（我的好感度暴跌），但我其實救了他們。我上上個月才得知神原的左手至今依然擁有「揍飛」他人的力量，所以我是真心阻止她亂來。

「所以，那……那個，要諮商什麼事？我……我好歹也是那對火炎姊妹的哥哥，所以偶爾也會接受別人的諮商喔。既然是妳介紹的就更不用說了。」

「我也沒問詳情，不過似乎是關於怪異的諮商。」

「咦？」

關於怪異？

「嗯，那孩子好像知道一些事。」看到我表情閃過一絲驚慌的神原說。「像是知道我左手的事，也知道阿良良木學長血液的事。她說是叔叔告訴她的。」

「叔叔……」

「那孩子是不久之前轉學過來的一年級。說來驚訝，她是忍野先生的姪女，叫做忍野扇。」

我維持驚慌表情，再度看向她——忍野扇露出的半個身子。我在這時候第一次和她四目相對。

是一雙如同吸入一切的漆黑眼眸。

004

「不對勁吧？」

「不對勁。」

「不可思議。」

「不可思議。」

「換句話說，就是很怪。」

「很怪……」

很怪。很怪異。

忍野扇——小扇在我桌上打開筆記本，指著上面的圖平淡地說。我回想起在八月的時候，曾經像這樣和臥煙小姐面對面做類似的事，但當時開會使用的不是筆記本，是平板電腦。如今高中生使用平板電腦已經不稀奇了，不過既然是那個忍野的姪女，使用傳統工具或許比較合她的個性。

畫在筆記本上面的，是直江津高中的內部構造圖。畫得非常好，似乎是使用專業工具繪製的，難怪敢大方拿給首次見面的我看。甚至足以就這樣掛在玄關門口展示。

「不對勁吧？」

小扇重複說。她就這麼指著這張圖上的某處。

「…………」

聽她說明的我，以半邊視野看著圖，另一半視野則是看著她——她的眼睛。如同吸入一切的漆黑雙眼。

這麼說來，我想起臥煙曾經自稱是「忍野咩咩的妹妹」。為什麼不是姊姊，是妹妹？當時我認為這個人又在亂講，原來當時的自稱是參考實際存在的人物。仔細想想，那位臥煙小姐行事不可能「隨便」。

只不過，六月離開這座城鎮的那個專家，他的姪女為什麼現在轉學過來？我個人無法不在意這件事。神原似乎只認為「原來真的有這種神奇的緣分」，不過經歷八九寺事件的我可不這麼認為……

「請問……阿良良木學長，您在聽嗎？」

「啊，那個……」小扇提醒我心不在焉，我連忙掩飾。「小……小扇，妳坐吧？我是在意妳站著應該不方便說明。這附近座位的傢伙們都去操場了，沒打鐘肯定不會回來。」

讓第一次見面的學妹站著，我卻坐著。我表示過意不去而如此提議，但是小扇婉拒了。神原到最後也沒坐，不過小扇婉拒的說法很猛。

「不，很抱歉，我有潔癖，這種不知道誰坐過的椅子，我不想坐。」

「……這樣啊。」

潔癖是嗎……既然這樣，她大概沒辦法和她那個叔叔一樣，住在如今拆掉的補習班廢墟吧。

「不過如果是阿良良木學長的大腿，我就願意坐。」

「別這樣。」

「啊～阿良良木學長，您正在想色色的事情對吧～？」

小扇拍手開心地說。嬉鬧的這一面感覺像是平凡的一年級女生，但這種舉止並沒拭去我對她深不可測的印象。

「色色的事情是妳說的，罰妳就這樣站著。」

「真嚴厲耶。」

「所以，剛才說了什麼？哪裡奇怪？」

「連筷子滾動都覺得奇怪又好笑——這句俗語就是在講我這個年紀的女生。那個……您想想，我是轉學生吧？該說是家庭因素嗎……我經常因為私人原因轉學，甚至記不得已經轉學幾次。」

「是喔……真辛苦啊。這麼說來，記得神原念小學的時候也轉學過……」

順帶一提，神原離開了。她介紹小扇給我認識之後沒多久，就全力跑得無影無蹤。那個傢伙大概很忙吧……還是說她認為自己不應該旁聽諮商的詳細內容？

「轉學果然辛苦吧，畢竟周圍的環境完全不同。」

「是的。不過我終究習慣了。然後，我每次轉學，首先都會在轉學後的學校做某件事。學長認為是什麼事？」

「是……跟老師們打招呼？」

「這我有時候不會做。」

「居然有時候沒做？」

「我每次會做的事，就是像這樣製圖喔。」

小扇翻開筆記本內頁。雖然是新的筆記本，不過很多頁已經畫滿校舍的圖，看來將直江津高中畫得相當詳細。不只是平面圖，還有立體圖。全景的俯瞰圖是怎麼畫的？簡直是空拍。

「我想掌握接下來照顧我的學校，說穿了就是我的癖好。您覺得奇怪嗎？」

「不，並沒有……」

老實說，我覺得這種行為挺奇特的，不過我知道某兩人在入學時做過類似的事，所以不方便直接斷言這樣很奇怪，反倒因為除了某兩人之外還有人會做這種事而率直感到驚訝。

小扇是第一次見面的對象，又是那個深藏不露的忍野姪女，所以我到目前都是劃下界線抱持戒心和她相處，但她這個奇特行徑讓我冒出些許親切感。

「我喜歡洋館類型的推理作品。光是在開頭放入簡圖，我就覺得很有趣。所以在自己展開嶄新校園生活時，我想要像這樣在一開始放入簡圖。但我並沒有期待命案發生就是了。」

她說完笑了，不過隱約洋溢神祕氣息的她講這種話，聽起來實在不像是隨口說說。如果她說自己畫簡圖是為了在命案發生時拿來參考，我或許會率直相信。

「這樣啊……借我看一下。」

「咦？看內褲嗎？」

「不，看筆記本……」

這是神原以學妹立場會講的話。神原的變態在周圍的努力之下並未傳開，既然小扇受到這種影響，她和神原或許走得很近（不過從這段發言判斷，神原剛才說已經讓小扇脫掉內褲，果然只是嘴巴說說），但是剛轉學進來的小扇經過何種過程和神原這麼熟，我還挺在意的。哎，神原跟任何人都容易打成一片……我翻閱筆記本，將內容從頭看到尾。這樣看過就發現，明明是就讀將近三年的學校，卻有各種我不知道的設施，使我體認到自己平常的校園生活過得多麼散漫。

「……話說回來，小扇，妳畫得真好。我不太擅長看地圖，所以看這種東西大多沒什麼感覺，但我光看這本筆記本，就覺得好像真的在逛校舍。」

「非常榮幸能得到學長稱讚。既然這樣，您知道我在說哪裡不對勁吧？」

「嗯。就是……」

我不知道。雖然我剛才不是在奉承，但是這樣下去，會變成我隨口胡亂稱讚她很會畫。不得已，我勉強擠出一些想法。

「是校舍太多之類的嗎？從全校學生人數來看，肯定能省掉一棟校舍……」

「完全不對。您是笨蛋嗎？」

語氣恭敬卻惡毒。我一瞬間以為惹她生氣了，但小扇依然笑咪咪的，看來沒生氣。既然這樣，她這種獨特的用詞，是因為頻頻轉學到各處嗎？雖然她講得很過分，但是在這塊土地，這是很普遍的第二人稱。

「這只是少子化的影響吧？以前肯定需要這麼多校舍。空教室很多，是因為學生人數比創校當時來得少，這是可以推測的事。我說的不是人數，是這裡。」

「哪裡？」

「這裡。」

小扇從我手中拿回筆記本，翻開某頁指著某處——剛才也指過的某處。但我無法在該處發現疑點。

「格局怪怪的。」

小扇主動開始說明，如同不想等我這個笨蛋回答。

「怪怪的，不太自然。學長，請看正上方與正下方的樓層。」小扇翻到前後頁繼續說。「兩層樓各有房間對吧？既然這樣，夾在中間的這層樓應該也有一個房間，不然就不對勁了。」

「不對勁……」

我再度以這種先入為主的偏見檢視簡圖，卻看不出和剛才有什麼不同。

「可是，三樓這裡不是也有房間嗎？就是視聽教室……」

「這是因為簡圖畫錯了。該說畫錯嗎……我姑且是配合現實狀況畫圖，不過實際的視聽教室沒這麼長。跟周圍相比，我把視聽教室畫得長了一點五倍左右，您有發現吧？」

「唔～……」

和周圍教室比對的話，哎，看起來似乎如此。我在學生生活也使用過好幾次的這間視聽教室，肯定沒這麼大。不過，這種程度應該還在容錯範圍……小扇也不可能是以工地會用的正式測量工具完成這份簡圖。肯定是漏掉這層樓的某間教室，或是用錯單位，這種錯誤點滴累積之後，視聽教室才會變長吧？

「咦咦咦？阿良良木學長，難道您懷疑我？居然被阿良良木學長懷疑，我好受傷……」

「慢著，妳沒有喜歡我到被我懷疑就會受傷吧？」

「不不不，我仰慕學長喔。我仰慕輕易就上當的笨蛋。」

居然隨口又把我當笨蛋。如果是和昔日的戰場原一樣以輕蔑表情這麼說就算了，但她是掛著笑容這麼說，所以我真的沒辦法辨別這是無心之言還是臭罵，產生認知障礙。

「我沒犯錯喔。如果這是我的疏失，我會脫光衣服張開雙手當成尺規重新測量學校一次。」

「妳打的這張包票也太冒失了吧……」

如果是我，再怎麼充滿自信也不會打這種包票。

「如果不是疏失……」小扇輕聲一笑。「而是推理小說，平面圖像這樣和實際狀況不符的時候，大多是因為該處有隱藏的房間。」她這麼說。「阿良良木學長，如果這裡有一個房間大的空間，而且塞滿金銀財寶，您會怎麼做？」

「學校為什麼會有隱藏的財寶啊……就算找到，應該也不會歸我所有吧？」

「真沒夢想耶。所以說考生都很現實，真讓人受不了。」

「假設不是妳繪圖的時候出錯，當成是蓋校舍的時候出錯比較妥當吧？換句話說，這裡是死角，只用水泥之類的東西填滿。」

我不記得視聽教室旁邊有這種水泥牆，但如果問我這個區域有什麼東西，我記憶很模糊。因為在學生生活中，只要記得自己教室的位置就沒問題。

「或許吧。如果是這樣當然最好。不對，塞滿金銀財寶才是最好，但就算塞滿水泥也沒關係。只是……」

小扇說。

以非常樂於說出不妥、不當事情的語氣說。

「如果這裡是某種怪異現象，我認為最好在出事之前調查一下。」

「…………」

老實說，我覺得她異想天開。平面圖和實際狀況不符，確實是奇妙的事，就算這樣，也不該立刻斷定是怪異現象。我甚至比較相信藏了一個祕密房間。不過要是研究文獻，或許找得到這種怪異吧。

到頭來，如果校舍裡有這種東西，忍不可能沒發現。也可以說在春假時期，如果忍野沒察覺就太奇怪了。是的，忍野肯定會說「發生什麼奇妙的事件都算在怪異頭上，我不以為然」這種話。

即使如此，我還是無法一語駁回小扇的意見，因為小扇正是忍野的姪女，而且和她一樣在就讀直江津高中時查遍校內各處的某兩人——也就是羽川翼與戰場原黑儀，沒有對我提過校舍裡存在著這種死角。

如果這種死角真的存在，無論是不是源自怪異，都代表小扇轉學過來沒多久就理所當然般發現校內的這個異狀——不只是羽川翼，連昔日拚命只求自保的戰場原黑儀都沒察覺的異狀。

這個事實——不對，現階段始終只是可能性，但我面對這種可能性，體內的好奇心受到刺激了。可見我依然保有一顆年輕的心。

「就算是怪異現象，也不一定會出事……不過我贊成妳的意見，最好調查一下以防萬一。」

我慎重地、過度正經地這麼說。我不想被當成隨便同意學妹提案的學長。這是面對神原已經不會出現的愛面子心態。

「哇，好高興喔，就知道您會這麼說。那麼，請在今天放學之後來見我。因為我來三年級的教室會緊張。」

小扇和神原不同，講出這種可愛的話語。其實她在這個時候指定時間地點叫剛認識不久的學長赴約，是相當沒禮貌的行為，但我沒察覺。

「知道了，去見妳就行吧？但是可不能拖太晚啊。要是被誤會我在放學後和學妹一起玩，我恐怕會被暗殺。」

「當然不會花太多時間，總之大概十五分鐘吧。只要確認實際上毫無異狀，這段時間應該十分足夠。不過不是十分，是十五分。」

小扇說完，一副相當開心的樣子。看她這副模樣，會覺得她或許只是以簡圖或怪異當藉口，想在剛轉學過來沒有朋友的高中，和我這個有點間接關係的學長混熟。不過事實當然完全和我這種自以為是的想法不同。

十五分鐘的調查完全不夠，而且至今還在繼續。

005

放學後，我依照約定去見小扇，然後一起快步前往視聽教室所在的校舍。帶頭的是小扇。這幅光景令我覺得我才是轉學生，她正在帶我逛學校。小扇大概是怕我無聊，途中聊了很多話題。像是「連載漫畫的宣傳文字很長就代表編輯沒自信的法則」，或是「價格愈貴速度就愈慢的法則（料理上桌速度、結帳、交貨、禮品包裝）」，她說明了這些自創的法則。看來她愛好「法則」。而且她講得滔滔不絕的模樣確實酷似忍野咩咩，也像是平凡的高中新鮮人，我就這麼同時享受懷念與新奇的感覺抵達目的地。

在目的地——該校舍三樓視聽教室的附近，確實存在。

存在著一間教室。

「小扇，妳看吧。這裡確實有間教室，是妳看漏了。妳把這間教室的空間畫進視聽教室。這樣就確定是妳的疏失了。好啦，趕快脫光衣服服張開雙手當成尺規測量校內吧。順便測量一下我的身高好了，我覺得最近長高了。」

我是否說了這段話？其實沒說。

因為，這裡有教室比沒教室奇怪得多。在集結各種特別教室的這棟校舍，為什麼會突然像是這樣，如同不知道從哪裡冒出來般，設置一間普通教室？這麼容易令人留下印象，也就是如此格格不入的教室，我不可能不記得。不需要用簡圖回憶，只要看到肯定想得起來。

「咦？這間教室是怎麼回事？我為了畫圖來到這附近的時候沒這種東西啊？好神祕耶～？」

小扇不知為何，以不帶情感的語氣這麼說。但表情依然笑咪咪，看起來也像是把這個狀況當好戲看。

「總之……進去看看吧。」

我做了錯誤的判斷。無論怎麼想，這時候都應該暫時撤退，擬定對策之後再過來。我應該借助羽川的智慧，也應該詢問正在我影子睡覺的忍。但我想讓學妹看看我可靠的一面，所以莽撞開門進入教室。

何其愚笨。

就我從門外的觀察，教室裡沒有任何人，但是門沒上鎖，我輕易就入內。裡面果然沒人，只有並排的桌椅、講桌，以及存放打掃工具的櫃子。

無人的教室——基於這層意義沒有異狀。老實說，窗外看得見的體育館，以及靜止沒刻劃時間的時鐘，在這時候已經大放異彩，但我沒有立刻發現。即使不像是裝滿金銀財寶，不過就我這樣看來只是普通的教室，因此我鬆了口氣，認為這間教室應該是一直位於這裡，所以沒察覺任何事。沒察覺任何該察覺的事。

小扇跟著我進入教室。

她關上門。

「……然後，就是現在這個狀況了。」

我看向黑板上方的時鐘，比對自己的手錶。時鐘顯示的（靜止）時間和手錶顯示的時間有誤差，代表我的手錶正常運作。

既然這樣，可能是時鐘電池沒電而靜止，但小扇並非毫無根據就否定這個猜測。因為如果這間教室裡的時間真的靜止，就姑且可以說明為何門打不開，窗戶也敲不破。這是一間時間靜止的教室……不對，應該說是時間沒流動的教室？

「阿良良木學長，問題在於固定到何種程度吧？」

小扇說著再度面像黑板。這次她拿起的不是原子筆，是正常用來在黑板寫字的物品，也就是粉筆。

「是的，粉筆。不過我比較喜歡『白墨』這個古老的日式說法。」

小扇說著在黑板畫線。

以原子筆無法留下任何痕跡的黑板，果然清楚畫出白線。

「喔……喔喔喔……」

我發出這種感嘆聲，或許不是因為看到「能以粉筆寫字」這個實驗結果，而是小扇接連不斷進行各種實驗的積極態度。不過一般來說，在這種密閉環境應該要更慎重行動才對……

「啊哈哈哈，看來粉筆就沒問題。不知道是什麼道理。那麼這樣呢？」

小扇這次將粉筆平貼在黑板，畫出超粗的線。這是轉眼之間用掉一根粉筆的禁忌用法。但她還是畫出線了。小扇就這麼讓超粗的線轉彎，畫出愛心傘。然後正握粉筆，在傘的兩側寫下「曆」與「扇」。

「啊哈哈哈！開玩笑的開玩笑的！」

「小扇，現在是胡鬧的場合嗎……」

啊，不行。我才不應該對學妹的胡鬧生氣。我也必須以實驗或摸索的方式思考如何逃脫這間密室。

「有電嗎……？」

從窗戶採光就很亮，所以我至今沒按電燈開關。我試著按下所有開關。在這種時候將電燈一次打開是我的馬虎個性使然，總之天花板的日光燈一起亮了。

「有通電……感覺至少維持正常教室的功能？」

雖然不太清楚……不過既然有電，應該可以讓插座走火引發火災，當成逃離這裡的最終手段。月火曾經做出類似的事情拯救火憐（名副其實的火炎姊妹），只是，雖然這個做法比引爆來得好，在密閉空間這麼做也可能引發窒息的危險，所以真的是最終手段吧。

「……到頭來，就算沒這麼做也有窒息的危險吧？不知道人類消耗氧氣的速度多快。要是一直維持這個狀況，遲早會缺氧吧……」

「哎呀，阿良良木學長，這就不一定了。因為這裡再怎麼說也是教室，應該不是密不透風的密室。用膠帶封死就算了，不過從窗戶縫隙等處流通的空氣，應該足夠讓兩個人呼吸。」

「這樣啊……那就安心了。」

我嘴裡說安心，內心卻在意小扇說的「密室」兩個字。小扇應該只是湊巧用到這個詞，但她說得沒錯，既然不是那麼密不透風，在這種狀況，與其說這裡是「密閉空間」，形容為「密室」比較接近事實。

真是的。

還以為循著平面圖找到推理小說會有的隱藏房間，來到的地方卻是密室。這樣的舞台布景還不錯，不過這麼一來只能感慨為何沒有偵探在場。

「……阿良良木學長，您認為呢？」

「還能怎麼認為……哎，什麼都說不上。」

我也只能承認了。如果只是感到不對勁的簡圖或是沒印象的教室，還可以解釋成是自己搞錯，但我無法合理說明現在的密室狀態。因此只能以不合理、不講理的方式說明。

「不過小扇，如果這是怪異現象，那會是哪種怪異？天底下有什麼怪異會把人關在教室嗎？」

「不知道。我不是叔叔，沒這種古早的知識，只知道會出現在漫畫或電影的知名怪異。」

不知道是裝傻還是謙虛，總之小扇這麼說。她依然一臉笑嘻嘻深不可測，使我覺得她其實知道些什麼。昔日和忍野交談也是這種感覺，我無論如何都免不了懷疑。

「別這樣看我啦。不過，讓人無法離開密室的怪異，真要說的話應該有吧？常聽到的是必須有下一個人造訪才能離開房間，只要用花言巧語騙別人進來，自己就能出去。類似這樣的怪異。」

看到我投以質疑眼神的小扇這麼說。

我也聽過這種鬼故事。既然這樣，除非接下來有其他人進來，否則我們無法離開這間教室？不對，不是這樣。我們進入教室時，並沒有哪個被關在這裡的人離開。即使是怪異造成的現象，應該也和這個鬼故事不同。

「就是說啊。我剛才還擔心笨蛋相信這種假設該怎麼辦呢。」

小扇溫柔微笑。這女生說我是「笨蛋」的時候最可愛，我該怎麼辦？我沒能訓誡她。感覺總是錯失時機。

「不過阿良良木學長，我只能斷言一件事。怪異是基於合理的原因出現。」

「…………」

記得這也是忍野掛在嘴邊的話語。這樣就可以推論，我們必須解析原因才能離開這裡……

「就算這樣，我們無法離開教室的現狀，是基於什麼理由？包含時鐘靜止的這件事……」

「靜止的時間或許意外是關鍵耶？因為，時鐘顯示那種亂七八糟的時間，果然不對勁吧？」

時鐘顯示的時間是將近六點，嚴格來說是五點五十八分。順帶一提，我手錶顯示的時間是四點四十五分。記得我是大約三點半開始和小扇調查，異狀發生至今已經一小時十五分。

「假設停在六點前的那個時鐘是關鍵，究竟是上午？還是下午？不是數位時鐘就看不出來。」

「從窗外景色來看，我認為是下午喔。」

「嗯……慢著，是嗎？反倒說……」

我沒想到可以從窗外風景判斷時間，所以暗自佩服小扇，但我不想讓學妹看到我見識不足的一面，所以開始雞蛋裡挑骨頭。我好厭惡自己器量這麼小。

「在這個季節，如果是下午六點，天色應該更暗吧？小扇是轉學生或許不知道，這個地區的太陽到十月早早就會下山。」

「是這樣啊？哇，和阿良良木學長聊天就學得到東西耶。不過就算這樣，肯定也是下午六點喔。請看體育館影子的方向。太陽必須在西邊，影子才會在那個方向。」

「唔……那個，可是方向……啊，不對。從窗戶看出去的風景不一樣，所以不能以這間校舍的座向為基準，應該以體育館的座向為基準。記得體育館是坐西朝東，所以……」

我回憶小扇畫的體育館平面圖低語。原來如此。這麼一來，時鐘顯示的時間確實是下午五點五十八分。

「下午六點是這所高中的放學時間。哈哈，我們在放學時間回得去嗎？啊，既然時鐘靜止，就算出去也還是三點半吧？」

「如果是這樣，就變成我的手錶出問題了。真複雜……」

「說這什麼話？阿良良木學長明明連時光旅行都易如反掌吧？」

小扇這麼說。嗯？奇怪，時光旅行的事件發生在忍野離開這座城鎮之後，所以小扇不可能知道才對……

「先不提複不複雜，阿良良木學長，這下子傷腦筋了。既然時間沒流動，就代表過多久都不會入夜。換句話說，也沒辦法請夜行者……忍小姐幫忙吧？」

「嗯。啊啊……是這樣嗎？」

棲息在我影子裡的吸血鬼忍野忍，昔日別名「怪異殺手」，等同於所有怪異現象的天敵，是以怪異為糧食的怪異。如果那個傢伙出現在這裡，應該會將我們面臨的現狀連同這間教室吃掉吧。不過她是夜貓子，要在「下午六點前」這個不上不下的時段叫她出來有點難。雖然並不是做不到……卻不知道她會要求幾個甜甜圈當報酬。

「很難說。因為即使教室時間靜止，我的時間也在動，所以應該認定忍在我影子裡的時間也在動。」

「阿良良木學長的時間不一定在動喔。我們或許只是意識在運作，身體的時間維持靜止狀態。而且我個人希望身體的生理功能沒在動。」

「嗯？為什麼？」

「要是想上廁所怎麼辦？」

「…………」

這是切身的問題。我刻意不去想這一點。比起飢餓或口渴，其實這個問題更麻煩。不過說出這件事的小扇面不改色。

「我聽過阿良良木學長的各種豐功偉業，不過別名『平成之谷崎潤一郎』的您，應該沒有和女生面對面排尿的嗜好吧？」

「誰是『平成之谷崎潤一郎』啊？」

「如果這間教室的時間停在下午六點前，應該是為了某個原因而停止吧。」

小扇回到正題。

「某個原因……？」

「換個說法吧。下午六點，也就是放學時間。在學生非得離開教室回家的這個時段，學生反而被關在教室。這個現象有什麼意義？」

「明明是放學時間卻回不去……」

說來確實奇怪。如果是和學校相關的怪異，一般來說，應該都是襲擊那些不回家的學生當成教訓才對。

「是留校補習嗎？」

「留校……」

嗯？不知為何，我對這個詞起了反應。雖然不是靈光乍現，卻好像隱約模糊具備某種含意。

有種記憶受到刺激的感覺……留校？

「阿良良木學長有留校補習的經驗嗎？啊哈哈，別看我這樣，我其實還算聰明，所以不太記得有這種經驗。」

「我也不太記得……」

「哇，是喔。」

小扇一副佩服的樣子，只是以我的狀況，我不記得留校或補習的經驗，絕對不是因為聰明，是因為就算老師吩咐留校或補習，我也大多會蹺掉。我最近立志要考大學，所以不能再蹺課了，不過……對，在去年與前年……尤其在一年級的時候……一年級的時候？

「阿良良木學長，怎麼了？您旗色不好……更正，氣色不好喔。」

「唔……是嗎？抱歉，我有點頭昏……」

「不用道歉喔。完～全不用道歉。肯定是因為在不可靠的學妹面前繃緊精神才會疲勞吧？要不要在附近找張椅子坐？阿良良木學長應該不像我有潔癖吧？如果您堅持的話，我可以借大腿給您坐喔。」

「借我坐大腿的妳要坐哪裡？要是坐在不想坐的妳腿上，就變成組合體操的仙人掌姿勢了。真是的……」

我差不多開始習慣小扇的消遣了。身為學長應該糾正她這一點（是的，避免像神原那樣來不及挽回），但我真的頭昏，還有點頭痛，所以我決定依照她的勸告暫時坐下。當然不是坐小扇大腿，而是在教室裡的許多椅子挑一張坐。預料將會變成長期抗戰，這時候逞強也沒用。我移動位置，拉了一張椅子坐下。

「為什麼坐那裡？」

小扇在我坐下的同時，更正，在我即將坐下的時間點這麼問。嗯？什麼？就算她這麼問……不是她勸我坐的嗎？

「不不不，我是問，明明教室裡有這麼多椅子，您為什麼挑那個座位？」

「…………」

當然是不經意挑的，沒什麼理由……我原本想這麼說，但聽她指出這一點，我自己都不知道為什麼。如果是因為累了想坐下，當然應該坐在當時距離所站位置最近的座位。那我為什麼刻意移動，鑽過書桌之間，忽視數張椅子，坐在往前數第四個、往右數第三個的座位坐下？

但我當然只能說是不經意挑的……

「不經意挑的。」小扇說。「不經意覺得……那個座位好坐？坐起來似乎很舒服？」

「不，我覺得每張椅子坐起來都差不多，只是，那個……」

「只是哪個？」

「我覺得我『坐慣』這個位子。」

我也認為自己講得很怪。為什麼別的不講，而是講「坐慣」？而且是在我第一次進入的教室這麼說。如果這裡是我班上的教室，在想要坐著休息的時候，就算知道坐哪個座位都差不多，或許也會下意識想挑選自己坐慣，也就是熟悉的自己座位……但這裡完全不是我的教室。

「真的嗎？」

「咦？什麼？小扇，妳在問什麼？」

「沒有啦，我只是確認所有可能性罷了。只是認為您可能不是第一次來到這間教室。會不會是曾經坐過那張椅子，所以想坐下休息的時候就毫不猶豫挑選那個座位？」

「……不，妳太異想天開了。」

我要笑不笑地回應。這是當然的，我不認為必須認真檢討這個假設，應該只是小扇又在捉弄我玩吧。

「畢竟直到剛才，我都不知道這種地方有教室……」

「我也一樣，第一次來這附近調查的時候，沒看到這間教室。但我和您一起過來的時候，這間教室就出現了。那麼對我來說，我非常自然就認為這間教室和您有關。」

「唔……是這樣嗎？」

這是小扇發現的怪異現象，所以老實說，我並非沒懷疑這個現象的原因在小扇身上，不過就小扇看來，最可疑的不是別的，肯定是我吧。

「而且阿良良木學長，您不是說過嗎？您說不知為何，對窗外的這片景色有印象。」

「咦？我說過這種話？」

「說過喔。在剛進入教室，還沒察覺被關在這裡的時候說過。」

我不記得……不過既然她這樣斷言，那我肯定說過吧。大概是後來察覺自己身處密室而失憶。

我就這麼坐著，再度看向窗外——看得見體育館的風景。原本從這間校舍的這層樓，以角度來說不可能看見的風景。從這個座位看見的風景，和窗邊看見的風景完全不同，看不見體育館屋頂，可以遠眺高山，記得，該怎麼說……

記憶，受到刺激。

「嗯……我有印象。不過……」

「不過？」

小扇說得如同追問，應該說如同質詢。她不知何時，無聲無息來到我所坐的座位旁邊。距離這麼近，我心跳稍微加速。我如同掩飾般說下去。

「沒事……但這並不是什麼特別懷念的感覺，反倒是有點討厭的感覺……」

「討厭的感覺？是嗎？我覺得在這個位置與這種狀況，這風景挺不錯啊？剛剛討論到這裡明明是三樓，風景卻像是五樓或四樓，不過從這個高度來看，果然是五樓吧。」

「五樓……」

五樓。既然這樣——

對……應該換個想法。從這間校舍的這層樓，不可能看得見這種風景。如果這裡是五樓，這間教室位於面對體育館的校舍，是可以從窗戶看見這種風景的教室……

那麼，我知道這間教室。

深遠。

「…………！」

「哎呀哎呀？阿良良木學長，怎麼了？看來不像是想起什麼事情耶。難道我說錯話冒犯您了嗎？」

小扇愧疚地說。不對，不是愧疚，是愉快又充滿期待地說。她不知何時又換了位置，站到我的正後方。

「是想起什麼……不願想起的事情嗎？」

「……不，沒那回……事。我沒想起什麼事。」

沒錯，我沒想起任何事。因為我未曾忘記。我不可能忘記那件事。我咬著嘴唇，默默將手伸進抽屜，調查這個坐起來舒服，我自己選擇的座位。這張桌子的主人大概不想在家裡用功，抽屜塞滿課本。我抽出其中一本。檢視背面。上頭寫著「一年三班　阿良良木」。

「唔……！」

我摀住嘴，連忙想遮住這個名字。然而為時已晚，小扇隔著我的肩頭，看見上面的名字。

「哎呀呀？剛才的課本是不是寫著『阿良良木』？好奇怪耶，好神奇耶，為什麼呢？為什麼這間教室有阿良良木學長的課本？是在我沒發現的時候拿進來的嗎？不行喔，這間教室禁止帶私人物品進來耶？開玩笑的啦，又不是考試，不可能規定禁止帶私人物品進來。」

小扇以不乾不脆卻輕鬆的語氣這麼說。考試……對，考試。小扇的每字每句刺激我的記憶，如同尖刺。不是玫瑰那種尖刺，是如同落山風般刺痛。

我迫不得已地詢問。

「小扇……妳知道什麼？」

「我一無所知喔，知道的是您才對，阿良良木學長。例如……」

小扇朝我旁邊的座位伸手，隨便從抽屜取出一本課本，翻過來唸出上面寫的名字：「一年三班　問嶋」。

「這位問嶋，阿良良木學長應該認識吧？」

「嗯……認識。」

我認識。

問嶋水仙。大家都簡稱她「水」。記得社團是花道社。是個很愛笑的女生，聽到什麼或是被說什麼都會笑。記得朋友經常提醒她，張嘴大笑不是女生該有的樣子……不過她豪爽的笑容反而獲得男生們的好評，不，連老師都欣賞。尤其在上課時，據說講笑話的老師經常得到問嶋的支援。對了，這個傢伙非常重視換座位……在「這個時候」，她換到往前數第四個、往右數第二個，也就是位置不上不下的這個座位時，真的是一臉不滿。我旁邊坐了這個一臉不滿的傢伙，我當初相當為難，後來才知道這個座位是可以近距離聽到她笑聲的特等席。

「她的髮型很用心……我妹妹是個如同髮型型錄的傢伙，我知道那種髮型要花多久時間，所以覺得她每天早上應該很辛苦，但我到最後連一次都沒說……」

「學長對這位問嶋學姊真是瞭解耶。」

「不……這種程度的事，只要是同班同學都知道。我……」

我果然一無所知。

這是我不知道的時期——不知道各種事的時期。

「那麼，剛才的那位深遠呢？書桌被我翻倒的這個人是怎樣的人？」

看來，小扇當時也確實看見課本寫的姓氏。雖然看見，至今卻隻字不提？不對，這沒什麼好奇怪的。因為這個姓氏和小扇毫無關係。

「……深遠霜乃。我怕這個傢伙……不，這傢伙並不是會做什麼事情，我認為她無害，但她非常擅長宣傳自己。說穿了就是裝可愛的傢伙。她會戴著只有動畫看得到的花俏髮飾上學，經常被老師警告，但她在這種時候也是一臉『不知道為什麼被罵』的表情。怎麼可能不知道啊……大概是覺得成績好或是博學多聞不可愛，考試會故意考低分。雖然不到裝笨騙人的程度，總之就是這種感覺。她說她將來的夢想是當『媽媽』。哎，其實講『新娘』比較吸引男生，連我這種大木頭都輕易猜得到這種事，所以或許只有這個是她真正的夢想吧。不過就我看過的記憶，那個傢伙的眼睛從來沒笑過。」

可惡，我講太多了。但我一開口就停不住。感覺如同至今攔阻的水一鼓作氣化為洪流氾濫。明明即使無法忘記，我也已經決定不再去想了。

明明已經這麼決定了。

為什麼？為什麼那個一年三班——我兩年前待過的教室，如今會在這裡？下午六點前。下午五點五十八分。即將放學的時間。明明已經非得回家了，卻沒辦法回家。

沒人能夠離開教室。

「……小扇，這附近有什麼可以確認日期的東西嗎？」

「日期？」

「嗯，我想知道今天……更正，想知道這間教室現在是幾月幾日。」

「如果是這樣，日期不就寫在黑板上嗎？請看那邊。」

小扇第三次回到我的正後方，將臉湊到我旁邊，如同摟住我的肩膀般指向黑板，指向黑板的右側。不知為何，我至今完全沒察覺，不過那裡確實寫著這間教室「今天」的日期，下方也寫著「本日值日生」的名字。

七月十五日。星期四。小馬、鞠角。

「…………！」

「喔，原來今天是七月十五日啊，那就可以理解窗外為什麼這麼亮了。嗯，所以應該可以這樣解釋吧？這間教室似乎是一年三班，而且在七月十五日的下午六點左右發生了某件事。肯定是一件遺憾的事吧，而且這份遺憾就像這樣開花結果成為怪異。」

小扇以隨便的語氣說出隨便的推論，真的講得很草率。我不禁想抗議這不是那麼簡略的事，但我做不到。第一個原因是我不能粗魯怒罵學妹，第二個原因是仔細想想，小扇的推論其實正中紅心。

那天在這間教室發生的事隨便又草率，正因如此，所以難以忍受。如今不知道用為什麼用途的那間教室。面對體育館的校舍，五樓正中央的一年三班，在七月十五日放學之後開的班會。堪稱審判的班會。我們因為某個事件而相互批判，主張自己無罪、對方有罪。會中有異議、有緘默；有證詞、有偽證。我——一年三班的阿良良木曆，則是位於審判漩渦的中心。

沒錯。

記得是從那天之後吧？

我開始主張那種事。

「我不需要朋友。因為交朋友會降低人類強度。」

小扇搶先這麼說。如同封鎖我的去路、如同將我趕進死巷般搶先說。她將放在我側邊的臉龐靠得更近，如今臉頰幾乎相觸。不只是近，實際上，她小小的下巴已經放在我的肩上了。

「記得這是阿良良木學長的口頭禪吧？不過既然和羽川翼學姊熟識，應該再也不能講這種話了。哎，和他人的邂逅真的會逐漸改變一個人耶。那麼，我基於好奇心請教一個問題吧。阿良良木學長在這個班上是怎麼改變的？深遠、問嶋、小馬與鞠角等學長姊，將您改變成什麼樣的人？」

「將我……改變……」

「我聽別人說，國中時代的您與高中時代的您個性差很多？原因該不會就在這間教室吧？」

……這種事，妳是聽誰說的？不，知道的傢伙就是知道。但這已經是往事，如今頂多只有火炎姊妹會挖這種事情回鍋。

「阿良良木學長，在那天、那個時間的這間學校，發生了什麼事？」

小扇以逼入絕境般的語氣低語。她單手環繞我的脖子，我覺得像是被勒住。「以軟絲線勒住脖子」就是這種感覺吧。（註1）

「說出來吧，阿良良木學長──阿良良木曆。」小扇說。斷斷續續，輕輕柔柔地

註1　軟刀殺人的意思。

說。「說出來會舒服些喔。再怎麼討厭的回憶，說出來之後就只是普通的物語。」

「物語……」

「放心，我會洗耳恭聽。別看我這樣，我可是很擅長當聽眾喔。」

「…………」

在這種狀況，我依然盡量維持平靜，在這種時候也不希望在學妹面前出醜。我真是個愛面子的傢伙。

「……出不去。」

「什麼？」

「出不去。在找到犯人之前，不能離開這間教室。當時我們進行的——當時逼我們進行的，就是這樣的班會。說來難以置信……我在當時擔任議長。」

006

若問高一的阿良良木曆是怎樣的人，總之我可以自我評定說個性沒有現在扭曲，自我檢驗說為人比現在正常。那時候當然還沒被吸血鬼襲擊，所以無論在白天或晚上都是貨真價實的人類。

話說，我所就讀、小扇轉學進來的私立直江津高中，是一所相當不錯的升學學校。而且週六也排課，基於這層意義，很難斷言是普通高中。入學考試也很不簡單。我這種人能夠突破這道難關，或許可以說是一項奇蹟。不對，形容為奇蹟太誇張了嗎？反倒應該說我陰錯陽差考上比較正確吧。因為我入學之後，為了硬是擠進這道窄門的「錯誤」付出滿滿的代價。我轉眼之間跟不上直江津高中的沉重課程。從一年級就以大學考試為目標起跑，完全沒得玩的課表，對我來說是相當強大的文化衝擊。即使如此，（就算是陰錯陽差）我還是入學了，所以也只能下定決心，就算死命抓緊也要跟上去。我當時還抱持這種想法。是的，直到第一學期末，即將放暑假的時候。或許應該說……剛考完期末考的時候？總之就是直到七月十五日的放學後。

七月十五日。那天之後，我放棄當個正經、正當的學生，決定墮落成為羽川翼所說的「不良學生」。事實上，我只是成績吊車尾而已，即使那天沒發生那種事，我還是會在不久之後脫隊吧。

總之，兩年前的七月十五日，我這天也將聽不懂的講課當成耳邊風（我明明沒有跟上進度的意思吧？課本也留在學校沒帶回家），以疲憊的心理狀態踏上歸途。暑假快到了，暑假快到了，暑假快到了……我如同念咒語般在內心複誦。只不過，想到學校會出的暑假作業分量，就算是進入暑假也完全不是好事。

好不容易撐過第一學期，但是想到這種生活要持續到畢業就嫌煩。然而事實不一樣，我在這個時間點，連第一學期都還沒完全撐過去，而且以結果來說沒能完全撐過去。

影子。我行經走廊時，影子擋住我的去路。而且是三個影子。我的精神極度疲憊，所以直到最後才察覺，差點撞上去。

「阿良良木。」

聽到聲音這麼叫，我終於抬起頭。眼前是三個同班同學。

「方便借點時間嗎？」

蟻暮——蟻暮琵琶對停步的我這麼說。她是給人壞心眼感覺的女生，有著動不動就抱怨的傾向。老實說，我不太擅長應付這類女生。哎，擅長應付她的男生在這個世界大概不存在吧。不過，她之所以總是將手插在裙子口袋，不是為了故意使壞，而是為了保護手。如果她實際從口袋抽出手，就會看到她雙手都戴著手套徹底保護。聽說她的志願是鋼琴家。口無遮攔的人聽到這件事會說「個性不會反映在音樂」，但她的演奏確實相當優秀的樣子。雖然我沒聽過，不過就算這是傳聞也不一定是謊言。

總之，在精神疲累的這時候被不擅長應付的女生叫住，是頗為難受的狀況。

「我現在要回家，這是非常重要的工作……」

「這是怎樣？瞧不起我嗎？」

她找碴般說。我並不是瞧不起她，但我的回答聽起來確實像是胡鬧，我這種個性從以前到現在都沒變。

蟻暮（記得綽號是「食蟻獸」）身後有兩名女生，其中一人雉切不發一語，甚至也沒看著我，該怎麼說，一副心不在焉的樣子。她就是這種傢伙。可以形容為我行我素或是不拘小節，有時候會毫無意義在放學後留在教室，或是突然不上學，雉切帆河這個女生的生活態度異常隨興，甚至可以說她活在不同的世界。正因如此，這樣的她居然和蟻暮混在一起，甚至參與「擋住我去路」的團體行動，實在令我驚訝……但她一直在看旁邊，始終維持事不關己的立場就是了。

「不，我真的非得趕快回家。我有這個義務。回家是我的三大義務之一。這個祕密只告訴妳吧，我的小六妹妹現在被捲入大規模的糾紛，更正，是捲起大規模的糾紛，我必須好好盯著她。」

「啊？別開玩笑好嗎？我最討厭這樣。」

蟻暮如同真的壞了心情般說。我不是開玩笑，不過我心愛的妹妹們這時候尚未以「栂之木二中的火炎姊妹」名聞遐邇，所以我這番話聽起來只像瞎掰吧。

「好了好了，冷靜一下。」

此時，另一個女生糖根安撫蟻暮。或許她說的「好了好了」在心情上是「息怒」。

「阿良良木同學，抱歉在你忙的時候打擾了，不過可以拜託你和我們一起回教室嗎？不會花你太多時間。當成幫我們這個忙，好嗎？」

不會花我太多時間。到最後，她的這句話變成謊言，但她這時候應該不是要騙我。她叫糖根軸，有人依照她的名字叫她「icing」。不是結冰的「icing」，是糖衣的「icing」（一年三班還有一個姓「冰熊」的男學生，真容易混淆）。這傢伙看起來一副幸福的樣子，連看見她的人都會覺得幸福，使用早期的形容方式就是「治癒系」

吧。從姓氏與綽號來看，似乎是愛吃甜食的女生，但她實際上不只甜食，而是毫不挑食，食量也很好的大胃王。她在旁人眼中總是很幸福，但她本人說吃東西是她最幸福的時候。她是吃到飽餐廳的常客。

「…………」

哎，同窗一個學期，我對她們三人好歹也有這種程度的認識，但我沒聽過這三人是一夥的。應該說，我該不會是第一次看到她們三人在一起吧？

不知道究竟基於什麼原委才變成這樣……我如此心想時，蟻暮好像失去耐性了。「阿良良木，你很煩耶。」她以蘊含怒火的語氣說。「要來還是不來？講清楚啦。對我來說，你不來也沒差。」

「……我去。我去就行了吧？」

如果我這時候稍微聰明一點，應該不會跟著她們走吧。因為我確實感覺苗頭不對。不過當時的我還沒放棄高中生活。為什麼是這三人來叫我？我對此感到詫異，不過像這樣回憶就覺得是頗為恰當的人選。以感覺很差……失言了，以態度強勢的蟻暮帶頭，再以某種程度來說無法接觸，對話難以成立的雉切，加上治癒系的糖根鞏固大後方，我面對這樣的陣容也不太能撕破臉，因為要是應對失誤，可能會嚴重影響到我今後的高中生活。所以，雖然我無論如何都會搞砸今後大部分的學生生活，這時候也只能跟著她們走，別無選擇。

我回到教室——面對體育館的校舍五樓，一年三班的教室。門口站著兩名學生，等待我們四人抵達。我暗忖「啊啊，原來如此」。兩名學生。男女各一。在這種狀況，男生不成問題，問題在於抱持敵意瞪我的女生。她眼神犀利，如同殺父仇人就在我的背後。

她的名字是老倉育（Oikura Sodachi）。她自己希望大家叫她「歐拉」（註2），但是大家實際上都叫她「How much」。這個綽號當然也來自她的姓名（註3），但她經常以估價般的眼神看人，所以我覺得這個綽號意外適合她。總之無論如何，我和她沒有熟到互稱綽號，她甚至只把我當成眼中釘。

老倉是班長。如今放眼全世界，說到班長只會想到羽川翼一個人（我個人認為），不過羽川當時還沒這麼知名，所以我這樣稱呼她。

「老倉班長。」

註2　著名數學家，和日文「老倉」音近。
註3　日文「老倉」和「多少錢」音同。

以當時的氣氛，我不方便直接叫她的名字。

「妳怎麼在這裡？是妳叫我來的嗎？」

「……快進去，大家都在等你。」

她冷漠說完，進入教室。和她在一起的男學生也跟過去。順帶一提，這個男生是一年三班的副班長，叫做周井通真。如同把「正經八百」捏成人型而成的高一學生，簡直是直江津高中學生的榜樣。如我剛才所說，老倉光是看我的眼神就很不客氣，但他比老倉更像班長。只是他自己說「我是官僚類型，所以比起帶頭更適合當副手」。天底下哪有官僚類型的高中生？我沒把他的說法當真，不過在第一學期，他漂亮在老倉背後協助領導全班，看來他也有這種天分。話說回來，我只有一次在電玩中心看過他。他當時玩跳舞機，而且動作非常俐落。當時我覺得看到不該看到的一面，不過在這之後，即使他的個性真要說的話跟我不合，我也不討厭他。為了避免造成他的困擾，我也注意避免和老倉起衝突。不過他應該對我沒什麼特別的想法吧……

「好了，阿良良木，她不是叫你進去嗎？進去吧。」

在蟻暮催促之下，我聳了聳肩，聽話進入教室。老倉剛才沒回答，不過對這三人下令追我回來的果然是她吧。之所以沒有自己來追，不知道是因為會和我吵起來，還是為了維持威嚴……無論如何，如果這些很恰當的人選是她的想法，我非常能接受。不過「大家都在等你」這句老倉的話語令我在意。這是怎麼回事？我這個傢伙真的是讓大家引頸期待的那種英雄嗎？到頭來，這裡說的「大家」是誰？

我進入教室，得知「大家」就是字面所述的「大家」。一年三班的全體成員齊聚教室，一人都沒少。

007

「是喔。全員……也就是全體到齊吧？」小扇如此附和。「雖然現在就像這樣是無人教室，不過當時座位全部坐滿嗎……原來如此原來如此，這就是光陰似箭，十年如一日耶。」

「嗯……不對，不是十年，是兩年，哎，要是講得計較一點，來接我的三個人座位其實是空的。還有，副班長周井當時回座了，但老倉那傢伙站在講台。」

「站在講桌上？」

「老倉不是那麼古怪的班長。不提這個，那個傢伙站在講台宣布：『那麼，某逃兵已經抓回來了，所以現在開始進行臨時班會。』」

「形容為『逃兵』真嚴厲耶。老倉學姊好可怕，我不敢開她玩笑。她還在三年級嗎？」

「嗯。真要說的話，她確實在三年級……」

我不太想說，所以含糊帶過，立刻回到原本的話題——回到過去的視角。

「臨時班會。本來這不是放學後該做的事，不過老倉的領袖魅力足以召開這種臨時班會。」

「是喔……不過好神奇耶。阿良良木學長直到最後一刻才知道要開這個班會吧？所以才會派人接您，說您是『逃兵』吧……您為什麼不知道？」

「單純是傳話沒傳到……的樣子。當天好像就以聯絡網……像是摺起來的信紙或電子郵件在全班傳，卻沒有任何一封傳到我這裡。」

「咦？意思是……」

小扇一直笑嘻嘻的臉，首度收起笑容。她收起笑容，做出不敢領教的表情。皮膚白皙的她臉色鐵青之後，真的是鐵青色，簡直是校色用的色卡。

「就是現在所說的孤單沒人要吧……」

「喂喂喂，說這什麼話？別把我講得像是大太法師好嗎？」（註4）

「請不要這樣聽錯，這完全透露了您對身高的自卑感。什麼嘛，阿良良木學長，原來你說『交朋友會降低人類強度』這種蠢話之前，就已經沒朋友了吧？」

「妳有點誤會。」並不是完全誤會。「小扇，這次的物語是在說一個沒朋友的傢伙，到最後變得不需要朋友的過程。」

「很像孤單沒人要的人會說的話耶。」

小扇維持正經表情說。這女生雖然臉色鐵青，卻完全沒有同情的樣子，我甚至覺得被蔑視。學長的威嚴無影無蹤。

「沒朋友很寂寞喔。」

「不要正常開導我好嗎……」

「那請您不要講得像是頓悟好嗎……我就正襟危坐洗耳恭聽吧。聽學長說明那場班會，這個班級當天的議題。」

註4　日文「孤單」與「法師」音近，大太法師是日本神話中的巨人。

008

「今天的議題是『揪出犯人』。」

老倉不等我坐好就這麼說。帶我過來的三個女生，已經跟著周井各自就座。明明已經放學，班上同學卻齊聚教室，這個異常狀態使我呆站在原地，但老倉完全無視於我，繼續說下去。

「在找到犯人或是犯人自首之前，任何人都不能離開這間教室，做好心理準備吧。」

語氣很嚴厲。她即使和我這個眼中釘說話，也很少使用這麼凶的語氣。這種不准反駁，完全不想妥協或讓步的態度，使得教室裡的氣氛坦白說很差，如同化為實體的險惡。不過氣氛不會化為實體就是了。

「這是非相關人員禁止進入的祕密班會。參與本班會請關掉手機，和外部隔絕聯繫。阿良良木，你在做什麼？快關門。你連門都不會關？」

老倉總算看向我這麼說。還以為她要勸我坐下，卻是提醒我關門。明明門開著也不會造成任何困擾……我暗自不滿，但這或許是「任何人都不能離開教室」這份決心的表現。

如此心想的我仔細一看，發現窗戶也都關著。在夏天。沒有冷氣的教室像這樣關得密不透風，是相當難熬的苦行……難道她刻意打造一個不舒服的環境？抱著投機取巧的心態，希望藉此讓犯人自首？慢著，所以說「犯人」是怎麼回事？犯了什麼罪？揪出犯人？是推理小說之類的話題嗎？不，這是不惜在放學後召集全班集合要做的事嗎？

我看向靠體育館那排最後面的座位——深遠後方第六個座位。那裡是戰場原黑儀的座位。戰場原黑儀是洋溢夢幻氣息，班上首屈一指的美少女。我惶恐到未曾交談，感覺像是貴族的她，非常體弱多病，如同以療養院為舞台的文學作品裡登場的女主角。實際上她也經常請假，感覺第一學期有一半的日子沒上學。連這樣的她都像這樣出席，事態想必相當嚴重。

戰場原這個體弱多病的女生當然不用提，教室溫度這麼高，任何人中暑都不奇怪……

「老倉班長，妳說『揪出犯人』究竟是……」

「閉嘴。拜託別跟我說話。我現在開始說明。這邊有這邊的程序。」

被罵了。她加重語氣罵我。就算是問體重，一般女生也不會用這麼重的語氣回答。她就是這種態度。既然她這樣拜託，我就不得不閉嘴，但我要預先說明，我不記得做了什麼讓她討厭到這種程度的事。她對我的敵視大致沒有道理可循。

不過，考量到副班長的辛勞，我這時候沒有進一步詢問，而是當場沉默。

「喂喂喂，老倉，別擅自這麼說啦。為什麼是妳主持？」

這個插嘴的聲音傳向講桌。說話的是坐在講桌前方座位的小馬沖忠。小馬一副相當不滿的樣子，在桌子下方翹起二郎腿，對老倉抱怨。

「老倉，妳也是嫌犯之一吧？應該說，妳應該是嫌疑最大的人吧？大家只是怕妳才不敢講。」

教室裡的氣氛更加緊張。小馬聲音很好聽，所以即使語氣很差，平常也不會造成印象這麼差的結果。然而現在的氣氛緊張到無法光靠他好聽的聲音掩飾或是緩和。我不知道詳情，但小馬大概說到痛處吧。代為說出大家的想法？在這個班上，做得到這種事的學生除了小馬，大概只剩下零星數人。我當然說不出口。我連詳情都不知道，所以更說不出口。所以我來這間教室之前，就已經說明一次了嗎？那就傷腦筋了……我明明參與這個狀況，卻完全在狀況外。

「小馬同學，我知道的。謝謝你基於值日生的使命感給我這個忠告。」

老倉說。

她直接叫我的姓氏，叫小馬卻加上「同學」兩個字。應該說就我所知，她在班上直接叫姓氏的男生只有我。或許是企圖藉此歧視我吧。我很想要求她別打這種企圖，但我當然說不出口。

「我只是在召開會議的過程中，暫時站在這裡。交棒出去之後就立刻下台。不過，最適合說明這件事的人，應該是身為當事人而且嫌疑最大的我吧？我知道你想趕快去補習班，不過可以暫時用拉鍊拉上你的嘴嗎？」

「哼！」

小馬以怒罵的聲音代替回應，但是不再說話。看來他不喜歡別人提到他上補習班的事。他是把這間升學學校直江津高中當成「備胎」而報考的怪胎（既然他在這裡，就代表沒考上第一志願），因此某些部分遲遲無法融入班上。他的傲慢態度其實也是這種心態的顯現。正因如此，他才會毫不畏懼對老倉這麼說吧，但是班長面對這樣的學生也沒退縮。從一年級就補習並不是什麼壞事（在直江津高中反倒是值得嘉許的行為），不過對什麼事情感到自卑都是見仁見智。

「阿良良木與小馬同學害我離題了。不過應該也有人還沒完全掌握事態，所以容我重新說明。」

老倉隨口卻明顯將責任轉嫁給別人之後，開始說明狀況。雖然這麼說，但她說明得淺顯易懂，這方面的功力終究高明。

「視線發生在上週三。當天班上徵人在這間教室開讀書會，各位記得吧？」

我不記得。應該說我不知道。什麼時候徵人的？在我不知道的地方開了這種會……讀書會？上週三是期末考將近的日子……原來如此，考前猜題嗎？

「參加那場學生會的同學，請舉手。」

老倉說完，班上大約一半學生舉手。大家很快就放下手，所以來不及數，不過至少十五人舉手。看來讀書會的規模相當大。

反過來說，包括我在內，在場約一半學生沒參加這場讀書會。例如剛才抱怨老倉的小馬就沒舉手。

老倉也沒舉手。

「是的。我當然也參加了。」

但她親口這麼說。

我不知道她在「當然」什麼。或許是她不可能沒主導這種活動，也可能是主張身為淑女不能做出舉手這種動作，總之給人的感覺很差。因為就像是以弦外之音責備沒參加的人，認為這些人任性不合群。不過如果單純針對我來說，我確實是個任性不合群的傢伙……

「為了缺席沒參加讀書會的人說明一下，這場讀書會主要是複習數學。」

明明是自由參加，卻不知何時把「沒參加」當成「缺席」……這一點暫且不提。我想起來了，隔天週四考的科目是數學與保健體育。第一堂考保健體育、第二堂考數學，所以這場讀書會應該是只鎖定數學吧。哎，要是大家面對面複習保健體育，那也太恐怖了。

「各自教彼此不懂的地方，相互學習、砥礪，真的是一場美妙的讀書會。能夠舉辦那樣的讀書會，我感到驕傲。」

老倉講得像是自己的功勞。哎，實際上也無疑是她的功勞。她在個性上很難說她受到眾人喜愛，但是明明不受眾人喜愛，卻以公正的選舉獲選為班長，這是基於相應的理由。

「然而，當時發生某件事，使得這個可喜可賀的結果被潑了一桶冷水。所以才請各位像這樣過來集合。我認為在這種時候全班團結一致處理事情，正是直江津高中學生的義務。」

「那個……」

戰戰兢兢舉手要求發言的人，是坐在小馬旁邊，同樣位於講桌正前方座位的速町。

「我是笨蛋所以不懂，可是老倉……既然這是在讀書會發生的問題，那就只由參加讀書會的人處理就行吧？像我甚至不知道你們辦了讀書會……」

有同伴了。不過速町——速町整子應該絲毫不把我當同伴吧。

「速町同學，請先收回『我是笨蛋』這四個字。這樣是在挖苦其他學生。」

老倉如此回應。之所以說這是挖苦，是因為速町一反外表，是個相當天才型的人物。「一反外表」這種說法不太禮貌，但是就讀這間直江津高中的她將指甲做滿彩繪，化濃妝，還將頭髮染成褐色，所以別人難免對她這麼說。不過真要說的話，速町似乎不是天才型，而是努力型……在老倉眼中應該和小馬並列（座位也是並列）為不順眼的學生吧。

即使如此，他們被討厭的程度應該不如我吧。老倉班長不只是看我不順眼，甚至把我當成眼中釘。

「我只是因為自己是笨蛋，才說自己是笨蛋啊～？」

速町沒有收回發言，一邊捲著髮尾一邊這麼說，毫無反省的態度。

「問題在於發回來的數學考卷。」老倉無視於她這麼說。「重視自己而參加讀書會的各位都拿下高分，這是非常好的結果。不過在這裡產生問題了。不，說穿了，這不是問題，是嫌疑。產生嫌疑了。」

「嫌疑？」

我對這個詞起反應，老倉隨即瞪我一眼。不重視自己的我，甚至不被允許對她的話語起反應低語嗎？仔細一看，鐵条以同情的視線看我。鐵条徑。社團是壘球社。如果老倉是班上的指揮者，鐵条就是班上的總管，她也很在意我與老倉的不和。只是她比平常還成熟，看來沒辦法在這種局面插嘴，頂多只能對我投以同情的視線……但是說來抱歉，這個視線毫無意義。哎，這樣總比鐵条貿然插嘴而跟老倉打起舌戰來得好。只不過，口條不靈光的鐵条對上舌鋒犀利的老倉沒有勝負可言，連舌戰都稱不上。

「這裡說的嫌疑，坦白說就是作弊嫌疑。參加讀書會的學生，成績比缺席讀書會的學生高太多了。」老倉說。「參加讀書會的學生，平均分數比缺席讀書會的學生高了約二十分。如果只是十分左右，還可以認定是讀書會的成果。但是差到二十分，就不是可以忽略的顯著差距，應該認定是某種非法行為。」

「…………」

非法行為——作弊。

換句話說，「揪出犯人」是要揪出作弊的犯人嗎？不，可是在這種場合……

「這樣叫做『作弊』嗎？『作弊』是在考試時偷看別人的答案吧？」

說出這番話的是坐在鐵条旁邊的目邊——目邊實粟。她是出身關西的女生，綽號是「whip」。「粟」只是日文發音和「whip（泡）」相同，漢字並不是這個意思，不過她和糖根相當要好，好像是從甜點的關聯性而取了這個綽號。她個性隨和，所以和老倉也建立頗為友好的關係（就我看來是奇蹟，很想向她討教，但我未曾和個性隨和的目邊說過話），所以才能如此直截了當地指摘吧。

「是的。」

正如預料，老倉在這時候的態度很溫和。這麼說來，目邊有參加讀書會嗎？剛才舉手的時候，我沒有看得很詳細，所以不確定……

「實際上，可以推測『某人』做了這種非法行為。」

我感覺老倉講「某人」時的語氣蘊含強烈敵意，甚至匹敵她對我的敵意。

「某人從教職員室取得數學考題，不著痕跡將考題流入讀書會，所以參加讀書會的學生成績都變好。」

「嗯？這樣有什麼意思？」目邊歪過腦袋。「既然是……那個，以非法手段取得考題，那麼獨占不就好了？明明可以獨占，卻在讀書會告訴大家……」

「這麼做的意義，我已經想到好幾種理由，但是無法確定。畢竟可能是障眼法，也可能是隨興犯案。」

老倉大概認為列舉所有想到的理由很麻煩，所以這時候只舉出「障眼法」以及「隨興犯案」兩種可能性。大概是晚點才要檢討吧。

「總之，要是有人玷汙神聖的讀書會以及不可侵犯的期末考，這就是不可原諒的事。缺席讀書會的學生們，也請別認為這件事和自己無關。這是我們一年三班全班的問題。我再說一次……」

老倉育重拍講桌，然後不知為何瞪著我開口。如同宣戰般開口。

「在找到犯人或是犯人自首之前，任何人都不能離開這間教室，做好心理準備吧。」

009

「啊哈哈。從『平面圖』的『隱藏房間』開始出現『密室』狀況，接下來是『揪出犯人』嗎？終於變得像是推理小說了。阿良良木學長說的故事真有趣。刺激又古怪。」

「一點都不有趣……外行人湊在一起找犯人會演變成什麼狀況，妳在這時候應該大致猜得到了吧？」

小扇說出樂觀的感想，我則是搖頭否認。我光是說到這裡，內心就很沉重。搞不懂為何要對第一次見面的女生講這種事。

這種事，我甚至沒對忍說過。

「呵呵。話說回來，這位蒼老之戀……更正，這位老倉班長的個性似乎真的很嗆辣。」

「蒼老之戀？哈哈，這個口誤挺妙的……要是能對她本人說就好了。」

但我當然沒這種膽子，因為當時的我打從心底怕她。該怎麼說，敵意強烈到莫名其妙的這種傢伙，令人異常恐懼。

「只不過，相較於我後來認識的戰場原，老倉的嗆辣程度還算可愛。因為以戰場原的狀況，與其說是敵意更像是惡意。」

「啊，對了。之前我覺得打斷話題不太好所以沒說，但我一直想問。阿良良木學長提到的這位戰場原小姐，是現在和您成為情侶的那位戰場原小姐吧？人稱毒舌之魔女、傲嬌女王的戰場原小姐。」

「別人是怎麼對妳形容戰場原的啊……？不過，妳說得沒錯。」

她現在已經洗心革面、改頭換面，不過當時我以為是高攀不起的花朵（實際上是只有刺的玫瑰）、療養院文學的女主角（實際上是恐怖小說的怪物）、深閨的大小姐（實際上是真相的傳票）的她，居然在兩年後的現在和我成為情侶，人際關係真令人猜不透。（註5）

……雖然這麼說，但昔日的同班同學之中，現在依然和我維持友好交集的，只

註5　日文「深閨的大小姐」和「真相的傳票」音同。

有戰場原一人。

「只是，我當時不知道戰場原的真面目，所以我就這麼把她當成體弱多病的深閨大小姐說下去吧。」

「請便請便。就這麼當吧。當當。」

小扇愉快地附和。該說她是優秀的聽眾嗎？她真的很愉快、很高興地聽我說明。我說的事情一點都不愉快，不過看她這樣聆聽，我的嘴就停不住。這樣形容很奇怪，但我的嘴就像是擅自講話——逕自說明。

「那個……我剛才說到哪裡？」

「說到老倉學姊宣稱在找到犯人之前，任何人都不能離開這間教室。嗯？這麼一來，老倉學姊後來將議長寶座讓給阿良良木學長？記得這是您擔任班會議長的往事吧？」

「嗯，沒錯。議長在這時候換人。」

「原來如此。老倉學姊暫時做莊，擲骰子之後改由阿良良木當莊家是吧？」

「我覺得用麻將譬喻反而更難懂……」

看來小扇擁有相當酷的嗜好。或許她知道花牌？

「不過，就算這麼說，也不是真的擲骰子吧？老倉學姊是以自己的意願，指名阿良良木學長當議長吧？所以才讓您站著不坐下吧？」

「嗯，就是這麼回事。」

但我認為就算這樣，也用不著讓我一直站著。

「那我果然不懂。老倉學姊為什麼指名阿良良木學長？沒人反對嗎？」

「當然不是全員贊成。比方說，有個叫做品庭——品庭綾傳的男學生，該怎麼說，這傢伙就像是菁英意識的化身……動不動就瞧不起人，尤其最瞧不起我這種人。這傢伙相當強硬反對。」

「阿良良木學長被各式各樣的人討厭耶。菁英意識嗎……哎，在這間學校應該很多吧。老倉學姊的嗆辣個性，或許也是基於這種意識。總之阿良良木學長，被討厭也是一種人品喔。」

「不要隨便安慰我啦……我一瞬間差點認同，不過被討厭哪可能是人品？何況品庭並沒有討厭我，只是瞧不起我。」

「還不是一樣？順便問一下，這位品庭學長有參加讀書會嗎？」

「不，那個傢伙是自學派。但他沒有小馬那麼孤僻。雖然他生性瞧不起不如自己的人，有時候還會唾棄，但如果是他認定和自己同級或勝於自己的人，其實會友善對待。」

「感覺這樣爛透了。」

「他不是壞人喔。」

不是壞人——這句話也是因為和對方不熟才講得出來。我對品庭綾傳與老倉育究竟知道多少？只要知道表面上的個人資料就算是朋友嗎？

「……不過到最後，包含這位品庭學長在內，全班都接受阿良良木學長擔任議長吧？為什麼？」

「如同老倉被視為嫌疑最大，參加學生會的學生主導會議不太妙，這妳應該懂吧？所以班上約一半的人失去資格。就算這麼說，也不是從剩下的人隨便挑一個就好。因為議題核心是數學考試，無法避免討論到考題的檢查。既然這樣，就不能由數學成績不太好的人負責吧？」

「嗯。總之……算是沒錯吧。」

又不是要驗算，所以數學不好的人當議長也沒問題吧……小扇想這麼說，但總之先點頭同意。

「不過，缺席讀書會……更正，沒參加讀書會的學生，平均分數比參加讀書會的學生低了二十分對吧？沒參加讀書會的成員裡，有人的成績高到匹敵參加讀書會的成員嗎？」

「有喔。記得速町就考了九十二分。並不是只有參加讀書會的學生考高分，只是這樣會讓事情變複雜。不過，成績比參加讀書會的所有學生都高的人，只有我。」

「咦？」

「所以，我獲選為議長。」

010

一百分。

在總分一百分的考試取得一百分——這就是我數學期末考的分數。第二名是九十九分的老倉育（順帶一提，老倉的九十九分是讀書會成員的最高分）。

我雖然完全跟不上直江津高中的課程，卻只有數學是例外。要說這是我擅長的科目有點吹牛，總之因為不用多花心思，所以比其他科目輕鬆。不過考滿分也太完美了，所以我接過答案卷的時候，還以為將會遭遇某些災難，討厭的預感更勝於喜悅的心情，後來這個預感漂亮成真。

居然會這樣，我居然抽到這種下下籤。我站上講台，不過可以的話，我好想躲到講桌下。原來平常老師們（或老倉）都是以這種角度看教室。我無法承受聚集過來的視線。雉切或戰場原這種興趣缺缺撇過頭去的學生反而令我感謝。

「好啦，阿良良木，迅速進行會議吧。麻煩證明我們的清白。」

老倉充滿敵意、充滿嘲諷地說。她的座位在最後排，不過即使隔了五張桌子的距離，她的壓力也完全沒變。

……我想各位已經知道了，老倉班長討厭我到病態程度的原因，在於我數學很好。她堅信自己的綽號之所以不是歐拉，在於我的數學成績比她好。她以這種不只是惱羞成怒，簡直是亂發脾氣的理由討厭我，我終究無法接受，曾經（魯莽地）反駁說：「妳在其他科目都遠遠超過我，所以有什麼關係？」不過以她的立場，這正是令她火大的原因。她說這就像是猴子在志願當作家的人面前寫出莎士比亞水準的作品。這個比喻好過分。

就算這麼說，數學是我用來跟上直江津高中課程的最後一根稻草，也不能故意考低分……我希望她努力以一己之力超越我，可惜既然我考滿分就無法如願。

「不過，全班只有阿良良木考滿分，所以也能以此為根據，認定偷答案的是阿良良木。」

老倉像是找碴般說。明明是妳這個傢伙指名我當議長吧？我身為議長，不能反駁這種基於私人過節的意見嗎？

「應該不是吧？」

雖然應該不是代替我，不過某人對老倉這麼說。是坐在老倉前方座位，一年三班座號一號的足根敬離。他的座號是一號，我是二號。由於座號連號，所以多少有點交情。不，我們交情不算好，但至少講過話。或許他是基於這點情緣幫我說話。他也和目邊一樣，是少數和老倉維持友好關係的人。不過以他的狀況，不只是老倉，他幾乎對所有女生都具備某種程度的影響力。因為他的綽號很直接就是「俊男」。他不能以「帥哥」這種輕佻的字眼形容，不只如此，看他公平對待我這種麻煩的傢伙就知道，他的個性也很好。「俊男」又是「好人」，感覺無懈可擊。無懈可擊的他，繼續發表無懈可擊的意見。

「因為，阿良良木同學甚至不知道這個讀書會的存在吧？而且肯定沒和讀書會的任何人有交集。既然這樣，讀書會成員的平均分數，不可能受到阿良良木同學的影響。到頭來，妳指名阿良良木同學當議長，就是因為他和班上任何人都沒有利害關係吧？」

「呃，嗯，是沒錯啦……」

老倉難得講得結結巴巴。估價的女人面對傻男也沒有招架之力嗎？這事實挺令人遺憾，不過對我來說真正遺憾的，在於這位傻男當成前提般說出的「阿良良木和班上任何人都沒有利害關係」這個事實。他似乎在幫我說話，我卻覺得被他狠狠砍了一刀。

哎，他說得沒錯。在這種班會進行交流活動時，無論是兩人一組、三人一組還是四人一組，總是多一個阿良良木沒分到組。這種絕緣的立場，或許意外適任「議長」這個獨立的職位。

不過，這項工作令我心情沉重……

「那麼……首先請參加讀書會的各位舉手。」

我這麼說。雖然想以蠻橫的命令語氣說，但是最好不要無謂興風作浪。這時候就打保守牌，以制式程序進行吧。老實說，我不認為這樣討論就能知道犯人是誰……就算這樣，我依然得嚴謹做好該做的事。老倉剛才詢問時迅速舉手的人們在這次慢慢舉手，如同暗中觀察彼此的動向。

「請就這麼舉著手，我現在將名字寫在黑板上。」

「啊，那我來寫吧。」

激坂說完起身，似乎是自願擔任書記。很像積極的她會做的事。不過，她直到剛才都舉著手，換句話說，她是嫌犯之一……不對，無論是否參加讀書會，書記這種工作交給她也無妨吧。我還沒答應，激坂就鑽過座位之間來到前面，首先將自己的名字寫在黑板上。某些人——舉手學生中的某些人，以看著叛徒的眼神看她。不對，這種搶鋒頭的行動或許反而可疑。不過激坂奈夏紀這個女生，原本就因為生性不拘小節而容易引人起疑。該怎麼說，她不太在意男女之間的隔閡，即使是異性也毫不在意進行親密接觸，經常因此惹出麻煩……講得簡單一點，就是容易令人認為「這傢伙該不會喜歡我吧？」的女生……像是現在，她主動來當書記，我也很難說我完全沒有胡思亂想。或許說穿了只是因為男生是笨蛋吧。總之，「飛吻」這個綽號不只是因為和她的名字「奈夏紀」音近。在我這麼想的時候，她已經將舉手學生的名字（包含她自己）都寫在黑板上，回到座位了。她坐在戰場原前方第二個座位。

結果很清楚，參加讀書會的學生是下列的十九人。實際上，激坂寫下的舉手學生名單沒有法則，而是依照她看到的順序只寫下各人姓氏，但為了方便檢視，以下用全名的五十音順序排列。

①足根敬離　②醫上道定　③老倉育
④效越煙次　⑤雉切帆河　⑥苦部合圖
⑦激坂奈夏紀　⑧甲堂草書　⑨周井通真
⑩趣澤住度　⑪巢內告詞　⑫題野木莓
⑬長靴頂下　⑭把賀濾過　⑮冰熊戚朗
⑯菱形情路　⑰步藤志島　⑱窗村壁
⑲余來承繼

011

「是喔。那麼這樣的話，嫌犯的範圍就縮小到十九人了。我好期待喔。不，講這種話有失體統，得閉門反省才行。嘻嘻。」

小扇講得像是自我警惕，卻毫不保留地笑了。看她完全樂在其中的樣子，我難免想潑點冷水。

「沒這麼單純喔。」

我補充說。

與其說是潑冷水，更像是叮囑。

「參加讀書會的傢伙確實可疑，不過沒參加讀書會的傢伙完全擺脫嫌疑嗎？絕對沒這種事。極端來說，只要某人偷到答案，將內容告訴參加讀書會的某人，就可以間接提供考題給讀書會，這並非不可能的事吧？」

「間接嗎？嗯……有可能耶。」

小扇愉快地說。感覺我潑的冷水是杯水車薪，再怎麼叮囑也白費力氣。

「如果是想提升全班平均成績當樂趣，這個可能性反而比較高吧？」

「這樣好玩嗎？」

「天曉得。我沒做過所以不知道，不過如果不負責任地試著想像，這種事應該很好玩吧？感覺自己好像變成神。」

「把自己當神嗎？這我就不能苟同了。」

嗯？小扇這時候的反應不是很好，我覺得不對勁。果然因為是忍野的姪女，所以對於「神」的話題很敏感嗎？我如此心想，修正話題方向。

「無論如何，就算沒參加，也可以放情報到讀書會。」

「在這種狀況，嫌犯就是沒參加讀書會又考高分的學生。換句話說就是明明沒參加讀書會，成績卻和參加讀書會的學生一樣好的學生，不過阿良良木學長不列入考量。」

「哈。反正我和任何人都沒有利害關係。」

嚴格來說，老倉總是惡狠狠地瞪我，但我和老倉之間只有利害，沒有關係。

「請不要鬧彆扭啦。來，我會對學長溫柔一點。」

小扇說完，這次以雙手環抱。我回過神來，發現她摟著我的脖子。感覺這女生好像圍巾。

「我認為這距離有點近……」

已經交女友的我，終於試著這樣忠告學妹。

「抱歉。在我長大的地方，這種距離感是理所當然。請當成激坂學姊的親密接觸吧。」

她毫不內疚。

但我認為激坂的親密接觸也沒這麼火辣……

「不提這個，請繼續說啦。十九人之中的誰是犯人？」

「不，就說了，不一定在這十九人之中，而且就算犯人是沒參加的學生，這傢伙甚至不需要考高分，反而可能故意考差避免引人起疑。這麼一來，大家同樣都有嫌疑。」

「故意考低分嗎？在這麼重要的考試，會做到這種程度嗎？」

「或許會，或許不會。總歸來說，什麼都不確定。小扇，我就先說了吧，這場班會沒查出犯人。」

「咦？」

「基於這層意義，這個故事沒有結尾，只有糾紛。這場班會是批鬥大會。氣氛變得險惡至極，最後無論是老倉、周井還是鐵条都束手無策。總之就是歹戲拖棚，查不出任何端倪就結束。而且……」

「啊，原來如此！」

小扇「啪」一聲拍打我的雙肩。這完全超越親密接觸的範圍，只是普通的打擊。我個人因為愈講愈鬱悶，所以抱著想就此打住話題的心情，先說出這個故事的結局，不過小扇似乎因而靈機一動。

「阿良良木學長，我知道我們要如何逃離這間教室了。換句話說，我們要在現在解決兩年前不了了之的這個事件，然後就可以離開這裡。」

「……？什麼意思？」

「『在找到犯人之前，任何人都不能離開這間教室。』老倉學姊不是這樣說過嗎？反過來說，只要查出這個事件的犯人，我們就能逃離這裡。就是這麼一回事吧？」

「…………」

就是這麼一回事……嗎？慢著，如果這間教室忠實重現那天放學後的一年三班，那麼……就是這麼一回事。

實際上，那場班會在眾說紛紜（這是好聽的說法，正確來說只是吵吵嚷嚷）到最後，沒確認任何事就進入放學時間，以「那副模樣」結束，不過這間教室的時鐘，就停在放學時間的前一刻。

門窗緊閉，裡面的人回不去。

「當時一年三班所有人內心的遺憾，就像這樣在學校的縫隙成形。真要說的話，這是班會的幽靈。」

「班會的幽靈……意思是我被關在這種莫名其妙的東西裡？為什麼我……」

「天曉得。或許因為最掛念這件事的人，出乎意料就是您。因為您的人生從這一天大大幅改變。」

「大幅改變……」

「那天之後，您迴避、避諱思考這個事件。雖然沒有一天忘記過，卻也沒有一天想過。然而，面對過去的這一天，解開謎團的時機終於來臨了。」

我不知道小扇為何講得這麼確信。怪異現象的成因明明要想多少就有多少。

小扇咧嘴微笑，如同在引誘我。

「我也會盡綿薄之力幫忙推理，總之請依序說給我聽吧。首先說明這十九位嫌犯的詳細資料。因為再怎麼說，這些人的嫌疑確實最大吧？」

「嗯……那麼，我依序說明吧。不過已經介紹的傢伙就跳過……」

012

①足根敬離：已介紹。

②醫上道定：大家好像是從姓氏叫他「醫生」，但他不是醫生的兒子。不過他就算不是醫生，家境似乎也很富裕，是有名的大方傢伙。雖然沒有改造制服，但聽說他的便服相當花俏。舉辦讀書會的時候，會帶相應人數的零食慰勞大家。他堅稱自己不可能是犯人，因為他的成績是六十八分。

「大家的平均分數提升，我也參加讀書會，卻只考六十八分。這種事真的有可能嗎？」

哎，聽他這麼說確實沒錯，不過如先前所述，他並未因而完全擺脫嫌疑。因為他既然參加讀書會，犯行的可能性確實很高。順帶一提，參加讀書會的成員只有他考六十幾分，其他參加者甚至沒人七十幾分，都考了八十分以上。只有他一人考得特別差，嫌疑或許反而更大吧。

③老倉育：已介紹。

④效越煙次：這個男學生的嫌疑可說比醫上大。因為他喜歡惡作劇的個性眾所皆知。舉個例子，他曾經在板擦藏入美工刀片，如果想擦掉黑板上的字，刀刃就會刮傷黑板。幸好後來以未遂收場，如果真的鬧出問題，到時候應該不會只有窗戶玻璃破掉那麼簡單。他說過「我的惡作劇不會造成他人困擾」，但這句話沒什麼說服力。接下來算是笑話，他因為「煙次」這個名字而被叫做「間諜」，這個綽號也增加他的嫌疑。不過就他看來，父母為他取的名字遭人起疑，他應該深感遺憾吧。

⑤雉切帆河：已介紹。補充說明，她與其說是參加讀書會，不如說她只是留在教室發呆，這比較接近真相。不過她實際上考了高分，而且既然在場，應該不會沒聽到讀書會的內容……

⑥苦部合圖：大家叫他「圖書委員」，不過直江津高中沒這種委員會。這裡的校風是盡量不讓學生做求學以外的事，他只是因為愛讀書才被這麼叫。上學時或下課時間當然不用說，依照狀況可能連上課時都在讀書，是年僅高一就在閱讀《爐邊

莊的莉拉》的強者。說到鉛字中毒，一年三班還有一個人不遑多讓，這個人正是戰場原黑儀。不過戰場原完全不挑書，苦部則是熱愛外國古典小說。但他終究沒在讀書會的時候看其他書的樣子。

⑦激坂奈夏紀：已介紹。

⑧甲堂草書：加入女子排球社的高䠷女生。明明是室內競賽的排球社社員卻晒得黝黑，令人詫異，不過或許是因為重量訓練或跑步都在屋外進行吧。無論如何，在大多沒參加社團的一年三班，她是難得熱中社團的人。具備粗野與神經質兩種相反特質——這樣介紹她有點誇張，簡單來說就是「明明會擅自使用別人的東西，卻討厭別人使用她的東西」這種個性。未經許可就借用別人的筆、筆記本或課本，而且曾經弄壞、弄破或弄丟，卻絕對不會把自己的東西借人，要是別人擅自拿去用就火冒三丈……和她一起長大的冬波說，她是「心理層面依然幼稚」的傢伙。社團在考前停止活動，所以參加讀書會不成問題。

⑨周井通真：已介紹。管理讀書會的是老倉，但他這個副班長理所當然般擔任助手。他面不改色就說「如果老倉同學嫌疑最大，那我的嫌疑也差不多大吧」這種話。這也可以解釋成他要沖淡老倉的嫌疑，老倉卻說「同時有兩人嫌疑最大的話很

奇怪，我的嫌疑最大」，一副就算大家都有嫌疑，自己也必須排在第一名才罷休的語氣。

⑩趣澤住度：就算他沒舉手，我也不認為他沒參加讀書會吧。這是我完全不懂的感覺，但趣澤非常喜歡這種聚會。該說他喜歡讀書會還是喜歡教人……他動不動就想教人。我在期中考的時候也曾經「被」他教了很多，不過老實說，強迫中獎的感覺比感謝的心意還強烈。因為他完全不管我理解多少。不過，他喜歡教人的這種個性，真要說的話確實符合想像中的犯人形象。雖然應該無關，但他雙手都戴手錶。他說「這樣就可以維持左右平衡」，或許他的心理欠缺平衡吧。

⑪巢內告詞：低調的學生。沒什麼明顯特徵，在班上是沒存在感的類型。我身為教室裡的少數分子，曾經不經意和他共同行動，但這個傢伙真的難以捉摸，我不清楚這傢伙喜歡什麼、討厭什麼。總之，大概是不願意和我推心置腹吧。我以為他不太像是會參加讀書會的人，但他確實參加了，由此可見他絕對不是不擅長和他人相處。看來只有我認為他是同類。

⑫題野木莓：我個人認為她的名字比較有特色，但是不知為何，不論男女都以她姓氏的第一個字叫她「小題」。她能言善道，如同胚胎先從嘴巴成形，有條有理

地說明自己多麼沒有嫌疑。聽她的論述會認為無論誰是犯人，都只有她不可能是犯人，不過冷靜想想就會發現完全沒這種事。當時她大概有事，一副總之想趕快回家的樣子，不過大家應該同樣想回家吧。我也想趕快回家。

⑬長靴頂下：一言以蔽之就是得意忘形的傢伙，算是一年三班的開心果。不過女生大都討厭他，因為他得意忘形過頭的舉止經常弄哭女生。實際上肯定不到「經常」的程度，但是升上高中之後，弄哭女生會令人留下深刻印象，烙印在眼底。或許他沒有反省之意才是問題。老倉就某方面來說也算是放棄他了。不過真要說的話，希望老倉也可以放棄我。他雖然參加讀書會，卻不像是認真參加，而是在會場胡鬧。聽到這裡，我覺得他的行徑反而拉低讀書會成員的平均成績。

⑭把賀濾過：加入田徑社的運動型女生，但她的另一面是電玩迷，是將掌上型遊樂器帶進學校被沒收的問題人物，還曾經在上課時關掉音效打電玩，和苦部在上課時閱讀課外書的非法行為同類不同質。但因為她熱中社團以及電玩，所以期中考成績很慘，為了挽回成績而參加讀書會。這份努力沒白費，她考出九十六分的好成績，所以她和老倉一樣，很遺憾這次發生這種問題。既然這樣，我有點在意她其他科目的結果。

⑮冰熊戚朗：這傢伙在國中時代擔任學生會長，所以在學期初的班長選舉和老倉競爭。雖然以些許差距落敗，也被推薦擔任副班長，但他似乎原本就對這種職位沒興趣，甚至婉拒推薦（國中時代似乎也不是自願擔任學生會長，而是老師強迫任命）。不過，他這種態度在別人眼中似乎是謙虛的美德，所以很受女生歡迎，僅次於「俊男」足根。剛開始是從「冰」這個字被叫做「ice」，後來因為和糖根的「icing」太像，就從他的名字戚朗（Sekirou）取了「Kiro」的綽號。

⑯菱形情路：容易受人依賴，大姊姊風範的壘球社社員。相較於領袖魅力令人畏懼的老倉或是不太可靠的總管鐵条，她的類型不太一樣，但無疑是班上的中心人物之一。菱形基本上站在女生這邊，大多和男生對立，不過她面對男生毫不退讓的強勢態度，其實連被她震懾的男生都很欣賞。至於她動不動就槓上別人的個性，還是希望她想辦法改善。

⑰步藤志島：游泳社女生。謊稱爸爸是職業棒球選手。搞不懂她為什麼要說這種謊，但她自己似乎也已經收不回這個謊。頭髮是褐色的，但她說自己和速町不一樣，是游泳池的氯氣害頭髮褪色，不過這也可能是謊言。這次有旁人作證，所以至少她說自己有參加讀書會並不是騙人的。

⑱窗村壁：他也是參加社團活動的少數學生之一，而且是輕音社社員，直江津高中有這種娛樂性社團真令人驚訝。這麼一來，他那頭略微倒豎的頭髮，我很想當成搖滾精神的表徵，不過好像只是睡到亂翹而已。我莫名失望。他說自己從小就老是聽西洋歌曲所以英文很好，但數學很差，因此參加了讀書會。但他真的需要加上「英文很好」這句開場白嗎？

⑲余來承繼：大時代風格的男生。或許應該說他走錯時代。經常說「何謂男子漢」的大道理，這股陽剛味不只是女生當然不敢領教，男生也覺得煩，卻只有當事人沒察覺，繼續闡揚男子漢精神。不過要是忍著這股陽剛味聽他說明，會發現他講話意外有內涵。他嘴裡說「何謂男子漢」，實際表達的比較像是身世論，只是無論如何，這依然是生錯時代的行徑吧。他的壞習慣是以高姿態看事情，喜歡惡作劇的「間諜」效越很可疑也是他先說的。

以上，總共十九名。

這十九人是參加考前讀書會的學生。犯人或許在其中，或許不在其中。

013

「學長說，一年三班大多沒加入社團……我可以問得具體一點嗎？還有多少人有參加社團？」

「唔……為什麼在意這一點？」

「沒有啦，在揭穿真相的過程中，沒人知道究竟什麼事情會成為提示，而且學長明明說參加社團的人不多，講到最後卻連續有三人加入社團，所以我莫名在意。我想研究各種不同的群體。」

我很在意「揭穿真相」這個有點暴力的形容方式，但還是回答這個問題。如我剛才所說，參加讀書會的成員之中，加入社團的是排球社的甲堂、田徑社的把賀、壘球社的菱形、游泳社的步藤、輕音社的窗村等五人。確實，如果以五十音的順序排列，湊巧連續三人加入社團，不過十九人之中只有五人果然算少吧。

「嗯。所以我想知道沒參加讀書會的學生之中，有誰加入社團。記得我一開始有聽到問嶋水仙加入花道社？和老倉育並列為雙璧的班上總管鐵条徑，學長說她是壘球社吧？」

「嗯……菱形也加入的壘球社。」

「原來如此。壘球社……除了這兩位，還有人加入壘球社嗎？」

「沒有。我不知道妳在期待什麼……雖然各社團都一樣，但壘球社每年尤其因為社員不夠而傷透腦筋。記得是鐵条拉菱形加入的？至於沒參加讀書會的一年三班成員，品庭和把賀一樣是田徑社，冬波是排球社。」

「冬波。這個名字出現過一次。啊啊，記得他從小和甲堂學姊一起長大？天啊，兒時玩伴加入相同的社團，感覺挺浪漫的。」

「但我認為男子排球社和女子排球社，基本上是不同的社團吧……」

不，這只是我的猜測，應該說只是先入為主的觀念。從國中時代就沒加入社團的我，不可能知道社團活動的實際狀況。

「冬波——冬波境篤這傢伙，是為了長高而加入排球社。不，真的有這種都市傳說喔。聽說加入排球社或籃球社這種長人比較有利的運動競賽項目，身高就會配合需要而長高……但我覺得很可疑就是了。」

「喔喔，所以阿良良木學長沒參加社團啊？」

「別管我。嗯，不過，冬波這傢伙的身高確實和我差不多……入學的時候，他大概是把我當同伴，主動接近我，『甲堂心理層面依然幼稚』這件事，就是他那時候對我說的。不過，大概是發現個子矮的男生混在一起沒有任何助益，他很早就跟我疏遠，後來開始和體格比較壯碩的冰熊他們走得比較近。」

「是喔。該怎麼說，心理層面依然幼稚的人，看來不只是他的兒時玩伴耶。這樣不太浪漫。」

「還有，實崎是美術社員……啊，對了，我差點忘了，湯場是棒球社員。」

「實崎、湯場。這兩個名字都是第一次出現。」

「嗯。實崎是實崎明媚。大家叫他『Kamo』，這是從『明媚』這個名字聯想到的綽號。」（註6）

「『Kamo』嗎……總覺得一年三班取綽號的方式真獨特。順便問一下，阿良良木學長的綽號是什麼？」

「我沒什麼綽號。」

「我問了不該問的問題嗎？」

小扇一臉愧疚。與其讓她露出這種表情，我寧願她笑嘻嘻叫我笨蛋。

註6　日文「明媚」的發音是「Maybe」，「Kamo」是「或許」的意思。

「實崎有藝術家氣質，個性不受拘束，在班上也有點孤立。基於這層意義，比起巢內，他的立場更接近我，而且也沒參加讀書會。」

「不過，他有綽號。」

「是啊。畢竟在下課時間，他會受託畫女生的圖，總之至少沒被討厭……」

這麼說來，老倉好像也當過他的模特兒……如今我心想，那種藝術家氣質或許意外是他的處世之道。

「那位湯場呢？阿良良木學長好像差點忘記他……他給人的印象不深嗎？」

「不對不對，湯場給人的印象反而強烈，不過他只是在棒球社掛名，完全是幽靈社員，所以我一時之間沒想到湯場職則這個名字。」

「幽靈社員……這麼一來，他和這間幽靈教室有某種關聯嗎？」

「不，我認為沒有……」

雖說應該考慮所有可能性，但是將幽靈社員和怪異現象連結在一起，終究是牽強附會。

「不過，您說他給人的印象強烈，這是什麼意思？」

「我動不動就蹺課不上學，這妳聽神原或忍野提過嗎？」

「唔～總之，略有耳聞。」

小扇不知為何，在這時候一副裝傻的樣子，看來她並非總是裝作神祕兮兮。

「湯場在第一學年的第一學期就比我還混。又是遲到又是早退，不喜歡的課就不上。雉切也不太來上學，但是那個傢伙是另一種類型……嗯，比湯場還少來上學的人，只有定期回診的戰場原吧。」

「不是阿良良木學長這種輕度的感覺，而是真正的不良學生嗎？」

「也不是這樣……不過，這傢伙的氣勢很不尋常。目光銳利，剃個三分頭，讓人不敢插嘴管他的事……」

不對，三分頭或許只是因為他加入棒球社。即使是幽靈社員。

「真恐怖呢。今後的校園生活，得避免和他打交道才行。」

「不用擔心這種事。因為湯場休學了。」

「哎呀，是嗎？」

「他開完這場班會沒多久就休學。或許是和我一樣絕望，對於朋友、班級或團結這種東西感到厭煩了吧。」

不知道他現在在哪裡做什麼。

當時的我，沒有任何能對他說的話，不過現在的我有話可說。

「順帶一提，湯場在這次的數學考試考零分。」

「零分？慢著，應該不會零分吧？要考零分肯定還比較難。」

「他交了白卷。我認為是在表達某種意志吧。不過這種堪稱叛逆的態度，或許也構成懷疑的理由。他想愚弄考試制度，所以洩漏解答，自己則是考零分。這也可能是一種想法吧。」

「我覺得不可能就是了……不過，世間的人們確實抱持各種不同的想法。不過這位凶神惡煞的人，真的有洩漏解答的管道嗎？」

「有。因為他雖然嚇人，卻很神奇地沒被孤立。話說回來，他的綽號是『托腮』。因為他上課的時候，都是托腮擺出無懼一切的態度。他在開這次班會的時候也是這個姿勢。」

「連這樣的人都有綽號，阿良良木學長卻沒有？真是震撼的小插曲耶。」

「……加入社團的就是這些人。其他人都沒加入社團。不多吧？啊啊，補充一件事給妳參考，有個叫做割取的女生，這傢伙雖然沒加入社團，放學後卻會去正統劍道道場學武，聽說是實戰劍道之類的。」

雖說是實戰劍道，但我對這方面不熟所以不太清楚，總之就像是我妹妹阿良良木火憐去的那種空手道道場吧。

「全名是割取質枝。她偶爾會穿劍道服上課，所以我一開始以為她是劍道社社員。她在女生當中是比較難親近的傢伙。雖然在學校當然不會揮竹劍或木刀，不過有事就會立刻用掃把之類的東西打人。該說她暴力嗎？總之是會隨便出手的傢伙。與其說出手，應該說出棒？她動不動就槓上別人的程度僅次於菱形。」

「精神修養完全沒到位耶。心理層面幼稚的人會不會太多了？」

「既然是實戰劍道，或許沒有修養之類的訓練吧？何況這是兩年前，我們還是高一學生時的事情。不只是是甲堂、冬波或割取，無論男生或女生，心理層面幼稚是理所當然的。」

老倉如此，我也是如此。

同樣幼稚、不夠成熟——只有半熟。

要是在兩年前那時候察覺這一點，兩年後應該不一樣吧。

「阿良良木學長，別這麼說。正因為經歷過這些事，您才會認識忍小姐以及羽川學姊，也和戰場原學姊締結良緣不是嗎？塞翁失馬焉知非福喔。」

「哎，是沒錯啦……」

小扇居然為別人的人生做總結了。

「不過無論如何，這是很好的參考，謝謝學長。抱歉打斷您說話。託學長的福，我大幅逼近真相了。好啦，那麼請繼續說吧。嫌疑很大的十九人寫在黑板上之後，班會怎麼樣了？」

小扇過於自然地推動話題，所以我聽漏了。她隨口說自己「逼近真相」。

「……寫下十九人的名字之後，蟻暮率先批判。我剛才說過，她批判可能犯行的不只是這十九人……」

014

「等一下。感覺大家認定犯人就在這些人之中……可是不一定吧？速町剛才說她沒參加讀書會，和這個事件無關，所以想要回家。不過……」

我認為速町沒說到這種程度。速町自己沒有特別反駁，大概是不想和蟻暮扯上關係吧。不過要是這麼說，好不容易因為沒參加讀書會而擺脫嫌疑的蟻暮自己也成為質疑的對象……這傢伙只要能批判就不在意其他事嗎？

當然不是這樣。

「就算沒參加讀書會，考高分的傢伙也都應該列為嫌犯。」

她如此主張。這麼一來，數學考六十五分的她就在可疑範圍之外（考九十二分的速町在可疑範圍之內）。不過當然可能是故意考低分避免起疑（即使交白卷拿零分的湯場是極端的例子），所以這個主張沒什麼力道。

「……那麼，雖然沒參加，不過分數……九十分以上的學生，姑且也寫在黑板上吧。」

我不情不願地如此提議。提出這種妥協方案，真不知道該說些什麼。如果接下來有人說「考低分的學生也很可疑」，到最後，全班學生的名字都會寫在黑板上。這是哪門子的點名簿？

沒參加讀書會又考高分的學生姓名，依照五十音順序如下所述。這是人數沒有很多，所以無須勞煩激坂，由我自己寫。

①阿良良木曆（１００）②小馬沖忠（９７）

③戰場原黑儀（98）④速町整子（92）⑤目邊實粟（95）

……像這樣看就覺得，包含我在內大多是怪胎。但其中大放異彩的是目邊。之所以這麼說，是因為她不太給人成績很好的印象。我專攻數學（這一點堪稱奇妙）眾所皆知，小馬有上補習班，戰場原與速町成績優秀也很有名。相較之下，目邊沒什麼特別的地方。不過，目邊的學力並非總是維持在平均以下，她當然也有得心應手的時候嗎？

考試的結果有公告，所以大家都知道大家的分數，不過像這樣加上條件篩選一部分出來，就發現莫名不自然。提議的蟻暮也露出「咦？」的表情。她應該不是蓄意要攻擊特定人物吧。

當事人目邊則是一臉困惑。

「咦？慢著，不是啦……」

班上同學投以近乎懷疑的奇特目光，她這種反應像是正常反應，也像是做了虧心事。這應該是旁人的主觀問題吧。

「不知道不知道，我不知道。」

「阿良良木，別以不上不下的論據就想認定犯人好嗎？」

老倉不知為何講得像是我的責任。老倉明顯在袒護為數很少的朋友，但沒人開口說話。她說的確實沒錯，光是目邊考九十五分，不足以做為認定她是犯人的證據。

「話說……」

此時有學生舉手。是座位在速町後面的浮飛。

「那個……我大概是女生之中分數最低的，所以這麼說或許像是藉口，不過這次的數學考試，我覺得很難。就算事先知道解答範例也寫得出來嗎？」

「…………？」

一瞬間，我聽不太懂浮飛想說的意思，她自己似乎也不太懂。

「妳在說什麼？既然知道解答範例，當然寫得出來吧？因為只要整個背起來就好。」

蟻暮這麼說。但她似乎說到一半，就知道浮飛想說的要點。沒錯。先不提基於什麼動機，如果犯人想將考題洩漏到讀書會，不可能使用直接背下解答之類的露骨手段。只是兩、三人的小團體就算了，多達十九人的群體做出這種事，絕對會有人回報校方。講得通俗一點就是打小報告。即使存在著共犯關係，人數也有限，參加讀書會的學生，肯定大多是下意識地記下考題。

不過就算這樣，平均分數也太高了……居然除了醫上之外，所有人都考八十分以上，如果只洩漏模糊的情報，這實在是……

「沒有啦，總之，一旦起疑到這種程度，或許會沒完沒了……」

浮飛如同要掩飾剛才發言造成的沉默般說。浮飛急須。記得她考五十七分，在女生之中……應該說即使在男生之中，只要排除湯場就是最後一名，但她的意見堪稱是這場班會唯一的亮點。在這之前，我對她毫無印象，大概是不擅長應付學校課程卻很聰明的類型吧。漫畫經常出現這種傢伙，但我是第一次親眼看見，所以不禁凝視她。

「對……對不起，阿良良木同學，我沒有那個意思。」

她道歉了，似乎以為我佩服的眼神是在責備她。這是悲哀的誤會，但我沒辦法解除。

「話說到頭來，為什麼討論的前提是一定有人違規？」

題野這麼說。如同抓準大家安靜的時間點，發揮得意的辯才。

「老實說，努力準備考試的我很不高興。參加讀書會的學生平均分數比沒參加的學生高二十分，這也是有可能的事吧？何況沒參加讀書會的人們，平均分數也被某人拉低了。」

這裡說的「某人」當然是湯場。這段發言如同在揶揄長相可怕的他，使得班上的溫度變得更低，不過當事人湯場看起來不太在意。他一如往常托腮，只看了題野一眼。

「湯場同學拉低的平均分數，阿良良木不是拉回來了嗎？」

老倉嘲諷地說。她為何這樣嘲諷我，我對此打一個大問號。真是無妄之災。

「不過，題野同學，妳說得沒錯。不明就裡就被懷疑，是一件讓人不高興的事。正因如此，我們才非得證明自己的清白。」

像是回答又像是沒回答。肯定對方，卻不讓步修改自己的意見。這麼一來，立場較弱的一方只能屈服，題野當然不再講話了。一副不情不願的樣子。

……後來我才知道，到頭來，這場班會並非校方要求而舉辦的，從頭到尾都是老倉提議進行的樣子。她看到公布的考試結果覺得不對勁，自己計算平均分數比對分析之後覺得更不對勁，想在校方質疑之前證明清白。

看來她甚至不允許自己的人生有他人質疑的餘地，為此將全班成員拖下水。這傢伙太誇張了，即使是事件經過兩年的現在，我也無法肯定她的行為，不過只有這份自命清高的態度是我非得認同的吧，不然她實在得不到任何回報。不過，這份自命清高的態度招致那種結果，她果然沒得到回報吧。

「一旦懷疑就沒完沒了……既然有人這麼說，到頭來，我甚至無法相信這個讀書會真的存在。」

突然語出驚人的，是今天的值日生鞠角。將大個子姊姊的二手制服穿得非常寬鬆的女學生。她對於衣著打扮似乎沒什麼執著，髮型也是如同隨便亂剪的鳥窩頭。被當成怪人而稍微保持距離的她如此發言，基於和浮飛不同的意義讓眾人沉默下來。

「這個世界沒有任何千真萬確的事情吧？讀書會或許實際上不存在。為什麼能斷言不是這十九個人共謀說謊？」

「鞠角同學，請不要胡鬧。」

「沒胡鬧，我很正經。」

即使老倉瞪視，鞠角也不為所動。她——鞠角瓢衣大概也是能夠毫不畏懼面對老倉的一人，不過在這種場合會讓旁人畏懼。因為老倉會把氣出在別人身上。

「……阿良良木，講點話吧。你是議長吧！」

看吧。

「那個……我認為確實應該考量所有可能性，不過，妳說讀書會沒舉辦，終究是過於荒唐無稽……」

「這是理論上不可能的真實。」

「咦？」

一瞬間，我聽不懂鞠角在說什麼而畏縮。我知道她似乎是將夏洛克・福爾摩斯的知名台詞簡略，不過簡略到這種程度，意義都變了吧？

「你在做什麼？」老倉似乎對這樣的我感到不耐煩。「既然都是怪胎，那就溝通一下吧。」

這個 How much 根本胡說八道。

不過，鞠角對老倉的「胡說八道」起反應。

「不要把我和阿良良木相提並論。」

她一臉正經地反駁。

這句發言沉重到我無法接受。

在這場班會，我不只是孤立無援，還一直下探孤立無援的底線。此時，有個學生默默舉手了。還以為她要直接發言，她卻就這樣舉著手保持沉默。我察覺她似乎在等我指名，因此以議長身分叫她。

「沙濱同學，有什麼事嗎？」

「……刻意否定這個說法也很麻煩，但我姑且想證實讀書會確實存在。」

沙濱──沙濱類瀨一副嫌煩的樣子這麼說，如同這原本不是她的職責。非自願接任議長的我，隱約對她的態度感同身受，不過反正她會抗拒，所以我沒透露這種心情，回應「怎麼證實？」催她說下去。

「……會這麼說，是因為我是數學考試當天的值日生……那個，所以必須提早來學校做好教室的準備工作。所以，我記得很清楚……」她說到這裡，為難般看向左方座位的老倉。「開完讀書會的你們，就這麼弄亂教室離開，所以我收拾善後很辛苦。男生當天值日的長靴又沒來……到最後，是比較早來學校的Whip、条姊與服兒幫忙一起重新排桌椅、擦黑板以及倒垃圾。話說啊，你們好歹將吃過的零食收拾乾淨再回去好嗎？」

這次老倉也終究尷尬不語。大概是校門即將關閉，他們什麼都沒做就只能先離開吧……

沙濱基本上是怕麻煩的女生，不過再怎麼說，還是無法放任環境那樣髒亂。雖然不到潔癖的程度，卻也是打掃狂吧。參加讀書會的傢伙們，在她值日的前一天弄亂教室離開，真的很不貼心……如果只有沙濱一個人作證，那麼她也可能說謊，或者鞠角可能會追問，不過只要目邊、鐵条（「条姊」是鐵条的綽號）與服石（「服兒」是她）也提供相同證詞，鞠角就非得收回剛才的過度質疑吧。負責統整全班的鐵条證詞尤其可以信賴。

不過，沙濱剛才點到的三人——目邊實粟、鐵条徑以及服石點呼這三人，感覺並不是積極表態同意，只是不否認沙濱的說法而已。沒什麼反應的三人使得沙濱多少感到疑惑，但她大概是解釋為三人害怕讀書會的主辦人老倉吧。只是，即使鐵条與服石可以這樣解釋，那麼目邊呢？目邊肯定不怕老倉，是平易近人又友善，和老倉建立良好關係的稀有女生啊……？

「……服石同學，沒錯嗎？」

為求謹慎，我向服石確認。我認為直接向目邊確認的話有點故意，才改為詢問服石，她果然只是軟弱點頭。服石原本就是內向的個性，不會在這種場合表達自己的意見，所以她光是願意點頭應該就很好了。畢竟她入學的時候，姓氏的發音被校方登記錯誤，從老師到學生都叫錯他的姓氏，她卻內向到兩個多月都沒有主動更正。

既然這樣，要不要也向鐵条口頭確認一下？還是直接向目邊……不過，目邊可能只是因為剛才發生那件尷尬的事，才會有所顧忌避免多嘴，這樣的話，就算我為求謹慎向她確認，她應該也會保持沉默吧。

「那麼，假設讀書會確實存在……其實我有參加，所以我基於親身經歷知道確實存在就是了，不過……」

在我猶豫不決的時候，冰熊沒舉手就發言。國中當過學生會長的人終於出動了？大概是我主持得太沒出息而看不下去吧。很好，我甚至希望他上來換掉我。

「就算某人以直接或間接的方式，偷偷將解答範例洩漏到讀書會，我認為實際上要是發生這種事，應該會有人發現。洩漏的時候，應該在某方面出現蓄意的感覺吧？」

「不一定吧？」

割取說。割取和冰熊出身於同一所國中，所以割取即使讓人不太敢親近，對冰熊的態度也比較友善（收斂）。

「或許是自然洩漏，沒被發現。」

「洩漏給一兩人應該可以，但這次有十幾人耶？應該有人會覺得不自然吧？露骨硬是背下解答當然不用說，就算是不經意植入潛意識也幾乎辦不到吧？不可能一次就騙過整群人的。」

曾經以學生會長身分面對全校學生這「整群人」的冰熊，才說得出這樣的意見。他這麼一說，會議就進行不下去了，這麼一來，將會變成沒人犯行的結果。

我也覺得這樣結束就好。或許冰熊的意見就是這個意思，他想說這場班會的終點就在這裡。

但是老倉不允許這樣。她始終想繼續「揪出犯人」。

「那麼，接下來驗證考題的具體內容吧。參考參加者所有人的證詞，找出讀書會寫的題目跟考試出的題目相同到什麼程度。」

然後找出犯人。

在找到之前，任何人都不能離開教室。

015

「……找到了嗎？不，我不是說犯人，是說……相同的題目。」
「不，畢竟是一週前的事，如果做得到就不會這麼辛苦了，但參加者的記憶都模糊得恰到好處，不可能確定。」
這是在無意義的班會之中特別無意義的一段討論。尤其對於沒參加讀書會的人來說，這段時間只會討人厭。
「我想也是。」小扇點頭說。「不過，就算這麼說，讀書會也確實出現成果吧？從努力練習的題庫……那個，算是考前猜題成功？」
「總之，嗯。具體來說，不說分數少的題目，分數多的題目，特別困難的題目猜中三題。依照驗證，參加者大多寫對，沒參加者容易寫錯的，就是這三個題目。記得是極限、不定積分與機率的題目。」
「二年級會學極限、不定積分與機率嗎？記得這是高三才學的東西……」
「妳剛轉學進來可能還沒感覺，但這就是直江津高中課程亂七八糟的地方，從高一就以獨特的方針設計考卷，為大學考試做準備。不只如此，期中考還會考大學在教的高等數學題。不過當然是上課教過的內容，所以會寫的就是會寫。」

「就像阿良良木學長這樣嗎？」

「……算是啦。」

我這樣變得像是自豪。我不打算炫耀自己數學特別好就是了……但我沒什麼努力就考得好，所以也很難謙虛。聽小扇這麼說，不免冒出像是投機取巧的愧疚心情。

「關於這三題，讀書會確實寫過類似的題目……卻沒能確定是誰出的。」

嚴格來說，已經列出幾個嫌犯，但是既然當事人否定就無法證實。否定。或是沉默。當然不會有人故意講得自己有嫌疑吧。班會從這時候開始正式開始變得歹戲拖棚，無能的議長不可能有辦法阻止。

「參加讀書會的十九人，是依照考試範圍提出自己不懂的地方然後互教，所以並非有人專門扮演老師或學生的角色。真要說的話，掌握讀書會主導權的傢伙共六人。」

「六人嗎？」

「嗯。提案的老倉、輔佐她的副班長周井、個性積極的激坂、喜歡教人的趣澤、大姊姊氣質的菱形、當過學生會長的冰熊。這六人主要是擔任『小老師』。換句話說，不需要參加讀書會也考得出好成績，所以大家才說他們可疑。」

不過，這六人的共通點在於聰明又擅長照顧他人。即使是老倉，她雖然統治手腕強硬，但如果她總是打從心底蔑視別人，到頭來就不會舉辦讀書會。她應該不是完全沒有愛現的心態，另外五人的這番好意也可能附帶條件，但若這份善意被當成質疑的根據，沒人吞得下這口氣。

「從這時候開始，也出現明顯是謊言的袒護證詞。否定這些證詞也是議長的工作。而且大家不是基於惡意袒護，所以這工作做起來不好受。」

「出自善意的謊言，比出自惡意的真相更惡質……是嗎？」

「就是這麼回事。不過，實際在讀書會寫過的題目，很多題都沒考到……反倒是考試時分數比較少的題目，出現一些讀書會沒寫過的題目。從這一點來看，也可以認定真的只是巧合。」

「巧合嗎……確實也可以這樣解決吧。不過，學長班上沒選擇這麼做。」

小扇就這麼笑嘻嘻地，一直在我的耳際低語。如果只看這個姿勢，看不出究竟是我在對她說話，還是她在對我說話。我自認在講自己的往事，但我甚至誤以為實際上自己或許只是在聽小扇說話。

然而不是這樣。那是我的物語，這裡是我的教室。就這麼在那天放學後封閉的教室。將各種想法封印、密閉的場所。

「原來如此原來如此。是這麼回事啊。阿良良木學長處於這種醜陋的爭吵、無止盡的議論與無意義的行為中心，完全討厭起人類這種生物。目睹這些出自善意的袒護、卸責與嫁禍，您對人類感到絕望，然後失去正義與溫柔，得出『不需要朋友』這個結論。看到許多同學因為交朋友而降低人類強度，成為您的心理創傷。是這樣對吧？」

「……不對。」

「咦？」

我否定之後，小扇發出意外的聲音，一副錯愕的樣子。不過，小扇是如同看透一切的那個男人的姪女，不知道她是抱持多少確信說出剛才的推理。

「我反倒應該這樣。我應該在議論階段就對人類絕望。不過，當時的我內心某處依然相信『正確』與『真相』確實存在，大概因為我還年輕吧。」

年輕。這不是十八歲的傢伙回憶十六歲往事時應該說的字眼。那麼應該改成「幼稚」嗎？

「當時，我甚至隱約感到高興。」

「高興？」

「彼此袒護，或是想盡早結束這場荒唐會議，或是宣稱自己可能是犯人……即使是想要證明清白而舉辦這場班會的老倉，至少也不是出自惡意……我講這種話或許沒人能理解，聽起來或許只是逞強，不過……」

我說到這裡停頓，略為猶豫是否該說出口。但我非說不可。我掩飾自己的這份心情。

「我內心某處覺得，我們正在進行一場『正確』的議論。我認為大家都有這種感覺，或許連鞠角、湯場或雉切都有這種感覺。」

大概只有戰場原不在這個範圍吧。我沒對她說過當時這件事，不知道她當時究竟有什麼感覺。

「所以小扇，我絕望的不是議論本身，是結論。沒人想到居然會變成那樣。我們自認在追求正確的真相，卻犯下絕對性的錯誤。這一瞬間，我失去了自己的正義。」

失去了——我應該一開始就拒絕。不應該拗不過老倉而接下議長這種職務。無論怎麼想，我都應該擺脫蟻暮回家。

「結論？可是您說結論是查不出犯人吧？議論到最後卻是這種結果，確實令人掃興得不得了，卻也沒有嚴重到絕望吧？」

「嗯，沒錯。沒查出犯人。但是並不是沒有『決定』犯人。」

「啊？」

「這就是絕望的原因。就算查不出來也做出決定，這個事實令我絕望。」

絕望了。

甚至讓我說出「不需要朋友」這種話。

絕緣了。

「這樣啊……這樣啊，這樣啊。那麼，阿良良木學長……」

小扇說。如同溫柔撫摸，如同掐住我的脖子般說。

「請告訴我接下來發生什麼事吧。差不多快到學校關門的時間了吧？在密室討論兩小時多，大家的精神應該也達到極限了。在這樣的極限裡……學長與各位做出什麼結論？達到什麼境界？」

「……」

「我好在意喔～究竟變成什麼樣子呢～？真希望大家歷經各種峰迴路轉，依然克服諸多的困難與無謂的混亂，得到滿滿的幸福耶～」

「…………」

當時的我們確實沒能變得幸福。既然這樣，我們當時究竟變成了什麼？

016

現實進行的議論或協商，無法和演戲一樣有條有理地進行，主要原因在於「人們不聽別人說話」。不認同對方的發言、不認同對方的發言權，都在自己以外的人講完主張之前，如同搶拍、搶話般說出自己的主張，打斷他人的發言，始終以更大的音量斷言，形成徒增疲憊感，和有條不紊完全相反的負面回路。就算這樣，如果硬是將班會後續過程紀錄成議事錄，就如同以下所述。

「夠了啦，好煩。就當成我是犯人，結束這種討論吧。」「你講出這種話就討論不下去了吧？你在袒護誰？你該不會知道犯人是誰吧？」「到頭來，犯人真的存在嗎？」「不就是以存在為前提討論了嗎？別再跳針好嗎？」「不，實際上在我們之中，有人敢去教職員室偷考題嗎？」「不是倫理觀念的問題，是現實能不能偷得到的問題吧？」「不，我說的是膽量。」「太蠢了吧？這種討論有什麼意義？只是聽大家說謊吧？」「不好意思，接下來請各位舉手再發言。」「聽不下去了啦。」「現在考題都是用電腦打的吧？用不著入侵教職員室，駭進電腦應該就能偷吧？」「你連續劇看太多了。」「再說一次，我記得最後那一題，在讀書會的時候是老倉教的。我不確定就是了。」「不確定就別講啦。要是搞砸某人的人生，你負得起責任嗎？你從以前就會有這種問題。」「請各位舉手發言。」「喂，我想回去了。這種會可以趁我不在的時候開嗎？」「不會讓你走。」「你回去的話，可能會被當成犯人耶？」「就這樣吧。我當壞人就行了吧？」「耍什麼帥啊？噁心。該不會在打什麼鬼主意吧？這麼說來，你上次……」「冰熊同學不會做那種事。」「我說你啊，記得我那天邀你參加讀書會，可是你沒來吧？有什麼原因嗎？」「居然懷疑我？」「我一直覺得你可能會做這種事。」「不好意思，各位同學，請靜下心來，冷靜一點吧。」「這樣我哪能冷靜啊？」「別這樣了啦。可疑的話交給老師處理不就好了？」「錯誤必須由自己矯正才有意義吧？自己的事應該自己做。」「我不是說和我無關了嗎？」「發言請舉手……」「到頭來，既然阿良良木考了一百分，就代表這是寫得出解答的題目吧？卻要討論什麼作弊或非法行為，莫名其妙。」「啊～真是的，我火大了。好想回家。」「那就回家啊，不過相對的，你會變成犯人。」「連三角函數題目都答錯的傢伙沒資格講這種話。」「我才要說你，圖形題目一般來說會寫錯嗎？看圖不就大致看得出來是全等了？」「不然這樣思考如何？列出哪些人答對那三個大問題，卻答錯別的小問題……」「這樣有什麼意義？」「為什麼變成這樣？各位不要情緒化發表意見，理性思考吧。」「不要去思考，要憑感覺。」「長靴同學，別胡鬧！」「戰場原同學從剛才就一直不講話，妳有什麼想法？」「不太清楚。」「各位，我想說一件事……」「晚點吧！」「別大吼大叫啦，丟臉的傢伙。」「丟臉！」「你為什麼嚇到了？難道做了什麼虧心事嗎？」「唯一能確定的就是我不是犯人吧？」「只有你這麼認為。」「這是什麼語氣？可以收回嗎？」「阿良良木，好好主持啦。」「就算這麼說……」「會不會只是普通的作弊？像是集體作弊。」「就算這樣，依然是參加讀書會的傢伙幹的好事吧？」「到頭來，其他科目怎麼樣？其他科目的成績沒這麼極端吧？」「不，到頭來，其他科目沒辦過讀書會，這種事隨便想就知道吧？」「我就不知道啊。」「不過，犯人沒偷數學以外的考題？各位不覺得犯人既然要偷，就會連其他科目一起偷嗎？」「別講得好像什麼都知道，自以為是偵探嗎？」「其他科目分數也高的傢伙有嫌疑？」「到頭來，為什麼只有數學開讀書會？要是歷史也開讀書會，我就會參加了。」「當然是因為我們班的班導是數學老師，數學平均分數差的話很丟臉吧？總歸來說就是愛面子。班長大人想討好老師。」「不是這個原因。是因為數學是最美麗的科目。」「只有妳這麼認為吧？『美麗』是怎樣？到頭來都是妳自己的喜好吧？」「滿腦子只想到自己。」「我討厭數學。」「你們不懂數學的美？」「學問沒有喜歡或討厭可言吧？你這種傢伙為什麼會在直江津高中？」「怎麼樣，羨慕嗎？」「臭小子！」「請不要吵架。」「不是吵架，是這傢伙亂講話，說我待在這間高中有毛病……」「我沒這麼講吧？」「到頭來，我是文組的，數學跟我無關。而且我原本就想考不考數學的大學。」「我……我也是！」「別跟風好嗎？」「不要這麼嗆啦。」「你們為什麼從剛才就不講話？」「只是因為沒什麼好講的所以不講話。」「我有不在場證明！」「又沒確定犯案時間，哪來的不在場證明？」「我有證人。有人願意保證我不會做這種事。」「那麼動機呢？隨興辦案的傢伙會做這種事嗎？」「就算全班平均分數變高，基本上對犯人來說也沒好處吧？正常來說，平均分數愈低，犯人應該愈高興吧？」「所以犯人不正常吧？也沒什麼基本可言。」「想說什麼就說清楚吧。」「就說沒有了，我也不想說。」「這樣是在套話。」「適可而止吧，我受夠了。我今天還要約會。」「什麼？妳還在跟那個傢伙交往？」「這是我的自由吧？」「我可以睡嗎？」「別吵別吵，照順序推理吧。首先，那天上課的時候，舉辦讀書會的通知信在班上傳閱……」「那封信為什麼沒傳給我？如果菱形沒告訴我，我根本不知道。故意迴避？整我嗎？討厭我嗎？」「不，並沒有故意迴避……只是因為妳不在教室……」「和平相處吧。」「已經不可能和平了吧？因為我被懷疑耶！我明明沒做任何壞事啊！」「無風不起浪吧？」「你就是這種地方沒救。」「哈！這是我要說的！」「既然這樣，早知道一開始就別辦讀書會了！用功應該是自己一個人的事吧！」

……沒人舉手了。成為一場彼此暢所欲言的會議。無限回圈的範例。大家只說陳腔濫調，毫無建設性。剛才提到演戲，這已經是蹩腳演員以生硬語氣照著劇本唸台詞的狀況。

沒人說出真心話，卻相互傷害。

真的是非法地帶。真的是不毛之地。

在整體成為論戰的時候還可以管理，一旦各處爆發小規模的口角，要掌握一切加以控制就難如登天。我並不是為自己辯護，不過無論誰當議長，遲早都會變成這樣吧。在混亂之中，我鑽過座位空隙，走向不高興板著臉的老倉。

「……這已經不可能繼續了吧？無從收拾。」

時間是五點五十八分。我這番話是通告，應該說是投降宣言。不，我不知道自己輸給什麼，總之即使可能是要惡整我，但老倉交付給我的議長職務，我肯定已經無法勝任。

「老倉，饒了我吧。我處理不來。在變得更慘之前收尾吧。」

「說這什麼喪氣話？你明明考得比我好，卻想放棄？」

老倉瞪向我。但她瞪我的眼神，也沒有班會剛開始時的力道。她也累了。所以我個人只把這個投降當成推卸責任，卻也想當成給老倉台階下的藉口。

「對，我放棄了。我做不到。」

「在找到犯人之前……誰都不准回去。」

「不可能做得到這種事吧？等到放學鐘聲響了，大家都會回家。這種事妳也很清楚吧？」

我說得很實際。或許我不應該講這種話。畢竟非得有人講，就算我不講，比方說鐵条或周井應該也會講吧。不過講這種話的不是別人正是我，因而強烈刺激到老倉。

我忘了。

忘記老倉多麼討厭我。

這種討厭的工作，我應該消極地、不負責任地交付給他人。要背負怎樣的義務感，我才能忠告老倉……還是說，我在期待？期待老倉只是把我視為勁敵，其實並不是打從心底討厭我……我自以為總有一天，可以和她建立良好的關係？嘴裡說討厭，內心卻喜歡？

然而，事實不是這樣。

「我討厭你。」

老倉以超越疲勞感，源自心底的厭惡感這麼說。

然後她站起來，將我留在原地，大步走上講台，「砰」一聲撐著桌面，吸引眾人的注意。然而光是吸引注意還無法平息騷動。

「各位！」

所以她放聲大喊。

這一喊終於讓教室安靜了。但是大家藏不住陰沉不耐煩的表情。大概是認為即使這時候換議長也改變不了什麼吧。我也覺得事到如今重新來過，也只像是回到起點罷了。要換議長的話應該更早換。正如預料，剛才首先抱怨她的小馬即將開口抱怨。

「各位！」但老倉制止他開口，再說一次。「我認為已經討論夠了。」

啊啊……聽到這句話的我鬆了口氣，甚至忘記剛才老倉宣洩在我身上，如同訣別的厭惡情緒。老倉也放棄追究，開始為班會收尾了。她身為這場班會的主辦人——或許是身為那場讀書會的主辦人，想做個模範結束這場會議。雖然沒有結論、沒找到犯人，犯人也沒自首，但我們很努力、很團結了。我認為她會講這種話總結，甚至是多講幾句話總結，放大家回家。班上氣氛大概還會險惡一陣子，但為了解決這個狀況，我認為她會進行最佳選擇。

但我錯了。她始終想繼續「揪出犯人」。這場班會只能結束。不用我說，聰明的她肯定也明白這一點。然而既然要結束，就絕對要得出結論再結束。抱持這個強烈決心的老倉這麼說。

「所以，接下來進行表決。」

她做出愚蠢、沒救，差勁透頂的選擇。

她如此宣布。

「誰是犯人，我們用表決來決定。」

017

我至今依然在想，老倉究竟期望何種結果？她提議那種事，究竟想得出何種結論？即使不是真相，只要得出結論就好嗎？

就算不知道也可以決定。

就算不明也可以找到。

這麼說來，那個傢伙一開始就這麼說的。除非找到犯人或是犯人自首，否則班會要一直開下去。她沒說要「確定犯人是誰」。

「……我從以前就是容易被班上孤立的傢伙，不過在國中時代，班上曾經為這件事開過一次班會。如同在討論『如何讓阿良良木融入班上』這樣，現在回想起來會覺得這種會議很扯，而且開到一半就變成純粹在批判不合群的我。或許會議都像這樣輕易失去方向。會變成這個樣子，喜歡獨來獨往的我或許也有責任，但我對此完全沒感想，即使班會最後做出『大家努力和阿良良木同學和睦相處吧』這種結論，我也沒有意見。可是，用表決來決定犯人實在是……」

「我知道學長想說的意思，但是不能全盤否定吧？畢竟歐美法院一般都有評審團制度，日本的裁判員制度也根深柢固。但陪審團制度是全員必須達到共識，裁判員制度也不是單純的表決就是了……如果真的討論到沒東西可以討論，老倉學姊這種做法也不算錯誤吧？」

小扇以安慰的語氣，在我的耳際說。一個不小心的話，我可能會接受她的意見，但她錯了。不是這樣。這只是強詞奪理。犯錯的是我。當時的我應該不惜揮拳也要阻止老倉。

然而，進行表決了。

而且不是無記名投票，是舉手表決。老倉依照座號順序唱名，一年三班的所有學生舉手投票。

座號二號的阿良良木曆。

認為他是犯人的人，請舉手。

「啊～喔，原來是這樣啊。班上大部分的人在這時候舉手，把阿良良木學長當成犯人是吧？我知道學長為何不是對議論絕望，而是對結論絕望了。確實，要是發生這種事，人就算絕望也不奇怪。我由衷表達同情之意。」

「不對。點到我的時候，舉手的只有老倉一人。」

「咦？」

「班上大部分的人，是在叫到座號六號——老倉育的時候舉手。」

一切到此結束。

畢竟沒必要叫其他學生的名字，讓大家舉手投票了。就算有必要，老倉應該已經再也說不出任何話語吧。

當時老倉那張絕望的表情，我看過就忘不了。我大概是被這份絕望殃及吧。

……後來，再也沒人在校內見到老倉。她學籍還在，不像湯場那樣休學，但是無論上課還是考試，她都完全沒來學校。她是天資聰穎的學生，似乎受到某種特別待遇，即使出席天數不夠依然晉級，即使是現在，三年級某班的點名簿似乎也有她的名字，但我不知道是哪一班。

有人說她自作自受，也有人更直接說她自掘墳墓。確實，事後回想起來，在那種狀況表決，票很明顯會集中在老倉身上。她放學後將全班軟禁在教室，關在不悅指數很高的密閉狀態，一直說著如同責備的話語，大家沒反感才奇怪。然而人們很難察覺自己被討厭。如同我其實沒察覺她對我厭惡到暴力的程度。

老倉自己踏入絕境，我只能坐視，沒能拯救。老倉大概不希望拯救吧，即使如此……在那種狀況進行表決的結果，我不是肯定早就知道了嗎？我真的想看一直敵視我的老倉如何毀滅嗎？她絕望的表情讓我深感痛快嗎？不，我一直以為要是表決，我將會成為犯人（或者老倉就是這種打算），而且我也覺得這是不錯的結論。明顯不是犯人的我被指名為犯人。以這種方式收場就不會留下禍根。只要在座號二號的我就做出決議，這場不愉快的表決也會立刻結束……這種天真的預測使我忽視這個事態。基於這層意義，座號一號是足根也令我誤判。因為在會議上始終扮演安撫角色的那個善良俊男，我早就知道不會有人將他當成犯人。

……不只如此，如果是我讓老倉賭氣而失控，她毀滅的責任果然在我身上。

雖然並非直接的因果關係，不過那天之後，我比之前更常請假或蹺課。因為我開始抱持著近似罪惡感的黏稠情感，認為自己不該前來老倉不在的這個學校。

而且在這之後，直到現在，我數學未曾考滿分。

「……需要背負這麼沉重的責任嗎？大家原本不就說了嗎？老倉學姊的嫌疑最

大。票集中在她身上，也是大家基於公正判斷的結果吧？」

「當然有人是因為這樣而舉手吧……事實上，這也成為最好的藉口，不過確實有很多人由衷認為老倉是犯人。我也想要接受這種看法，但我剛才說過吧？那場班會不是某人要求，是她自己召開的。正因為自己嫌疑最大，才會舉辦這場班會證明清白……說來諷刺，她的嫌疑因而被認定，但如果老倉真的是犯人，就不用開這種會。光是拿這件事來說，我就能斷言老倉不是犯人。」

「呵呵，原來如此。斷言是嗎……」

「……？總之，到最後，這場班會造成了一個不白之冤。這果然也是老倉的因果報應。雖然這麼說……」

「與其說是因果報應，更像是作繭自縛。發現小偷之後拿出繩子，卻綁在自己身上……啊哈哈，這麼想就很迷糊呢。」

小扇笑了。她難免會笑。因為實際上，老倉與我們都很滑稽。

「總之……」我說。「親眼看見偽造正當性的現場——目擊做出愚蠢結論的現場之後，我束手無策，不知所措。班上絕大多數，幾乎所有學生完全沒串通、協議或以眼神示意就同時舉手的瞬間，在眾人決定真實、決定正義的瞬間……我不曾看過那麼恐怖的瞬間。那個時候，我迷失了自我。」

不對，不是迷失。

是遺失。

「在那之前，我一直相信『正確』的存在，認為世間存在著正確的事物，問題只在於是否做得到。然而我後來知道了。無論是錯誤的事物、過分的事物、荒唐的事物，只要夠多人肯定，就會變得『正確』。」

即使是明顯的失誤、愚蠢的失敗，只要一百萬人贊成就會變得正確。要是全世界的人都相信，那麼地動說就會由天動說取代。

少數服從多數——人類所發明最醜陋的公式。

最不當的不等式。

然而，這是對的。

大家都說這樣正確，所以是「正確」的。

「啊哈哈，阿良良木學長，這種論點太極端了。是從極端跑到另一個極端的極端論點。就像是在說『暢銷作品都是爛作品』一樣。」

「或許一樣，或許我說得很愚蠢。不過，就算是這種愚蠢的意見，只要出現一百萬人贊同，就會變得正確。我領悟到『正確』是可以一直量產的東西；領悟到『正確』是由人數確立的；領悟到拉攏多數派是唯一的真理。所以與其選擇確立，我選擇孤立。」

我不需要朋友。因為交朋友會降低人類強度。

我說出了這種話。

「要保護自己內心的『正確』，我只能這麼做。只能選擇不加入任何派系或團體。不過這份『正確』在兩年後的春假無力粉碎……抱歉講了這麼久，不過這就是阿良良木曆的物語。小扇，謝謝妳的捧場。啊啊，確實如妳所說，說出來就發現這件事沒什麼，而且我心情輕鬆多了。」

「傷腦筋耶。」

「嗯？」

「阿良良木學長，現在就放輕鬆，我會很為難的。」

小扇的手終於離開我的脖子，然後她無聲無息繞到我面前。我久違從正面看見這張堪稱毛骨悚然的可愛笑容。

「如果物語以『老倉學姊不是犯人』做結，我們還是走不出這間教室吧？您忘了嗎？為了離開這間教室，我們必須確定犯人，確定當天沒能確定的犯人。而且不是使用表決。」

非得由我們「決定」才行。

小扇這麼說。

這麼說來，確實是這麼回事。不對，這始終只是小扇的假設……

「……老倉當天的怨念打造出這間教室？這樣的話，我像這樣被關在這裡也是一種必然。」

老倉她……大概還沒原諒我吧。

大概和那天一樣討厭我吧。

依然是「我討厭你」。

「哎呀，老倉學姊大概已經忘記您了吧？或許出乎意料就是這樣喔。」

「……那麼，這間教室究竟……」

「我沒說嗎？我認為這是阿良良木學長內心創造的教室。我是這麼定義的。是學長以內心──以遺憾創造的教室。畢竟如果那天查出犯人，老倉育就不會毀滅。」

也不會失去「正確」。

這間教室誕生自您的這份後悔。
那天，如果放學時間沒到——五點五十八分。
停止的時鐘。停止——停滯的時鐘。
持續靜止的時間，長達兩年以上。
「您一直在追尋那天遺失的『正確』。您為了取回遺失的『正確』，創造出這間教室。」
「是我……」
有可能嗎？我沒有忍的無中生有能力，居然說我創造出這種教室……不過，怪異是基於合理的原因出現。既然這樣，「我」足以當成這次的原因。
「可是，就算妳說『正確』……」
這已經是兩年前的事。兩年前討論那麼久都不知道犯人是誰，事到如今哪可能知道？這樣的話，我與小扇將一直被關在這間教室？再也無法放學，永遠關在這間教室？
這樣的話……我就算了，小扇完全是被我拖下水吧？即使原本是她的提議，我也實在過意不去。那麼，我現在該做的只有一件事。即使再怎麼勉強自己，我也必須做好該做的事。

「重開一次班會嗎？這次一定要確定犯人……不對，確定真正的犯人。」

「啊～不對，真正的犯人，我已經知道是誰了啊？」

我下定決心時，小扇隨口這麼說。

「應該說，其實阿良良木學長肯定也知道了。知道在那場班會，真正應該批判的人物是誰。知道老倉學姊所說，將神聖數學考試搞砸的犯人是誰。這種事聽過您的說明就很明顯。您對老倉學長的愧疚心態強烈到反常，就是因為您下意識知道犯人是誰，不然您不可能使用那種敘述方式。」

「那種……敘述方式？」

「您述說這個物語的時候，故意隱藏一個情報，以免某人被懷疑。基於這層意義，即使不是蓄意，您依然在袒護真正的犯人，隱瞞真相，所以才會對背黑鍋的老倉學姊感到愧疚。」

「…………？」

故意？隱瞞？荒唐，我隱瞞了什麼？我絕對無法忘記那場班會。就算想隱瞞什麼事，也無法完全隱瞞。

「是的，您沒有完全隱瞞。這正表示您下意識知道犯人是誰。您一直避免正視這個事實至今。如同羽川翼昔日一直避免正視真相。」

「…………」

這女生究竟在說什麼？

這女生究竟知道什麼？

「我一無所知喔，知道的是您才對，阿良良木學長。阿良良木曆。」

「我……」

「名偵探會集合眾人揭發真相。這裡沒有名偵探，所以我來代替吧。那麼！為了悼念被己身業火焚身毀滅，糊塗又愚笨的老倉育，接下來就嚴正進行她期望的『揪出犯人』程序。啊，差點忘了，既然是『揪出犯人』，只有這件事非得說清楚。無論是驅除怪異還是解謎，制式做法都很重要。」

小扇——忍野咩咩的姪女，轉學生忍野扇對疑惑的我輕聲一笑。

然後，她轉身向後，面對無人的黑板，如同歌舞伎擺出帥氣的姿勢。雖然我在這個角度完全看不到，但我非常清楚她現在是什麼表情。

「我要挑戰讀者。」

018

「犯人是鐵条徑。」

忍野扇隨口說。

毫無開場、出場或暖場。

我對此——對於這個「意外的犯人」不是很驚訝。內心完全不為所動。完全不為所動。為什麼？我明明不知道這件事才對啊？

難道是正如小扇所說，我內心某處早就知道——知道那是她的犯行嗎？知道老倉育成為犧牲品、成為受害者？

「可以繼續嗎？」

「……啊啊。」我如此回應小扇的詢問。既然已經說出名字，原本她肯定不需要說下去了，但我有聆聽的義務。身為物語的敘述者，我有義務知道事件的真相。不是述說的義務，是聆聽的義務。

「為什麼認為鐵条可疑？她的立場和其他成員差不多吧？我確實比較常提到這傢伙的名字，不過既然我是想到哪裡說到哪裡，也可能是愈少提到名字的傢伙愈奇怪吧？」

「我並不是基於出現頻率懷疑喔。我剛開始懷疑的是人數。」

「人數？」

「三十八人。這是阿良良木學長這部物語的登場人數。我剛才數過，而且數了兩次，所以應該沒錯。但是這樣很奇怪。」

「很奇怪？為什麼？一班三十八人很妥當吧？」

「錯了。」

小扇環視一年三班的教室。如同逐一檢查、分析每個無人的座位。

「阿良良木學長，記得您確實說過。您說自己在班上多麼孤立的時候提到，無論是兩人一組、三人一組還是四人一組，您都是唯一剩下的人。這裡很奇怪。因為，如果班上人數是三十八人，兩人一組的時候就可以除盡，三人一組、四人一組的時候會多兩人，不會出現只多一人的狀況。」

「唔……」

我語塞了。她說的沒錯。這只是普通的算數，稱不上是數學。

「我數學沒那麼好，所以說到高三數學就一頭霧水，但是至少會除法喔。那麼，試著求出一個除以二、除以三、除以四都會餘一的數字吧。這勉強稱得上是數學吧？只要算出二、三、四的公倍數再加一就好。」

「…………」

「二、三、四的最小公倍數是十二，十二加一是十三。說來真巧，感覺剛好是一年三班，不過十三人終究太少了。那麼下一個公倍數……只要將最小公倍數乘以二就好。二十四。二十四加一是二十五。這個人數的班級在全國也不少，但您說過，參加讀書會的人數大約是全班一半。二十五人中的十九人，不太能形容為一半。那麼換下一個。最小公倍數的三倍是三十六……加一之後是三十七。這應該是一年三班正確的學生人數吧？」

「……妳的意思是說，教室裡混入一個局外人？不過老倉肯定說過，班會禁止非相關人員進入，所以不可能有局外人……」

「是的，不可能。不過這句話也可以反過來解釋，只要是一年三班的相關人員，都可以待在教室。例如……班導。」小扇露出討厭的笑容說。「阿良良木學長，您確實一開始就說過吧？您進入教室，發現一年三班的全體成員齊聚教室。是的，您用的是『成員』，不是一年三班的全體『學生』。原來如此，班導確實可以視為一年三班的成員之一，就算參加班會也不奇怪。」

「………」

「現在回想起來，您介紹三十八個登場人物時，沒有用到『學生』、『男生』、『女生』、『制服』、『同學』、『一年級』、『高中生』、『社員』等字眼明講是高中生的人物，在三十八人之中只有一人，也就是鐵条徑。因此我使用推理小說的基本，也是數學基本的刪除法——反證法，確定鐵条是犯人。啊，直呼老師的姓氏不太妙嗎？應該叫『鐵条老師』嗎？哎，不過她有『条姊』這個綽號，您也直接叫她的姓氏，應該是個平易近人的老師吧，所以沒關係。」小扇甜笑之後繼續說。「學長說她的社團是壘球社，肯定是擔任顧問老師的意思吧？真是的，阿良良木學長講得好容易混淆。不過回想起來，您說她『成熟』就暗示她是大人吧？」

「……我沒有這樣暗示的意思。」

「哈哈，這樣啊。」

「………」

「順帶一提，我剛才詢問您被三個女生帶進教室時，教室座位是否坐滿，您回答嚴格來說，蟻暮學姊、雉切學姊、糖根學姊與老倉學姊的座位是空的。不過這樣很奇怪吧？阿良良木學長的座位也應該是空的才對。是不是有人坐在那裡？例如班上的導師。所以阿良良木學長不是沒被老倉學姊准許坐下，而是根本沒辦法坐。」小扇說。「不過，這只是佐證，是瑣碎的細節。所以，實際上呢？鐵条徑不是學生，是老師，我這個推理完全錯誤嗎？我是在雞蛋裡挑骨頭嗎？」

「……沒錯。正確答案。一年三班——我那班的學生人數是三十七人，包括班導鐵条在內，參加班會的人數是三十八人。可是……」

我這麼說。如同基於某些理由非得強烈反駁。如同自己被指稱是犯人。

「就算鐵条是老師，也不等於鐵条是犯人吧？只是一位親切的老師在班會坐在學生座位，以班上成員的身分參加議題罷了……」

「班上的總管是嗎？這樣形容班導真巧妙耶。」

小扇如同無視於我反駁般笑了。這個態度令我稍微探出上半身。

「小扇……」

「當然，就算鐵条老師不在場，就算學長沒提到她的名字，我應該也會懷疑班導。會議吵成一團的時候，有人問過吧？到頭來，誰能事先知道考題？」

我探出上半身時，小扇的身體也靠過來。臉好近。我一下子就畏縮了。我真軟弱。

「應該很難吧。潛入教職員室？入侵電腦？犯人做出這種危險的事，卻有人認為是隨興犯案？」

「……沒錯，如果是老師就能自由進出教職員室，但光是這樣就懷疑……」

「阿良良木學長，都走到這一步了，請別裝傻。在會議吵成一團的時候，有人說過一年三班的班導是數學老師吧？鐵条徑就是數學老師。既然這樣，她的立場不只是可以事先知道考題，根本是設計考題的人。所以風險是零。」

小扇這麼說。

她真的連細節都聽得很清楚。

這孩子是貨真價實的優秀聽眾。

「……就算真的是這樣，鐵条也沒辦法洩漏她設計的考題吧？鐵条沒參加讀書會啊？總之，老師不會參加讀書會……因為和班會的性質不同。那她要怎麼偷偷把情報洩漏到讀書會？要透過誰？」

「不需要透過任何人，也不需要和任何人串通。記得冰熊學長說過？如果考題洩漏出來，肯定有人察覺不對勁。這是自由心證，我不知道是否能全盤相信，不過這是值得參考的證詞。還有一件事，這一點很重要——既然要洩漏，為什麼沒有洩漏所有考題？我不知道為何只洩漏一部分。」

「真要這麼說的話，也不知道為何要洩漏考題吧？」

「這部分『晚點』就會知道。關於這個問題，鐵条並沒有將情報洩漏到讀書會，這是比較符合邏輯的回答。讀書會只是健全的教學相長，完全是砥礪學力的聚會。和老倉學姊的期望相同。」

「可是，那麼……為什麼參加讀書會的十九人……」

「這種事很簡單吧？鐵条老師是設計考題的人耶？既然這樣，只要配合讀書會的內容設計考題就好。」

「！」

雖然故意打出一個驚嘆號，但我終究沒嚇到。

我以冷靜無比的心理，承受小扇說的「意外真相」。

「隔天，值日生沙濱學姊曾經嘆息說，必須處理讀書會的善後對吧？而且鐵条老師、目邊學姊與服石學姊也主動幫忙。當時做了哪些整理工作？阿良良木學長，她們做了哪些整理工作？」

「…………丟掉零食包裝袋、重新排桌椅。」

「除此之外的！」

「……擦黑板。對吧？」

我不情不願地說。黑板。

是的，不只是開班會的時候經常使用，讀書會也一定會在黑板寫字。換句話說，參加讀書會的成員，在黑板留下許多用功的痕跡。

黑板面積當然有限，某些內容可能已經以板擦擦掉，無法完全判讀，但……

「但可以看到『一部分』……是吧？」

「是的。只要知道讀書會複習的內容，就可以配合設計考題。不過當天就要考試，就算能修改考題，也只能修改『一部分』吧。」

只有部分考題一致，是因為無法從黑板看到讀書會溫習的所有內容，以及因為沒時間……是吧？

「數學考試在第二堂，就算趁著考保健體育的時候重新出題，時間也……目邊之所以考得好，應該認定是在早上清理時和鐵条一樣看到題目而記住嗎？」

「是的。當事人應該是在班會開到一半發現的吧，所以才一副尷尬的樣子。大概是不願意說錯話被歸類在『讀書會』那一邊吧。不過，就算同樣看到黑板，應該也有人和沙濱學姊或服石學姊那樣看過就忘毫無察覺，所以我認為目邊學姊的成績算是她的實力。」

哎，畢竟就算事先知道考題，數學題目也不是所有人都解得出來。

「說得也是。鐵条老師肯定也這麼認為，所以平均成績意外拉得太高，她自己應該也嚇一跳吧。參加讀書會卻考差的只有醫上學長，其他人居然都考八十分以上……不過，老倉學姊召開這種『揪出犯人』的班會，真的出乎她的預料吧。開班會的時候她應該很緊張，擔心自己的犯行會被揭發。」

「緊張到無法為我與老倉打圓場……」

我縮回身體，但小扇將身體靠過來。她隔著桌子，以感覺得到彼此氣息的距離，繼續對我說話。

「也可能是因為不安才參加班會，以便必要的時候誘導議論方向。不過，實際上應該不用擔心被揭發吧，畢竟沒人想得到犯人居然是老師。以推理小說來譬喻，等於真凶是偵探或刑警，真的是盲點。不過，偵探或刑警是真凶的模式也差不多用盡了……實際上，沒人懷疑鐵条老師對吧？」

「嗯，沒人懷疑。」

「除了阿良良木學長。」

「……不，如果我敢說自己察覺，那麼大家應該都察覺了，只是認定不可能是這樣。」

所以在沒過多久的第六人就結束表決時，大家都鬆了口氣？不，無論表決到第幾人，點名簿又沒有班導的名字，不可能輪到她。

「再來的問題就是……動機嗎？犯行的動機。雖然不算洩漏題目，總之就是她這麼做的理由。」

「嗯……小扇，妳剛才說『晚點』就會知道，所以妳也已經知道了？」

「如果犯人是學生，這次的犯行就令人摸不著頭緒。就算是隨興犯案，動機也很難猜。因為全班平均分數提高，各人的偏差值都會相對降低。勉強說的話，主辦讀書會的老倉學姊評價會提高？不過既然這樣，就沒必要開班會了。甚至如同阿良良木學長所說，不應該開這場班會。不過，全班成績變好的話，某人的評價也會變好，這個人就是數學老師，一年三班的班導——鐵条老師。校方會評定她具備優秀的教學能力與指導力。換句話說，這就是鐵条老師的動機。」

「既然這樣……」

既然這樣，只要在上課的時候說「這裡考試會考」不就好了？用不著這樣配合學生的考前猜題設計考卷……

「不不不，上課做這種事會被發現吧？這種事不能被發現喔。這次做得太過火了。放水三題放太多了。這種臨時換掉的問題，應該控制在一題或兩題，她低估學生的學力了。」

沒錯。同時也代表她小看自己的教學能力。因為她的學生確實完成了這些考題。

結果，她失去了一名優秀的學生。

「阿良良木學長，還有別的問題嗎？」

「……沒有。」

「這樣啊。那麼，該回去了。」

我愛理不理回應之後，小扇露出甜美笑容，迅速離開我身邊，如同毫無依戀般，以輕快的腳步走向教室的門。

然後朝門把伸手。

「阿良良木學長，您可以出去了。」

她說。

「嗯……」

相對的，我慢吞吞跟上小扇的腳步。看向手錶，剛好和教室時鐘一樣是五點五十八分。兩個鐘錶的指針角度終於一致，如同星辰的週期相互吻合。即使是靜止的時鐘，每天也會顯示正確的時間兩次。

不對，教室的時鐘肯定也會開始走動。

如同為時已晚。

因為小扇已經——我已經得到解答。

已經確定犯人是誰了，所以時間開始流動。

放學鐘聲即將響起。

「『我可以出去了』是什麼意思？」

「啊？」

「沒有啦，感覺妳的說法有點怪……這是什麼意思？」

「啊啊，您不知道嗎？吸血鬼進入建築物或房間的時候，必須得到裡面的人許可喔。」

「啊啊……但我沒這種經驗。」

「別這麼說，畢竟忍小姐是特製的。而且這次不是進不來，而是出不去，所以我才試著說『可以出去了』。算是聊勝於無的咒語吧。」

「……小扇，這樣就像是妳把我關在這裡耶？」

「這是誤會啦。我不會把阿良良木學長關起來。我怎麼可能做這種事？」

小扇笑嘻嘻地解釋。

「阿良良木學長被自己的過去囚禁了，而且長達兩年。對吧？」

「…………」

「我可以理解就是了。老師對於學生來說是『正確』的象徵，卻做出非法行為。而且這位老師平易近人，又是班上的總管。遭受背叛的這種感覺，使得阿良良木學長封閉內心也是在所難免。因為再怎麼說，最後還是毀了一個學生。出席天數不夠的她之所以依然晉級，除了她成績優秀，也是因為鐵条想贖罪吧？」

「贖罪？錯了，這是藉口。那個傢伙只是想把自己當成正人君子。」

我這麼說。語氣比我想像的惡毒。為了含糊帶過，我伸手想打開教室的門。小扇在我開門之前，輕輕將自己的手疊在我的手上。

如同要我好好把話說完。

如同沒說完就不准我出去。

「我絕望的原因是……」

所以我說了。封鎖至今，忘也忘不了的那段記憶，我挖掘出來了。兩年前的七月十五日，在這間教室進行的那場班會。

回憶那場表決。

我對「正確」絕望的真正原因。

我不是對班會本身絕望，不是對表決本身絕望，甚至不是對真相本身絕望。

那麼，下一位。

座號六號。

認為我——老倉育是犯人的人，請舉手。

「我對『正確』絕望的原因是……」

我對「正確」絕望的原因是……

「當時，班上同學指名老倉是犯人的時候……老師鐵条也在眾人之中，把手舉得筆直。」

鐘聲響了。

門開了。

好啦，回去吧。班會結束了。

學校不是可以一直待下去的地方。

019

接下來是後續，應該說是結尾。

隔天，兩個妹妹——和我不一樣，依然相信世間存在著永恆「正確」的火憐與月火叫我起床，我出門上學。新的腳踏車還沒買，所以我走路上學。哎，這樣或許有益健康。後來我心血來潮，在前往自己教室之前，去了視聽教室一趟。正確來說是視聽教室的隔壁。

那裡如同理所當然般，沒有空教室。

應該說，小扇畫在筆記本上的死角空間不存在。只有視聽教室位於邊間，而且這間視聽教室也沒有額外多了一間教室的長度。

又是靈異現象嗎？我如此心想。不對不對，應該不是這樣。到頭來，只是小扇測量錯誤。只不過是她繪製校舍圖的時候，創造出不存在的空間。

這裡沒有任何東西。

沒有任何東西在這裡。

沒有「隱藏的房間」、沒有「密室」、沒有「揪出犯人」的行動。也沒有「意外的真相」。更沒有班會或表決。

一切都是往事，都是已經結束的事。

就算這樣，姑且還是回報小扇比較好吧。我沒問她的聯絡方式，所以改天找神原牽線吧。我如此心想，移動到另一棟校舍，前往自己的教室。

途中，我經過教職員室門前……鐵条徑已經不在這間教職員室裡面了。雖然這麼說，但她不是為自責所苦而主動辭職，也不是非法行為曝光被開除，而是懷孕請產假，是喜事。受學生喜愛的她，在盛大的祝福之下離開直江津高中。用不著加算育嬰假，鐵条應該不會在我畢業之前回到學校，所以我這輩子大概再也不會看見她了。

我對此沒有任何感覺。

到頭來，對我來說，在兩年前的那一天，我看到那個人舉手的背影之後，她就不再是老師或大人了。無論是顯意識還是潛意識，我對事件的真相究竟察覺到何種程度？我自己都不知道。不過我在述說物語的時候，之所以沒說她是老師，應該就是這個原因吧。如小扇所說，我絕對不是要袒護鐵条。不過我就算提出這個主張，小扇大概也只會做出「是喔，這樣啊，我受益良多～」這種裝傻的回應吧。

我完全不改行走速度，從教職員室外面經過，抵達我高中三年級的教室。正要進去的時候，差點撞上剛好走出教室的羽川。

「啊。阿良良木，早安。」

「喔喔，羽川早。」

「你來得正不是時候。」

「啊？」

「阿良良木，你現在可能別進教室比較好。」

「咦？」

「嘿咻，嘿咻……」

羽川以雙手推著我遠離教室。她做起這種相撲動作超可愛。離開教室數公尺之後，羽川對我打耳語。

「阿良良木，我們班有一個空位，你有發現嗎？」

「嗯？嗯嗯，啊。與其說有發現……應該說我認為那是備用的座位。所以怎麼了？」

我不明就裡，如此回應。空位？

「什麼嘛，難道妳今天上學一看，那個座位坐著幽靈嗎？話說在前面，區區幽靈完全嚇不到我喔。」

「坐在那裡的不是幽靈，是人類喔。一直沒來學校的同班同學，今天突然上學了。」

「喔……這樣啊。所以那個座位是那個傢伙的座位吧。我班上居然還有一個同學，我很驚訝。不過，我為什麼最好別進教室？」

「因為是老倉同學。」

羽川翼這麼說。

如同預見我接下來將面臨的悲劇，以嚴肅至極的表情擔心地說。

「老倉育同學……她這兩年好像一直在家裡自學，卻像是和鐵条老師對調一樣來上學了。記得阿良良木和她處得不愉快吧？」

第二話　育・謎題

OI KURA S ODACHI

001

老倉育討厭我。真的是把我當成殺父仇人討厭。一個人究竟要怎麼做才會被討厭到這種程度，才能被討厭到這種程度？我不禁感到疑惑。對方要討厭特定人物到這種程度，明明也會累積許多壓力才對。當然，我這個人確實原本就不太能博得他人的好感，不是那麼親切的傢伙，也不是討喜的傢伙。就算這麼說，我也不記得做過什麼事情，使她討厭我到以那種眼神瞪我。不對，有個理由姑且已經見光，就是我的數學成績比她好，既然這麼說就代表我記得……但她並沒有任何實質上的損失吧。何況回想起來，剛就讀直江津高中的時候，我好像在一年三班第一次見到她就被她瞪。不過這種說法當然偏向於被害妄想症吧。畢竟她不可能掌握到連我都沒掌握的入學考成績。

何況，導致那場班會的期末考，我只是湊巧考滿分，並非數學一直比她好。在第一學期，肯定有幾次小考是她狀況很好，考出比我好的分數，而且數學範圍很廣，她肯定在某些領域的理解度比我好。

她總不可能真的由衷認為自己綽號不是「歐拉」的原因在我身上吧？若要這麼

說，居然有女高中生由衷希望別人叫她「歐拉」，仔細想想也太奇怪了。這該不會只是找我碴的藉口吧？歐拉是世間公認的偉大數學家，不過就算這樣，是否想拿來當成綽號也是兩回事。比方說我很尊敬羽川翼，卻不會因而希望大家叫我「羽川翼」。

她應該誤會我了。

如同我誤會她。

誤會招致誤會。

我這麼認為。但我堅定認為，同時也詫異認為，雖然老倉育討厭我，我卻絕對不討厭老倉育。我覺得這真的很稀奇。以人際關係來說，對方討厭我，我卻不討厭對方，基本上是很難的事情。不，我當然不會說我喜歡她。她討厭我，即使不到攻擊的程度，卻也會做類似惡整的行徑，而且經常瞪我，我的神經還沒彆扭到會因而喜歡她。天底下沒有這麼高段的彆扭法。不過我就算討厭老倉育的這種態度，我也不討厭她本人。

無論如何都不討厭。

為什麼？

基於某方面的意義來說，與其思索她為何這麼討厭我，這個問題更加嚴重。我為什麼沒辦法討厭她？在我認為「不合」，意氣與個性都不相投的直江津高中學生當中，即使終究稱不上印象良好，老倉育反倒是我比較認同的人？

我做人沒有好到只因為她擅長數學、熱愛數學就認同，事情沒這麼單純。這確實是我難以否定她的理由，不過在她經歷幾乎沒有同情餘地的自我毀滅而在學校難以自容，再也不來上學之後，我依然將她放在心上，無法從記憶割除。如果這也是基於某種理由，肯定是和求學毫無關係的某種理由。

我如此認為。

對於應該再也不會見面的她，我如此認為。無須思考，心不在焉地認為。不過，和相隔兩年來到學校的她重逢之後，我再度面對這個問題。

不，不只是面對。

這次我得尋求答案，求得解答。她為什麼討厭我？我又為什麼不討厭她？她在我心目中是什麼樣的人？我在她心目中是什麼樣的人？我們彼此不是什麼樣的人？我將得知答案。這是相隔兩年曝光的真相，同時也是相隔五年曝光的真相。

曝光。

也可以說是揭露出來的真相。

用不著以這種誇大的說法賣關子。

我甚至可以在一開始就公布解答。我與她的對立果然和數學關係匪淺，而且我在她的心目中更勝於殺父仇人，比殺父仇人還不如。有些事無法忘記，也有一些事已經忘記。

之所以不記得被討厭，只是因為忘記了。

那麼，就從數學角度，或是如同推理小說那樣虛張聲勢地出題吧。

試證明老倉育討厭阿良良木曆的時候，阿良良木曆不會討厭老倉育。

不過，可以忽略忍野扇的要素。

002

拜訪母校挺令人難為情的。坦白說，我畢業之後從來沒去公立七百一國中。明明位於徒步範圍，我這三年左右卻一次都沒去過。這麼說來，領到畢業證書之後，就沒什麼理由回國中了，所以真要說的話也是理所當然。畢竟我也沒參加社團，不能以校友身分訪問。

說穿了，我甚至差點忘記自己當過國中生。只是，像這樣踏入懷念的校門一步，當時的記憶就如同洪流在我腦海奔騰，我一下子回想起各種往事。

包括好事、壞事、不重要的事、糗事，全部回想起來。

這些無盡記憶的共通點，大概就是「難為情」的情感吧。不過說來遺憾，在喚醒的記憶中，沒有老倉暗示的那段記憶。

我什麼都想不起來，什麼都想不到。

「呵呵，這就是阿良良木學長昔日就讀的國中啊……聽您這麼一說，確實覺得非比尋常耶。」

我身旁的小扇笑嘻嘻地說。我不知道這番話的當真程度如何，也不知道她這種態度是源自叔叔還是天生的。

沒什麼尋不尋常，七百一國中完全只是普通的，非常平凡的，沒有特別可取之處，位於地方都市的一所國中而已。

……就算這樣，光是自己在這裡就讀過，就難免想當成與眾不同。

小扇說的是這個意思嗎？

「不過，總覺得好神奇。無論我有沒有畢業，國中這種場所也一如往常持續運作……」

「這是當然的吧？這個地方不可能只為了學長存在啊？就算對您來說是很重要的場所，也不代表您對於這個場所來說很重要。您好笨耶。真是一個笨蛋。」

小扇笑了。

……哎，或許我說了會被她笑的事情，總比她對我傻眼來得好。現在時間大約是下午四點，結束今天課程的現任國中生們，一邊疑惑地看著在校門附近駐足的我們，一邊放學踏上歸途。到了明天，他們又會理所當然來上學吧。他們相信每天會永遠這樣重複下去，還不知道在畢業之後，這種反覆會輕易結束……

「那個，阿良良木學長的兩位賢妹，也是在這裡求學嗎？」

「提到我妹妹的時候不用這麼客氣。不是喔，那兩個傢伙上私立國中。」

「啊啊，記得是栂之木二中的火炎姊妹……話說回來，『栂之木二中』的全名是什麼？」

「是『栂之木第二中學』。然後，她們有個叫做千石撫子的朋友就讀這所七百一國中……糟糕，早知道應該事先聯絡她，請她帶我們進來。」

我雖說是畢業生，不過像這樣踏入學校，終究有些卻步。就算不會，現在世間不太安寧，即使應該不會被當成可疑人物，要是閒晃過度，老師們可能會過來問話。

「阿良良木學長，沒問題的。用不著這樣不安，光明正大一點吧？抱著『回到三年前』的心情就好。」

小扇像是激勵我般說。看來她不在乎高中生進入國中。總之，小扇和我不一樣，直到去年都是國中生，所以對她來說，「高中生進入國中」或許不是這麼令她躊躇的行為。

不過，小扇和我不一樣，這所七百一國中不是她的地盤，是她沒來過、沒聽過，完全陌生的場所。基於這層意義，她應該會感到不安才對……

「啊哈哈，要是講這種話，那麼對我來說，幾乎所有場所都很陌生喔。因為我一無所知。」

小扇說著，再度踏出腳步。

一小步一小步地前進。

「阿良良木學長，我們走吧。像這樣心不在焉站在校門附近反而可疑得多，有人會報警喔。迅速行動吧，趕快進去趕快回來吧，所謂的快去快回。記得是鞋櫃？」

「啊，啊啊。是鞋櫃。」

我連忙跟在踏出腳步的小扇身後。昨天一起被關在教室的時候也一樣，小扇的行動力與行動速度令我佩服。動不動就只是思考，容易被思緒束縛動彈不得的我，總是被她看前不看後的行徑拖著到處跑。這時候要以學長的身分做好榜樣才行。我抱持這個心態大步前進，走到她前方。

「老倉說在鞋櫃，但我不知道她那番話有幾分是真的。以那個傢伙的個性，說不定只是隨口亂掰惡整我。」

「隨口亂掰……這是有可能的事情。是有可能的物語。因為世間總是有很多騙子。」

小扇似乎很愉快。

雖然不到郊遊的感覺，不過對於小扇來說，這終究不關她的事。

「如果是假的，我們就白跑一趟鞋櫃了。不過光是有幸像這樣和我尊敬的阿良良木學長同行，這段放學後的時間就意義非凡喔。」

「不要學神原講什麼『尊敬』或『光是有幸同行』這種話。小扇，我不記得妳尊敬過我。」

「哎呀，阿良良木學長，這是您缺乏自覺喔。光是我聽到的傳聞，您這半年在這座城鎮經歷的怪異奇譚，都是值得大為尊敬的事蹟。您想要我一一列舉嗎？我可不准您說不記得喔。」

「不准我說不記得……」

「是的。這是記憶。」

「…………」

總之，關於這方面，我不能說我不記得。既然這樣，小扇只像是受到神原影響的這種用詞方式，我也只能視而不見嗎？

只能視而不見，只能忍耐，也可以說只能忽略。

不，就算這是遲早要處理的問題，不過對我來說，在這個時間點非得處理的問題，是關於老倉育的問題。

實際上，這是嚴重的問題。不是只要我忍耐就能了事。持續兩年沒上學的她突然上學，讓我們背起如此沉重的課題。

不能悠哉以對。

總之，經過那場班會就請假不上學的老倉，在即將畢業的這時候來到學校，應該要大為慶祝吧。

「呵呵呵，真是神奇的偶然耶。世間居然有這種事。我聽阿良良木學長說完老倉學姊往事的隔天，阿良良木學長居然就再度見到這位老倉學姊……這是頗為奇特的緣分。」

「哎，我確實嚇了一跳……畢竟我甚至不知道我和那個傢伙同班。」

……居然能夠一直不知道這件事，才是我驚訝的原因。就算我再怎麼對周圍沒興趣，再怎麼容易和班上疏離……不過我確認之後，發現點名簿真的有她的姓名。今年我姑且擔任副班長，既然這樣，不知道這件事的我堪稱怠忽職守，應該要負起責任……難道我是刻意將她的名字排除在意識之外嗎？因為她的名字無論如何都會令我想起那場班會？

記憶。

「呵呵呵。呵呵呵。呵呵呵呵。人生真是驚喜連連耶，不知道下一秒會發生什麼事，也可以說因為這樣才有趣。」

「不過這次完全和『有趣』相反就是了。」

小扇看起來很快樂，不過我的心情其實很沉重。要是今天這種事持續到明天之後，我根本沒空準備考試。沒錯，今天的事情只不過是前哨戰，這才是恐怖的事實。得在正式開戰之前盡快處理才行。

「所以要去……鞋櫃？」

「嗯。所以要去鞋櫃。」

正式的說法不是鞋櫃，而是脫鞋區的置物櫃，不過這時代應該沒有國中生會穿木屐或草鞋來上學吧（到頭來，這樣大概會違反校規）。（註7）

我與小扇進入國中校舍，抵達問題所在的鞋櫃。不對，老倉說的不是鞋櫃，而是鞋櫃裡面。

鞋櫃裡面……

「所以，阿良良木學長國一的時候使用哪個鞋櫃？」

小扇問。

「啊啊……要去一年級的角落……」

我說完帶路。

「鞋櫃的角落」這種說法很奇怪（應該說「區域」才對），不過既然是脫口而出

註7　日文「鞋櫃」的漢字直翻是「木屐盒」。

也沒辦法。這種事無須訂正。我帶著小扇前往。如果和我就讀的時候一樣，肯定就在這附近。

「……我記得真清楚，連我自己都嚇一跳……與其說是腦子記得，感覺應該算是身體記得。」

明明直到剛才，我對國中本身的印象都很模糊。

不過像這樣踏出腳步，就會自己找到路線，如同雙腿知道怎麼走。

「呵呵，這樣啊。我也轉學過很多次，所以知道這種感覺喔。直到剛才都完全不在腦海的記憶，突然被挖出來的感覺。不過，人類的記憶實際上相當隨便就是了。即使自以為記得、自以為回想起來，其實也可能和真相完全不同。」

小扇講出這種神祕又討厭的意見，我內心略為不安，但我還是確定了我昔日使用的鞋櫃。

確定。

不過，如今當然是由其他學生使用，所以鞋櫃的名牌不像五年前寫著「阿良良木」……

「喔，這裡啊。所以國一的阿良良木學長，每天都在這裡換鞋啊，我感觸良多耶。」

「怎麼可能感觸良多……妳為什麼會對我換鞋子感觸良多啊？」

「您當時是什麼樣的孩子呢？」

「居然說『孩子』……」

我當時國一了耶？

真是的。

我差點這麼回應，不過在高中生眼裡，覺得國一學生是孩子或許也理所當然吧。實際上，當時的我是個過於幼稚的孩子。

甚至對於「正確」或「正義」的存在深信不疑。

當時的我，要求自己非得做正確的事。嗯，沒錯，如同我的妹妹們——火炎姊妹進行的活動。

雖然自我感覺過度良好，不過這正是孩子中的孩子會做的事吧。

「哎呀哎呀？阿良良木學長，怎麼突然不說話了？真是的，要是您這樣悶不吭聲，男子漢氣概更上層樓，我會愛上您耶？」

「不……」

「被我愛上會很麻煩耶？」

「嗯，應該很麻煩吧，真的……」

不知道為什麼，這個女生和神原不同，就算講這種話捧我，我也完全不會難為情。部分原因在於我知道她這麼說是出自消遣心態（或是惡意）。基於這層意義，神原那種誇張至極的稱讚話語姑且有點說服力（誠意？），使我認為她是真心那麼說。

「我是在想該怎麼辦……我依照老倉的說法來到這裡，但接下來怎麼辦？」

鞋櫃。我國一使用的鞋櫃……的內部。我認為非得實際去看一次，不過就算來看了，我頂多只想起這個場所。

這裡就是終點，是死路。

老倉要我來這裡，究竟是想對我說什麼？不，老倉的意思不是叫我回國中看鞋櫃……

那麼，那個傢伙的意思是什麼？

「接下來怎麼辦？阿良良木學長，那還用說嗎？就是看鞋櫃裡面啊，嘿！」

小扇說完就以行雲流水的動作，毫不猶豫、毫不迷惘，我還來不及阻止，她就朝著鞋櫃——我國一使用的鞋櫃伸手。

很乾脆地打開。

天啊，我終究臉色蒼白。不，老倉說問題在於內容物，所以我到最後當然得打開這個鞋櫃，不過現在這是別人——是可愛的（實際上不得而知）陌生國一學生使用的鞋櫃。擅闖學校就是很大的問題了，而且這是學生的鞋櫃。用不著刻意考慮隱私權也不應該擅自打開，所以我這時候才會卻步，覺得這次的調查碰壁，但小扇把這面牆，把終點盡頭的死路，當成障礙賽的欄架輕易跳過。

忍野的血統真恐怖。為了調查，不惜輕易拋棄瑣碎的道德觀。

我昨天被關在教室的時候也在想，這個女生的行事風格，真的像是為了調查而活。

當機立斷。

關於她果斷的行動力，我只能佩服不已，不過可以的話，希望她在行動之前知會一聲。

「啊哈哈，就算您這麼說，我們也不能一直在這裡等，直到使用這個鞋櫃的學生出現，說明事由要求打開給我們看吧？不可能採取這種等到天荒地老的作戰吧？」

「不，我認為這個作戰很妥當……」

「阿良良木學長耐心真好耶。這可以說是優點，不過耐心好不代表長壽。要是埋伏等國中生出現，我們就真的成為可疑人物了。未來將黯淡無光。」

「就算這麼說，擅自打開國中生的鞋櫃，問題應該更大吧？」

「要是別人發現，我打算說我要放情書給這個男生，所以沒問題。這個世界盡是騙子，所以沒有法律規定我不能說謊吧？您則是設定為陪伴內向的我過來放情書的可靠學長。」

「啊啊，原來如此，這個設定不錯。我的角色感覺也不錯。不過小扇，從名牌的字跡來看，現在使用書櫃的可能是女生。」

「在這種狀況，我打算改成您來放情書，我是陪同的學妹。」

「在學妹陪同之下，放情書給國一女生的高三男生？感覺突然變成很差的設定……我的角色落差太大了吧？」

「哎呀哎呀，話說回來，鞋櫃裡的鞋子是室內鞋，看來現在使用這個鞋櫃的學生回家了。反正應該不可能事先獲得許可，總之結果好就一切都好。嗯？哎呀哎呀？」

小扇講得一副有所發現的樣子，將手伸進鞋櫃。我的願望落空，以為「結果好就一切都好」是稱讚話語的她，再度進行當機立斷的行動。不過怎麼回事？室內鞋有什麼可疑之處嗎？

然而，小扇從鞋櫃取出的不是室內鞋。

三。

是三個信封。

「信……信封？」

咦？

剛才真的只是半開玩笑那麼說，不過都這個時代了還寫情書？而且三封？怎麼回事，這個鞋櫃現在的使用者，已經放學的這位國一學生異性緣很好？

現在的年輕人……

還是說，這個人是輕小說的主角？

這所國中正在上演輕小說風格的劇情？

「唔～不，阿良良木學長，抱歉在您期待的時候這麼說，不過這看起來不是情書，而且似乎都是同一人寫的。」

「同一人？慢著，我聽不太懂，也沒有期待……不過小扇，再怎麼樣都不能擅自拿別人的信吧？快點放回去。」

這次我終究勸誡她。我來到母校可不是要侵害陌生國中生的隱私。

但小扇如同當成耳邊風。

「沒有啦……」她毫不愧疚地說。「請看這些信封。您看看，各自寫著『a』、『b』、『c』。手寫的。筆跡看起來一樣，不過情書應該沒有這種奇怪的手寫字吧？」

小扇說。

要說怪的話確實奇怪。而且『a』、『b』、『c』三個字母，都是數學課使用的那種書寫體，所以更顯奇怪。我想想，國中一年級剛好是從算數切換到數學的時期，所以剛開始使用這種符號……不對，就說了。

「就說了，不可以擅自看別人的私信啦。小扇，聽好了，就算是為了進行實地調查……」

「不過，這是寫給阿良良木學長的信耶？」

小扇將信封翻過來。

封底確實是這麼寫的。

「1－3　阿良良木同學收」

三封都是。

「咦……？」

「這是怎麼回事呢～？哎呀哎呀，真是不可思議耶～我無法理解耶～」

小扇掛著詭異的微笑說。這時候的我，如同被雷打到般想起來了。

也想起老倉想說的事。

甚至因而忘記其他的一切。

想起來了。

原來如此，人類的記憶確實很馬虎。

看來，我的人生也馬馬虎虎。

003

我想起的記憶還很混亂，所以先講原因吧。我難為情又懷念地造訪母校的原因。

我和轉學生忍野扇一起被關在教室，成功逃離的隔天早上，前往教室的我，在走廊被羽川擋住去路。羽川解釋是因為老倉育在教室裡。她睽違兩年來上學。

「記得阿良良木和她處得不愉快吧？所以我認為你進入教室之前，最好先做個心理準備。」

不愧是班長中的班長。萬物的班長——羽川翼。這方面的關心無微不至。

如果兩年前，一年三班的班長是她，那場班會也不會落得那種結果吧。肯定可以迴避那種慘劇。不過如果羽川在班上，即使是後來沒能確定的真正犯人，她或許也可以當場查明……這麼一來會變成什麼樣子？我很難概括認定「這樣比較好」就是了……

包括我與戰場原，班上學生對那場班會都三緘其口，所以羽川當然沒有深入知情吧，不過我與老倉交惡似乎傳得很開。甚至有人說那場班會是我陷害老倉，但我個人對這種說法深感遺憾。

羽川當時沒問「阿良良木，你和老倉同學發生什麼事？」之類的問題。或許是認為自己不應該深入這件事。不過就算這樣，也只是現階段的狀況。

如果今後在教室裡，我和老倉鬧出不能無視的麻煩事，身為班長的羽川應該會積極調查我或戰場原吧。

……這就傷腦筋了。

那場班會的事，我不希望她知道。

我居然在那種班會擔任議長，我不希望羽川知道。以羽川的個性，當然不會因而對我抱持批判的態度，反倒會溫柔勸誡吧，但我還是不想說。我不想抱持輕鬆心態說出來，也不想抱持沉重心態說出來。

到頭來，連忍都沒聽過的兩年前往事，我昨天為什麼像那樣對小扇一五一十說出來，我自己都覺得奇怪。即使當時非得這麼做才能脫離密室也一樣。

這麼一來，我個人非得盡量和開始上學的老倉維持和平關係。只要過著毫無風波的校園生活，羽川也不會出面調查這件事吧。姑且叮嚀戰場原別透露比較好嗎？到頭來，我不知道那個傢伙對這個事件的想法……

畢竟當時的她與現在的她，想法應該也不一樣吧。

「哈哈哈！」

我乾笑幾聲。

這是「羽川，妳擔心過頭了」的意思，不過我似乎失敗了，羽川以看見怪東西的眼神看我。在朋友腦筋出問題的時候，人們就會投以這種眼神。我不知道剛才的笑多麼抽搐。

「不用擔心。」

我重新這麼說。

感覺應該先輕咳幾聲才對。

「就算我們處得不愉快，也已經是遙遠兩年多前的事了，我絲毫不在意。完全不在意。很高興妳這樣關心，不過我就算剛才直接進教室也沒問題喔。」

「唔。唔唔。是嗎？」

「嗯，是的是的。對方也已經忘記我了。」

羽川做出思索的動作時，我對她打包票。不過我這麼做似乎也失敗了，無謂讓羽川更不信任我。

因為……

「不過老倉同學剛才問我問題。她問阿良良木同學怎麼了、阿良良木同學現在在做什麼，阿良良木同學現在是什麼樣子。」

羽川這麼說。

老倉完全記得我，而且非常在意我。好恐怖。我突然不想進教室了。如果不用顧慮出席天數，我甚至想直接掉頭回家。

「她問阿良良木同學有沒有長高、平常吃什麼東西，大概幾點來上學。」

「問太多了吧……」

「我認為不回答也很奇怪，所以在不痛不癢的範圍回答她……」

「哪……哪些事算是不痛不癢的範圍？」

「大家都知道的事。像是你在當副班長、最近變正經了……大概這些。小忍的事或是怪異相關的事當然完全沒說。」

羽川說。總之，這部分算是「不痛不癢的範圍」吧。

雖說不痛不癢，但是我會痛會癢。

「還有，我隱約覺得危險，所以也沒說戰場原同學的事。畢竟她也還沒來上學。不過，阿良良木，我認為在戰場原同學上學之前，你最好整理一下頭緒。」

「整理頭緒……」

「就是先和她講幾句話。既然是同班同學，接下來還會共處好幾個月，很難毫無交集吧？」

「唔～……」

簡直像是看穿我接下來打算一直把老倉當空氣一樣。

不知道能不能想辦法在教室找到死角……

「影響班上氣氛也不太好。老倉同學或許還有心結，不過既然你說已經完全不在意，那你肯定可以主動接近吧？」

天啊。

我的發言居然砸到我自己的腳。

別說接近，如果她的態度和兩年前一樣，她周圍就是禁止進入的區域……根本不知道會踩到哪種地雷。

聽說某些地雷故意不會致命，而是只毀掉腳，造成受害者更多的痛苦。

要我走這種危險禁區？

「不過阿良良木，等一下。我現在得去找保科老師，討論老倉同學的復學手續，非得去教職員室一趟。你也一起來吧？畢竟是副班長。」

「唔……」

老倉並不是休學，所以這時候說「復學」肯定只是淺顯易懂的形容方式，不過羽川暫時離開教室，我比較方便行事。何況我已經得知戰場原還沒上學，換句話說，現在進入教室的話，我不用在意任何人的目光。

好機會。

千載難逢。

該在意目光的對象只有兩人，我的人生還真是不可取，就算這樣，現在依然是千載難逢的好機會。我鄭重拒絕羽川的邀請（就某種意義來說不是鄭重拒絕，只是單純的棄守崗位）。

「我會在妳回來之前，解決我和老倉的事。」我說。「距離畢業剩下半年，我想度過舒暢的青春。」

「是喔……阿良良木也成長了耶。」

羽川佩服般這麼說，不過事實差很多，我這麼說也真夠敷衍了。而且「在羽川回來之前解決」這句預告，當然不可能成真。

004

我進入教室。一直留給老倉的「空位」，和我的座位有一段距離，因此我內心抱持某種從容。

既然對羽川那麼說了（即使沒那麼說也一樣吧），我就不能無視於老倉，就算這樣，我還是可以先把書包放在自己座位，坐下來喘口氣吧。我的作戰是趁著這段時間觀察老倉，從她的態度與氣息擬定對策。這就像是「計算速度快的傢伙在聽題目的時候已經在思考解答」，也就是所謂的偷跑戰法，我卻因而吃了一次犯規。不對，沒有真的犯規，因為我沒能執行這個計畫。

老倉坐在我的座位。

……先不提羽川是否告訴她，總之，阿良良木曆坐在哪個座位，問任何人都問得到。畢竟在這個班上，前一年三班的學生並不是只有我們幾人。不對，她就算要問，也不會選擇一年三班的人，會刻意迴避吧。

總之，我想採取假動作出招時，老倉先發制人了。

與其說先發制人，更像是劈頭給我洗禮，不過真要說的話，我對此感到不對勁。老倉昔日確實討厭我，但真的討厭到會像這樣明顯找碴嗎？這幾乎算是攻擊了吧？和物理的暴力沒有兩樣，如同刻意挑起戰火。一時之間，我想說乾脆去坐老倉的座位（一直沒人坐的空位）回應她的宣戰，但這時候接受挑釁只會陷入僵局。在這種時候，我更應該當個沉著冷靜的紳士。我重整心態，以不太慌張，優雅至極的腳步，如同走紅毯的影星或新娘，前往我的座位——老倉所坐的座位。

不過，當我說出這種莫名其妙的譬喻，就代表我其實相當慌張。

「這是我的座位。」

總之我這麼說。

平靜地說。

盡量平靜地說。

「嗯？咦？妳不是老倉嗎？沒錯，老倉！唔哇，嚇我一跳！這不是相隔已久的兩年前，一年級的時候同班的老倉同學嗎？記得我嗎？肯定忘了吧，妳想想，我是座號二號的阿良良木！我的座號是二號！」

我說出的個人資料只有座號。

對妳來說，我是只有這種價值的人喔。我在自我介紹巧妙藏入這種意義。

「……我當然記得。」

不過，老倉低聲這麼說。

聲音不只是低，而是底。如同從地獄底部響起的聲音。

這半年來，我遭遇各種危機，面對各種危險人物，總是被逼到生死關頭（絕對不是誇飾），但老倉的聲音足以令我畏懼。

這傢伙無視於我累積至今的歷練……不知道她這段時間是怎麼走過來的。

「我不可能忘記你吧？阿良良木。」

叫惡魔名字的時候，語氣應該也會更愉快一些吧。老倉就像這樣懷恨在心，捨棄稱謂直接叫我。與其說是捨棄更像唾棄。毫無接近的餘地。

不只是禁區，簡直是隔離區。

也可能只是……深邃的谷底。

「很高興妳記得我……座號二號的阿良良木很高興。」

嘴裡這麼說的我，觀察兩年不見的老倉。說來當然，她看來成長了兩年分。從「高一」變成「高三」。在我的記憶裡，她某些部分還有點稚嫩的感覺，但如今這方面的細節完全消失。只是說到變化，最明顯的變化就是她的視線——瞪向我的視線。

視線。

感覺比兩年前更銳利，更鋒利。如果不是這兩年打太多電玩導致視力變差，或許是她對我的厭惡與憎恨隨著時間成長。這樣的話，與其說是成長更像是負成長。

成長的不只是身體，這是好事。但她為什麼更加厭惡我？

這段時間，我明明沒見過她……

「所以，這是我的座位。」

我耐心再說一次。

據說面對猛獸時，必須保持絕不退縮的心態。要是亂了分寸陷入恐慌，只會落得被吃掉的下場。面對捕食者的要點只有冷靜沉著。

「看來你過得很好，和我不一樣。」

猛獸把我的話當成耳邊風。

然後她淺淺一笑。她親切地讓我知道，笑容不一定是在表達善意。

「但我的人生被你害得亂七八糟。」

「居然說是我害的……」

我不知道她在說什麼，不過，她說的難道是那場班會？慢著，這很奇怪吧？那個事件確實是老倉拒絕上學的原因，若要說這個事件害她的人生亂七八糟，我也不是無法理解她想這麼說的心情，不過眾人公認那是老倉自取滅亡，是她自作自受，肯定不是能夠憎恨任何人的經歷。還是說，難道這傢伙相信「我故意陷害老倉」的那個說法？不只如此，還認為我是那個事件的真正犯人？

荒唐……雖然我這麼想，但這並非不可能。這終究是個人主觀認定的範圍，既然是主觀，認定誰怎麼樣都是個人自由。

如果只有一個人進行表決，永遠都是全票通過。

老倉認定我是犯人的話，我就是犯人。

要是老倉認為被我陷害，就果然如她所說。

「過得很幸福嘛。」

老倉繼續說。

我察覺她的說話方式不太自然。聲音有點沙啞，如同顫音。感覺像是不習慣說話，無法好好調整音量。

兩年沒來上學的她，或許很久沒和他人說話了。這樣的話，以話語過度刺激她應該不是明智的做法。但我如今很難確定怎麼做才是明智的做法。

我甚至覺得如今無論是「明」還是「智」都是無法套用在她身上的字。

果然應該和羽川一起去教職員室……我如此後悔，但這是悔不當初的一例。

「我真的好羨慕。我當家裡蹲的這段期間，阿良良木又是用功讀書、又是考大學、又是交女友，人生一帆風順。」

「……託妳的福。」

我頂多只能這樣回應。

看來她果然不只是找羽川打聽我的事情。「用功讀書」就算了，我不認為羽川會說出「考大學」這種私事。羽川說她沒提到戰場原的事，但我與戰場原的關係絕對不是祕密，應該有人聊到我的時候會提這件事。老倉的調查還不到令我佩服的程度。

不過，是病態。

極度病態。

久違兩年來上學的第一件事，居然是打聽我的事情……她沒想過被問到的人會留下什麼印象，或是到處打聽阿良良木的自己會被人如何看待嗎？實際上，羽川看過老倉的奇特行徑之後就很擔心，而且預先給我忠告。但我似乎正在逐漸白費羽川的寶貴建議。

……兩年前的老倉也不算友善，相當咄咄逼人，卻肯定不是如此無法溝通，無法好好處理人際關係的傢伙。

果然是那個事件改變了她嗎？

而且是朝著相當扭曲——歪七扭八的方向改變。

「……託福？託我的福？哈……一直沒來學校的我，對你做了什麼？」

「沒有啦，這是……」

用不著緊咬我的客套話不放吧？

也用不著咬到留下齒痕吧？

「哼。不過只要你有那個心，任何大學應該都考得上吧。」

「沒……沒那回事喔，我拚得很辛苦。」

老倉不只挖苦，甚至挖到骨子裡的這番話，我聳肩半開玩笑回應。避免此處氣氛變得凝重才是最辛苦的事，但很難說我的努力得到回報。不只是此處，整間教室的氣氛都變得凝重，我甚至懷疑教室的空氣都以貴金屬取代了。教室裡的學生沒人閒聊，都看著這裡。

感覺我的評價更下一層樓了。

為什麼我的評價非得像是踩樓梯一樣變差？

「用不著謙虛喔。至今數學依然是你擅長的科目吧？」

老倉說。如同嘲笑般說。

看不出真正意圖，只有惡意表露無遺的諷刺。

「該不會覺得比我更適合擁有『歐拉』這個綽號吧？」

「…………」

在這種地方展現執著，感覺挺滑稽的，而且她是以凶狠視線這麼說，就變得更蠢了。不過她的凶狠視線是衝著我來，我講這種話也很奇怪。

「總之，與其說我擅長數學，不如說數學是我的保命繩。」

「現在也一直考滿分？」

「不，滿分就……」

在那之後，我連數學也沒考過滿分……我難以啟齒。若是數學以外的科目，最近我並非沒有考滿分的經驗，反倒只有數學無法考得完美。

內心某處，有個「不能考滿分」的強迫觀念。

某處……不對，這個場所非常明確。

強迫觀念存在於「這裡」。

「交了女友……也是多虧數學吧。」

「……？不，這終究……」

和數學無關吧？

我如此心想，卻也得知老倉即使打聽到我交女友，也還沒查到我的女友是戰場原。

如果老倉得知這件事，肯定會接著問下去。阿良良木曆居然擄獲高攀不上的那個「深閨大小姐」——戰場原黑儀的芳心，老倉不可能放過這個消息。

這是僥倖。

或許是提供這個情報給老倉的人們，都在途中感受到危險的氣息……應該說從老倉身上感受到異常的氣息。

既然這樣，至少得在戰場原上學之前，讓老倉離開我的座位。我重新下定這個決心。雖然下了這個決心，不過到頭來，我的小小決心對老倉來說毫無意義。

「是多虧數學。」老倉再度說得莫名其妙。「你這種傢伙，真的讓人火大，再怎麼恨都不夠。就算抗拒，厭惡的感覺也接連湧現，是無底的厭惡之泉。」

「居然這麼說……喂喂喂，妳也太不客氣了吧？」

老倉至此明顯對我表露敵對態度，但我依然想走和平的懷柔路線出言安撫。即使如此，老倉也沒收斂，表情甚至變得更嚴厲。

「我討厭你。」

她清楚這麼說。

這是我在兩年前的那間教室也聽過的話語。

「我討厭你這種態度。什麼事都想要含糊做結。想要妥協、想要打圓場。你在那時候也……」

她說到一半，把後面的話吞回去。

不，感覺是聲音卡住說不出話。看起來最近好一段時間不習慣說話的她，大概是因為語氣突然激動，導致喉嚨稍微出問題了。

實際上，她接下來咳了一陣子。

我擔心地想要接近。

「……不准碰。」

她拒絕了。

冷漠無情就是這麼回事。

「我不想被你這種傢伙擔心。因為被你這種傢伙擔心，一點好處都沒有。」

「……是嗎？」

我離開她。聽話離開。

然後開始思考。「你在那時候也……」老倉剛才是這麼說的。「那時候」當然是「一年級那時候」的意思吧。是指我當時想要草率結束那場班會嗎？

這麼說來，她當時看我採取那種態度，才決定進行表決。與其說決定不如說武斷……難道是對此惱羞成怒？不過「惱羞成怒」是我的見解，對她來說，這應該是正當的怨恨吧。而且如果她這兩年來一直面對這份怨恨，她這樣一直瞪我也是在所難免。

雖然亂來，卻也在所難免。

「討……討厭。討厭你。我討厭你。」

老倉如同說服大眾的煽動者，持續這麼說。如同決堤般說。被自己的話語加熱，逐漸為自己的話語狂熱。

「也不想看見你。你這種人存在於這個世界，簡直爛透了。」

「看來妳真的……」

我說。

既然對方這麼具攻擊性，我也不得不接招。心情逐漸冷卻。不需要太努力，依然在猛獸面前冷靜地沉著下來。或許也可以說沉澱下來。不只是因為她講得毫無道理，使我傻眼到內心逐漸冷卻，更重要的是我不知道該對她做什麼，不知道她會對我做什麼，這份恐怖使我膽寒。

討厭我到這種程度的她，在某方面來說很滑稽，所以看起來挺脫線的，即使如此，也有某種不能隨便露出笑容的要素。就算真的笑得出來也只是乾笑吧。也只是如同老倉現在掛在臉上，那張異形的笑容吧。

「看來妳真的討厭幸福的傢伙。」

既然她說不想看見我，我難免想問她為什麼要來上學，不過這等於是對著一直拒絕上學，如今終於來學校的她說「不准來學校」。我試著改以大眾觀點迴避她的攻擊。

但她搖了搖頭，如同嘲笑我這個傢伙居然說這種無聊的話。

「我喜歡幸福的傢伙喔。」

她說。

……總之，無論我說什麼，現在的老倉應該都會否定吧。我說左，她就會說右；我說上，她就會說下。不過，她在這方面似乎有自己的堅持。

「因為旁觀就會覺得幸福。我討厭的是不知道幸福原因的傢伙。沒想過自己為何幸福的傢伙。」

「…………」

「我討厭自以為是憑著一己之力沸騰的水；討厭自以為會自然輪替的季節；討厭自以為會自己東昇的太陽。討厭，討厭，討，討厭……討厭。我討厭你。」

說出這番話的老倉眼神閃亮。

燦爛——璀璨得如同糜爛。

世間居然有這麼噁心的光輝，我孤陋寡聞。

「討厭討厭討厭討厭討厭。討，討，討……討厭。我討厭一切。討厭得不得了。討厭到無法挽回的程度。討厭，討厭。討厭討厭討厭討厭討厭討厭討厭討厭討厭！」

「老倉……」

我暗忖不妙。

我誤會了。而且是天大的誤會。

這是任何人遭受攻擊時都容易產生的誤會。誤以為自己是弱者，被人從強勢立場動粗；誤以為非得反擊或接受挑戰，否則將會直接被打垮。不，形容成「誤會」或許太過分了。實際上確實得反擊或接受挑戰，否則會一直被壓著打。

老倉敵視我，這是可以肯定的。

她以威脅我的攻擊性態度面對我，這是可以肯定的。然而事實上，我就算會一直被她壓著打，我也不可能反擊。

如果對方是兩年前的老倉還很難說。

但現在辦不到。

因為，現在的老倉很脆弱。

如同玻璃工藝品，我要是為了自保而胡亂反擊，要是我的手稍微撞下去，她可能就會粉碎毀壞。如果我回嘴說「那妳就別來學校了」，真的不知道會造成什麼結果。面對這種危險的心理狀態，我什麼都不能做、什麼都不能說。

她像是先發制人般坐在我的位子等我來，與其說是為了攻擊，不如說是為了保護自己的身體、保護自己心理，是一種防禦行為吧？

完全缺乏均衡。

該怎麼說，我覺得好悽慘。

曾經那麼英氣凌人的老倉變得這麼軟弱、脆弱地出現……既然這樣，還不如變得更具攻擊性回到我面前。

曾經對峙的敵人變弱之後回來了。誰要看這種戲碼？

到了這個程度，根本算不上猛獸。

現在的老倉，就像是害怕的小動物。

反倒從老倉的角度來看，我才是猙獰的猛獸吧。

我才是捕食者。

要是碰觸，雖然這邊也會受傷，但那邊會粉碎。

被迫非得手下留情的戰力差距。

「……怎麼不講話了？阿良良木，你該不會在同情我吧？你同情我？同……同情只是一種不值半毛錢的行為……」

「不，老倉。不不不，老倉，妳冷靜。我離開一下，妳在這段時間冷靜下來吧。就這麼坐在我位子就好。」

到頭來，大概是我這種態度讓老倉不耐煩吧。老倉激動起身了。我剛說她可以坐，她就在下一秒起身，基於某種意義來說，她這種態度始終如一，但現在不是佩服這種事的時候。」

「阿良良木，你……你什麼都不知道。裝作一副知道的樣子，卻沒想過自己為什麼幸福，就這樣悠哉過生活。你不知道，你忘記了。考大學是怎樣？交女友是怎樣？呵，呵呵呵，開什麼玩笑！」

「所……所以說，老倉……」

我想說我沒有開玩笑，但是否定這種事也沒用吧。畢竟對她來說，或許我擺出正經態度是最大的玩笑話，不只如此，在對方缺乏心理平衡的時候，絕對不能否定對方。如同老倉否定我說的一切，我也必須肯定老倉說的一切。

雖然我這樣認為，但老倉甚至不准我肯定。到頭來，她甚至不准我發言。在我想說話時就搶話，我還沒點頭，她就滔滔不絕說出自己的論點與看法。

「就是因為你這種傢伙在囂張，所以我永遠不會得救。我討厭自以為只憑一己之力生活的傢伙；討厭認為只靠自己就能活下去的傢伙；討厭自負面對危機可以獨力解決的傢伙，討厭宣稱不用別人幫忙也沒關係的傢伙。我討厭。」

「…………」

「人必須得到他人的協助才能幸福。我討厭連這種道理都不知道的傢伙，討厭得要死。」

什麼因素將她逼到這種程度？

果然是那場班會嗎？

還是後來抑鬱度過的兩年？

或是我沒掌握到的其他事件？

「我……我也認為互助很重要喔。對，人不可能只是自己救自己，嗯嗯。我也一直這麼認為喔，世間唯一不能原諒的，就是自以為憑一己之力過生活，忘恩負義的傢伙。」

我大概沒有拍馬屁的天分。我沒想到迎合對方是這麼困難的事。不過我想做個最底限的辯解。現在老倉這個樣子，就算是我以外的人，也不可能配合她的步調吧。

「阿良良木，不能原諒的是你。沒有人比你更忘恩負義。你的『正確』只是獨善其身。」

「『正確』……？」

「難道你要說你記得嗎？你記得國一那時候鞋櫃裡的東西？」

鞋櫃裡的東西。

她唐突這麼說。感覺像是打斷現在的話題。

國一那時候鞋櫃裡的東西？那是什麼？就算這麼說，我也找不到「國一那時候鞋櫃裡的東西」有什麼其他的意思。完全找不到。

「看吧，我就知道。」老倉看到我困惑的表情，如同誇耀勝利般說。「阿良良木，你什麼都不記得。不知道自己是以什麼東西組成的。」

不知道自己是以什麼東西組成的。

不知為何，這句話重擊我的胸口，也可以說刺入。甚至可以說刺穿。

「老倉，這是什麼意思……」

「沒什麼意思。因為我討厭意思，討厭一切。討厭討厭討厭討厭討厭討厭討厭討厭。討厭討厭討厭討厭討厭討厭討厭討厭討厭討厭討厭討厭討厭討厭討厭討厭討厭討厭！」

完蛋了吧？

說來遺憾，這種狀態的人，我看過很多，也知道在這種時候，最好讓對方盡量痛快發洩，不過我說「完蛋」的意思，在於這裡是很多耳目的教室。

如果是某種程度的摩擦或口角，再怎麼樣都能解釋「是我的錯」收場。我可以獨自承擔負面評價。

然而，要是發生如此強烈，堪稱恐慌的歇斯底里症狀，教室眾人對老倉的印象大概會跌到谷底。只會跌到谷底。光是一直沒上學的她突然來學校，就已經被異樣的眼光看待了。

老倉育。

得想辦法讓她鎮靜才行。

如此心想的我，如同支撐般扶住老倉肩膀。我想輕輕搖晃她，試著把我想到的事情告訴她。但我對她開口之前（當然，我說什麼應該都無法讓她冷靜吧，這時候的我該做的正確行動，或許應該是拔腿狂奔遠離這裡），老倉就放聲大喊。

「我明明說過……不准碰我啦！」

語氣如同孩童。而且，她的行動也和孩童一樣不考慮後果。

我的座位——老倉占領的座位有一根原子筆。極細原子筆。我不知道這種東西為什麼在那裡。不是我的原子筆，也不像是老倉的。只可能是某人「湊巧」放在那裡，總之是出現在校內任何地方都不奇怪的原子筆，但老倉拿起原子筆，揮向我碰觸她肩膀的手。

「……………！」

哎，雖然不是逞強（面對現在的老倉哪需要逞強？），不過老實說，我認為我躲得掉。

回憶這半年的激戰，一個女高中生，而且是脆弱女高中生揮出的原子筆，我不可能躲不掉。然而筆尖刺進我的手背。

筆尖刺中我中指的掌骨，沒有貫穿。我對此鬆了口氣。如果筆尖貫穿，刺進我手掌下方的老倉肩膀，就枉費我刻意沒躲開了。

我可以抱持確信斷言。

要是我的手離開老倉的肩膀，躲開這一刺，原子筆將會刺入她自己的肩膀。這個動作就是如此不考慮後果，如此突發的反射動作。

實際上，這個攻擊行動似乎讓老倉稍微回神。

「啊……」

看得出後悔的念頭。

但我無暇理會這樣的她。基於兩個原因，我非得迅速隱藏這個傷口。

第一個原因，當然是為了老倉的未來。雖然這是在眾目睽睽之下動粗，但教室裡的同學們都只在遠方看我們交談，只要隱藏傷口，解釋成「沒刺傷」或「及時停止」肯定行得通……行不通也要行得通。另一個原因非常自私（這就是解釋成「沒刺傷」也行得通的原因），我身上有吸血鬼的後遺症，所以這種小傷轉眼就痊癒。

痊癒的過程被看到就麻煩了。

我沒想到會在學校受這種傷，但總之現在——老倉愣住的這個時間點，我非得離開這裡。

我藏起左手背轉身，卻沒有踏出腳步。我停下來了。不得不停下來。不只是雙腳，所有的行動都停止了。

逃避的想法與思緒都停止了。

因為，我看見她的身影——開門進入教室的戰場原黑儀。

戰場原以一如以往的平淡態度，以不如以往的平淡態度，看著我被原子筆刺傷的手，以及老倉。

「…………」

……這下子會變得如何？

005

仔細一看，一個疑似羽川的物體抱在戰場原的腰際，筋疲力盡。這是班長罕見的稀有模樣，不過從這幅光景大致猜得到原委。換句話說，我猜得到教室外面究竟經過什麼樣的原委，導致戰場原黑儀與羽川翼現在來到這裡。

恐怕是在那之後，到教職員室處理老倉復學（？）手續的羽川，不知道是還沒辦完還是已經辦完手續，總之她遭遇前來上學的戰場原。哎，從羽川現在的模樣來看，真的得使用「遭遇」這兩個字。當時羽川應該向戰場原提到老倉來上學的事吧。畢竟羽川如同天經地義般知道老倉昔日和戰場原同班，或許在交談時也告知我正在見老倉。

羽川告知的時候或許不是很緊張，但是比羽川更深入、更近距離瞭解我和老倉多麼不和的戰場原，想必認為這是風雲告急的情報。

然後她如同一陣風趕來這裡，而且拖著羽川。看來昔日田徑社王牌的腿力沒有退步。是重新鍛鍊了嗎？無論如何，戰場原（與羽川）在形容為差勁透頂也完全不為過的時間點，出現在教室。

「妳受死吧。」

戰場原說。

請各位注意，本應改頭換面的她說出這種話。這句話可能搞砸她至今累積的成果，但她就是洋溢出這種寧靜的怒火。

「只有我可以用文具刺阿良良木。就算我已經拋棄這種設定，也不能忍受別人回收利用。」

妳怎麼是為這種事生氣？

可以為妳男友被刺傷的事情生氣嗎？

「戰……戰場原同學，等一下……」

羽川即使精疲力盡，依然想以班長與戰場原好友的身分盡到職責，這樣的她很了不起，卻不足以阻止現在的戰場原。

戰場原大步走向這裡。

以這傢伙的個性，即使是地雷海，她也能毫不猶豫硬闖。
「……戰場原同學。」
老倉察覺了。察覺昔日的同班同學。
戰場原黑儀是體弱多病的優等生。曾經統率一年三班的班長老倉，不可能不記得這個極具特徵的同學。
我不知道昔日在班上無人敢接近的戰場原和老倉是什麼關係，但即使曾經處於友好關係，就算曾經是推心置腹的好朋友，應該也不會在這時候重啟這層關係吧。
氣氛就是如此緊繃。
戰場原這邊當然不用說，老倉這邊也一樣。
「是喔。原來如此。我知道了。」
老倉說。
她露出充滿輕蔑感的笑容。
「妳在和阿良良木交往啊，真落魄呢。」
「…………」
戰場原聽到這番話，似乎反而恢復冷靜。說到危機管理意識與明察秋毫的能力，戰場原遠勝我這種人，所以她大概在這一瞬間洞悉老倉育現在的心理狀態。

察覺到她多麼危險——多麼脆弱。

察覺到這份不容反擊，基於脆弱的攻擊性。

……即使如此，如果是昔日的戰場原，應該會毫不在乎地槓上老倉吧。

「……羽川同學，沒事了。可以放開了。」

但是現在的戰場原——老倉口中「落魄」的戰場原這麼說。

「對不起，沒什麼大不了。」

「……真的沒事了？」

被拖到這裡的羽川姑且如此確認，並且放開她的腰……她是場中最善良又正常的人，卻因而抽到下下籤。

「沒事了，謝謝。妳挺身而出的友情，我總是心懷感謝。」

「不用客氣……」

「下次換我當抱枕答謝妳。」

「戰場原同學，在學校講這種事有點……」

我連忙將剛才原子筆刺傷的手藏到身後。

羽川瞬間像是想要追究，但她即使精疲力盡依然很聰明，似乎判斷現在該處理的問題不是這個，將視線移回氣氛緊張的戰場原與老倉兩人。

感覺像是新舊文具女的對決。但戰場原散發的氣息已經比較弛緩了。只是戰場原的這份弛緩似乎更加刺激老倉的內心。

不過，對於憎恨一切的老倉來說，如今或許沒有任何事物不會刺激她吧。

「什麼？妳說『沒什麼大不了』，是指我沒什麼大不了嗎？當年沒有我的照顧就做不了任何事的病人，如今變得真跩啊。」

「一下子說我落魄，一下子說我跩，妳真忙啊，老倉同學。總之，妳確實曾經非常照顧我。因為妳會溫柔照顧不如妳的人。」

戰場原平淡地說。有種懷念往事的感覺。

不過，我也覺得現在的她是勉強自己這樣演戲。基於這層意義應該算是虛張聲勢，不過戰場原反倒可能是為了維持自己和老倉的平衡，才會刻意虛張這種沒必要的聲勢。

「但妳現在似乎沒有溫柔照顧他人或病人的餘力。」

「……戰場原同學，看來妳的病康復了？」

「是啊，託妳的福。」

「託妳的福」這句話似乎又惹惱老倉了。雖然我也說過，不過她似乎非常討厭像這樣當成客套話講出來的「託妳的福」。

「阿良良木立志考大學，是因為妳教他功課嗎？這樣的話，建議妳別白費這種力氣喔。因為妳對那個傢伙做任何事，那個傢伙都不會感謝妳。那個傢伙認為自己是獨力活在世間。妳再怎麼盡心盡力，那個傢伙肯定也一直認為是自己的實力。」

「哎，或許吧。」

喂。

我認為這時候應該否定，但戰場原或許也認為現在否定老倉的說法不太妙。或許議論看似成立，其實已經出現破綻。對我們來說，現在的問題已經變成如何收拾現在的局面。

要尋找拉下布幕的方法。

不過到頭來，我們只能撕爛布幕結束這個場面——結束羽川也在場的這個場面。想到這是多麼要不得的事，我就不寒而慄。

「不過，這種事一點都不重要。因為我不要求回報。到頭來，希望阿良良木和我就讀同一所大學是我個人的慾望，所以我沒有其他的要求。」

……戰場原完全以自己考得上為前提（哎，她是因為幾乎確定保送入學，所以才這麼說吧），但是不知道究竟哪裡成為導火線，大概是「不要求回報」這段話再度讓老倉失去自我，她一巴掌甩向戰場原的臉頰。

打耳光。

幸好附近沒有文具。與其說戰場原很幸運，應該說老倉很幸運吧。因為如果附近有文具，戰場原就會以文具反擊。所以老倉很幸運。

而且對於戰場原來說，就算是以橡皮擦反擊的威力，也比她現在揮拳打向老倉相同部位的反擊還強吧。

「…………！」

全班啞口無言。

包括來不及阻止的我、貿然相信當事人說法而放手的羽川、遠處旁觀的同班同學們，當然也包括被打飛的老倉。

老倉倒地之後沒有起來。

不只沒起來，還一動也不動。看來這一拳完全打昏她了。

似乎可以當成石頭贏布的罕見例子，但在這種場合，即使是贏家戰場原，如同改頭換面前毫無表情的臉上也露出「糟糕」的神情。

也是啦，用拳頭打人不太妙……

「阿良良木。」

戰場原以只有我聽得到的音量輕聲說。

「我也要昏倒，之後交給你了。」

咦？

我還沒做出反應，戰場原就如同朝會聽校長訓話時貧血倒下的學生般，當場昏倒。

發出的聲音比老倉昏倒時還要響亮。

沒做任何防護動作的暈倒。

這是漂亮至極，連我都無法確認真偽的假死，令人想質疑她是不是瓢蟲之類的生物。就這樣，這天早上的騷動，以兩個女生悽慘倒下的震撼結果收場。

換句話說，得由班長羽川以及副班長我負責善後，不過後續就容我割愛吧。我是羽川翼的信徒，不想描述她忙著處理工作逐漸疲憊的模樣。

006

然後回憶結束，時間軸回到現在。換句話說，我為了確認老倉奇妙發言的真正意思，在放學後造訪懷念的母校七百一國中，來到這個鞋櫃。

「……慢著，咦？奇怪了，依照這段回憶，沒辦法說明我為什麼和小扇一起來國中啊？」

「真是的，阿良良木學長，您說什麼啊？阿良良木學長老是說奇怪的事。我為了昨天的事來找您道謝，您就告訴我了啊？然後不才在下我就斗膽提議造訪母校看看。提議之後，我雖然認為自己不能袖手旁觀的心態超越本分，還是要求陪您調查。畢竟一起行動的話，我或許幫得上忙。」

小扇這麼說。

是這樣嗎……？

不，總之，我想不到小扇說謊的理由，既然她這麼說，那肯定是這樣吧。和老倉那一連串堪稱戰鬥的重逢，我居然隨便告訴別人，我自己都覺得草率……或許昨天一起被關在教室，使得我稍微對小扇卸下心防。這麼一來，阿良良木曆面對昨天剛認識的轉學生變得真擅於交際。

這樣的傾向還不壞。

完全解決疑問的現在，我面對昔日自用鞋櫃裡，三封寫給我的信。

畢業將近三年的國中鞋櫃，居然有三封寫給我的信，事情光是這樣就已經非比尋常，而且每個信封正面寫著英文字母。

「a」、「b」、「c」的字母——書寫體的字母，大幅撼動我的心。

老倉育。

我想起她臭罵我的內容。這三個字母讓我想起我忘記的某些事。

「這是什麼意思呢？莫名其妙耶。這肯定是寫給阿良良木學長的信，不過同一個人同時寫三封信有什麼理由嗎？嗯，這也令人費疑猜。有一部動不動就被提到的推理古典名作是《失竊的信》，不過我們這種狀況應該是《過多的信》吧。如果這是犯罪預告信就有趣了。」

「……不需要硬是和推理扯在一起，也用不著提到那種作品。」

我說。

是的，我回想起來了。回想到「這裡」了。回想起五年前，同樣面對三封信的我，後來是如何應對的。

「小扇，只要正常打開那些信封，謎底就揭曉了。」

「是嗎？嗯，我看看。」

小扇說著打開信封。動作照例毫不迷惘。

雖說打開信封，卻不是豪邁撕破，而是仔細撕開上膠處，看得出她身為女生的一面。五年前的我，雖然不到豪邁撕破的程度，應該也會有點粗魯吧……她打開的是「a」信封。

「唔……？」

小扇看到裡面的信紙，歪過腦袋。她不需要拿給我看，我就知道上面肯定是這麼寫的。

【『b』的信封是錯的。要改選『c』的信封嗎？】

……真的想得起來耶。

包含細部內容，一字不差。

我反倒搞不懂自己為何直到剛才的剛才都忘記。

「……阿良良木學長，這是什麼意思？我一頭霧水完全看不懂。這是暗號之類的東西嗎？」

「與其說暗號，應該說是猜謎。」

「嗯？您連看都沒看就在說什麼啊？」

小扇說完，將信紙遞給我。內容正如我的預料，稚嫩感覺的手寫文字也和我的回憶相同。如果有人說這就是五年前我收到的信，我會差點相信。然而不可能有這種事。五年前的信不可能在這裡。

……那麼，我把那些信拿去哪裡了？

我所收下，改變我人生的那些信。

我遺失在某處。

不知為何，失去了。

「阿良良木學長，您露出『果然如此』的表情，不過這哪裡是猜謎？就算信裡問我要不要改成『c』信封，到頭來，我也不知道『b』為什麼是錯的……」

「這是叫做『蒙提霍爾問題』的知名問題喔。數學愛好者都碰過的一個機率遊戲。」

我對小扇說明。

說出我昔日聽到的說明。

「『蒙提霍爾問題』？那是什麼？天文學之類的術語嗎？類似『黑洞』或『白洞』那種……」（註8）

「不，『蒙提霍爾』是電視節目名稱，和這個問題的內容沒有直接關係。這是在機率論很常見，直覺和解答不同的那種問題。」

「直覺和解答不同？也就是悖論之類的嗎？」

「哎，是沒錯啦……但這不是悖論，因為解答沒和現實矛盾。」

蒙提霍爾問題。

有「A」、「B」、「C」三扇門，其中一扇門後方藏著豪華獎品，參加者從這三扇門選擇喜歡的一扇。

選完之後，節目主持人會打開另外兩扇門之中「錯誤」的那扇，讓參加者知道。參加者得到這個情報之後，有第二次選擇的機會。要堅持一開始選的門？還是改選另一扇門？

簡單來說，就是這樣的謎題。

註8　英文「洞」音同「霍爾」。

「這樣啊……」

小扇點頭說。

她是擅長聆聽，具備理解能力的女生，我認為這樣說明已經讓她知道這個遊戲的概要，卻也因而令她有點「所以這又怎麼了？」的感覺吧。或許她無法理解這個遊戲哪裡刺激而詫異。

「妳認為呢？」

我如同催促般，詢問這樣的小扇。

和我昔日被詢問的狀況相同。

「那個，就算您這樣問……總之，我知道這個『a』信封裡面的信是模仿這個猜謎節目了。」

「妳會怎麼做？雖然妳像這樣選了『a』信封，但是情報告訴妳『b』信封是錯的，那麼妳要改選『c』嗎？」

「唔～……」

小扇交互看著空的『a』信封，以及沒開的『c』信封。

「無論要不要改選，從機率來看不是都一樣嗎？」

她思考約五秒之後這麼說。

總之，這個回答正合了出題者的意。不過，除非數學功力非常好，否則都會先這樣回答。五年前的我也是這麼想的。

「就算後來會知道解答，但如果『A』、『B』、『C』其中一個是對的，機率各自是三分之一對吧？除非在第一次選擇之前就有人告知『B』是錯的，那就另當別論。」

「是的。不過『重選』才是正確答案。要從『A』改選『C』。」

「是這樣的嗎？」

小扇是基於禮貌反問，不像是明顯被激發好奇心。看來她就算猜錯也不會不甘心。哎，何況既然機率會變，思考方式就變得有點複雜，對於沒興趣的人來說是個無聊的話題。

五年前的我對此非常好奇，不過要求小扇和我一樣興奮就有點過分吧。

「為什麼變成這樣？我好想知道喔。阿良良木學長，請告訴我啦。」

小扇講得一副不想知道的樣子。

很高興她這麼貼心，不過既然要貼心，我希望她裝得像一點。

這樣的話，我就像是不管對方漠不關心也高談闊論的數學狂，內心會過意不去，但是省略這段說明就無法讓話題回到那三個信封，所以我假裝沒察覺小扇懶得理我的氣息，繼續說下去。

假裝神經大條也很費神。

「我用最常用的方式說明吧。假設這個猜謎的門不是三扇，是一百扇。先從一百扇門選出妳認為有豪華獎品的門。」

「選好了。所以呢？」

「從剩下的九十九扇門之中，打開九十八扇錯誤的門。雖然不知道剩下的門是不是正確答案，不過如果這時候讓妳重選，妳會怎麼做？」

「在這個時候……」

小扇若有所思看向鞋櫃。或許是把井然有序排列在這裡的鞋櫃想像成蒙提霍爾問題的圖解吧。以前的我沒有這種機智。先不提小扇是否對數學感興趣，但她果然基本上是腦筋轉得快的女生。

假設這些鞋櫃只有一個是正確答案，自己選了一個之後，主持人只留下另一個鞋櫃，告知其他鞋櫃都是錯的。那麼……

「……總之，在這個時候，我會改選。」

「對吧？」

「可是這麼一來，問題已經變了吧？」

小扇表達不滿。

看來她無法接受。

不過就某種程度來說，我已經預料到會這樣了……

「從三扇門選一扇，然後刪除一個選項。以及從一百扇門選一扇，然後刪除九十八個選項。我不認為這兩個問題相同。」

「哎，也是啦……」

在這種狀況，以九十九分之一的機率留下來的最後選項，當然讓人覺得正確的可能性比自己選擇的百分之一來得高。不過，即使用相同道理要小扇接受三扇門猜一扇的狀況，從感性上有點難以理解。不過這也是理所當然的，因為這不是感覺的問題，是數學的問題。

「那麼，我說我聽到的解答吧。」

我決定不偷懶了。欲速則不達。

到最後，這似乎才是最快的方法。

抄捷徑不一定比較快嗎……

「首先思考『A』是正確答案時的狀況。要是改變就一定會猜錯。遊戲主持人在這種時候，打開『B』或『C』的門都沒關係，無論如何，參加者只要改變選擇就一定會猜錯，沒改變就會猜對。因此如果『A』是正確答案，別改變選擇比較好。對吧？」

「是的，這我懂。」

「再來思考『B』是正確答案時的狀況。在這種時候，參加者既然選擇了兩個錯誤答案中的『A』，主持人就一定得打開『C』的門。換句話說，參加者的第二個選擇只會是『A』與『B』的二選一。改變選擇就『猜對』，沒改變選擇就『猜錯』。既然這樣，如果正確答案是『B』，改變選擇比較好。」

「原來如此。總之，這我也懂了。」

「最後來思考『C』是正確答案時的狀況。和剛才『B』是正確答案時的狀況一樣。既然參加者選『A』，而且正確答案是『C』，主持人只能打開『B』的門。這麼一來，第二個選擇就是『A』與『C』的二選一。改變選擇就猜對，沒改變選擇就猜錯，所以改變選擇比較好。」

「是……這樣嗎？」

「分別想像『A』、『B』、『C』是正確答案的狀況，改變選擇比較好的狀況有兩種，改變選擇比較差的狀況有一種。換句話說，不改變選擇，猜對的機率是三分之一；改變選擇，猜對的機率是三分之二。」

當然，在參加者一開始選擇『B』或是『C』的狀況，後續的計算也相同。所以對於蒙提霍爾問題的參加者來說，「改變選擇」是最佳行動。

這個證明讓國一的我大為感動。

「是喔。嗯，我接受了。」

但小扇的反應即使不到冷淡的程度，也只有這樣。

……沒能打動高中生的心嗎？總之，這種數學猜謎最能刺激的對象，大概是小學高年級到國中的學生吧。這麼說來，我遇見這個問題的時期真剛好。

不，與其說是遇見，應該說是某人介紹給我——某人教我的。

在我鞋櫃放入三個信封的某人。

「阿良良木學長，順便問一下，這個電視節目明知如此，還是玩這種遊戲？是讓觀眾愉快欣賞參加者被人類直覺耍得團團轉，做不出最佳選擇的樣子嗎？」

「不，好像不是這樣。在雜誌寫出來之前，節目工作人員與觀眾都沒想到，改變選擇的猜中機率是兩倍。真要說的話挺不可思議的……」

實際上也不可思議。

既然這樣就會令人思考，為什麼會發明步驟這麼奇妙的這種遊戲？既然認為機率一樣，這個遊戲不就和正常三選一的遊戲沒兩樣嗎？就算當成倒數讀秒的氣氛營造也很沒意義。

蒙提霍爾問題正因為在過程中提供一個令人感覺不太對勁的解答，而成為著名的問題，但問題其實發生在這個不對勁的解答之前。該怎麼說，就像是怪異出現在怪異現象之前，是一種令人不舒服的本末倒置。如同孩子比父母早出現，真的很不對勁。

出題的人是怎麼想出這種遊戲的？

「呵呵，這樣啊。總之，確實是一種暗示耶。」

「嗯？什麼東西怎樣暗示了？」

「沒事沒事，我在自言自語——目前是自言自語。這部分是很久以後的事，請別在意。我整理一下吧，換句話說，套用在現在的信封，從剛開始打開的信封『a』改選『c』才是正確的吧？但我已經打開『a』的信封了。」

小扇不忘點出這個問題的天真面。哎，這部分希望她別計較。這三個信封並不是電視節目的企劃。

因為寄件人——將這些信封放在我鞋櫃的人，和當時的我一樣才國一。

「那就打開『c』的信封看看吧，刻意照對方的意思做吧。哎呀哎呀，這是地圖嗎？地圖上面有一些標記耶？」

小扇故意講得像是在說明狀況。她知道『c』是正確答案之後，毫不遲疑就打開『c』的信封。雖然我有點意見，但還是得效法這種行動力吧。

如果在今天早上的那場騷動，我能發揮小扇一半的行動力，肯定就不會變成那種結果。肯定能阻止老倉或戰場原其中一人。

「換句話說，要去地圖標示的這個地方嗎？嗯……看來沒有很遠，但應該不是藏寶圖吧。所以，『b』的信封裡是什麼東西？我看看。」

小扇很乾脆地也打開『b』的信封。

行動力……

她完全不想遵守法則。應該說她內心有完全不同的法則吧。足以讓其他法則變得不重要的堅定法則。

「哎呀，這個信封一開始就是空的。這是猜錯的意思嗎？這就是蒙提霍爾問題……不過，我第一個打開的信封必須是『a』，這段流程才會成立，如果我先打開的是『b』或『c』的信封，不就變得莫名其妙嗎？」

「哎，是沒錯啦，但這種可能性應該很低吧。一般來說，如果三個信封分別以『a』、『b』、『c』編號，大部分的人都會先打開『a』信封。」

「啊啊，說得也是。原來如此原來如此。嗯……巧妙掌握人類的心理耶。我的行為完全屬於多數派了。看來在阿良良木學長鞋櫃放這些信封的人，對自己的腦袋有自信。不過信封正反面都沒看到寄件人署名。好啦……」小扇說。「接下來當然要去這張地圖標示的地點吧？這是探索阿良良木學長記憶的旅程。我們是沿著阿良良木少年足跡的觀光團。」

「嗯……沒錯。」

我一邊回憶，一邊這麼說。

既然我已經回想起絕大部分的過程，就算觀光團在這裡結束，我也堪稱完全不在意。換句話說，也可以在這裡告知小扇，這趟旅程已經結束。不過，既然她完全是配合我行動，我身為學長或許應該跑這一趟，而且走到這一步，我實在是非去不可。

去那個地方——阿良良木少年在某個夏天，每天都會去的那個地方。

非去不可。

「小扇，走吧。前往地圖標示的座標……呃，咦？」

我再度發出這種聲音。因為小扇不知何時，從我的鞋櫃前方離開了。看來她不等我回應就開始行動。

拜託饒了我吧。

這樣我耍帥不就只耍一半？

積極也要有個限度吧？既然這樣，為什麼刻意向我確認行程？就算這裡是我的母校，也別在旅行途中扔下旅伴好嗎？我如此心想，追著小扇離開。以她的行動力，我甚至認為她已經走出校門，但她在不遠處停下腳步，所以我輕鬆追上。

大概是在等待晚一步判斷如何行動的我吧。

她在二年級的鞋櫃區。

無所事事的小扇，看著寫在鞋櫃上的名牌。

「抱歉抱歉，小扇，讓妳久等了。」

雖然是小扇擅自先走，但是指責這一點也無濟於事，所以我如此道歉。

「不不不，沒關係喔，笨蛋。請不用在意。」

小扇回應之後，再度踏出腳步。我已經相當習慣她叫我「笨蛋」，不過突然聽她這麼叫還是會嚇一跳。

「唔……」

我不經意看向周圍的鞋櫃，發現千石的名字。哎，既然那傢伙是這個國中的學生，這裡當然有她的鞋櫃……嗯嗯？總覺得小扇在看這個鞋櫃，是我多心嗎？

007

我與小扇依照『C』信封裡地圖的指示，來到公立七百一國中不遠處的新興住宅區。民宅環繞，如同旗竿的這塊建地蓋了一間房屋。房屋已經廢棄，所以與其說是「蓋了」不如說是「廢了」。以植物來形容就是乾枯在原地。不過這間廢屋正是我曾經每天前來的地方。

國一的阿良良木曆每天前來的地方。

「嗯。阿良良木學長，就我所知，我叔叔待在這座城鎮時用來睡覺的補習班廢棄大樓，也類似這種感覺嗎？」

「嗯……是啊。」

位於深處的這間廢棄房屋，如今確實令我想起已經拆掉的那棟大樓。真要說的話，我對兩者的懷念程度差不多。不過既然這樣，我明明經常去那棟廢棄大樓找忍野（為了餵血給小忍），為什麼那段期間從來沒想起這間廢棄房屋？一次也好，應該可以聯想得到吧？

想到這裡，我就詫異不已。

我就理解老倉那番話的意義。

討厭自以為是憑著一己之力沸騰的水。

討厭不知道自己幸福原因的傢伙。

忘恩負義悠哉過生活的傢伙。

原來如此，她說得沒錯。絲毫不差。我完全忘記這間廢棄房屋，即使說我忘記我之所以是我的理由也完全不為過。

如同忘記父母的名字活到現在。

可恥。

不，我就是「恥」。

小扇剛才說的「暗示」，該不會就是在說這個吧？就像是怪異出現在怪異現象之前。

「感覺破破爛爛的，好危險。根本沒好好管理，就這麼任憑風吹雨打吧？我不是叔叔，我有潔癖，所以絕對沒辦法住在這種地方，這可不是開玩笑的。」

不過，當事人小扇毫不客氣將我回憶中的場所貶得一文不值。哎，說我不生氣是騙人的，不過直到剛才都忘記這裡的我，就算生氣也缺乏說服力。

死皮賴臉。佯裝不知。厚顏無恥。

何況小扇是年輕女生，和叔叔不一樣，所以當然討厭這種廢棄房屋。

「不過，我在這裡見到的是女生喔。」

我說。

腦中浮現那個女生——那孩子身影的我這麼說。

「我跟某個女生約在這間廢屋見面。」

「是喔，我猜不透您在想什麼。」

我感觸良多地說完，小扇的回應相當惡毒，語氣毫無情感。看來她非常不喜歡廢屋。但她內心深處的調查意志似乎沒有消退，在對話告一段落時，立刻檢視廢屋的門牌。

雖說檢視，但門牌位置沒有應該位於該處的牌子，只隨便貼著古老的膠帶。門牌旁邊的對講機也是不用試按就知道壞掉了。

「不過，既然有門牌的痕跡，就代表這間廢棄房屋原本也是普通民宅吧？畢竟周圍也都是住宅。」

「天曉得，這部分我不清楚，我不知道。就算那裡曾經有門牌，國一時的我也完全沒注意。」

小扇在這方面果然敏銳。在實地考察的時候，不需要按對講機，也能掌握該掌握的重點。

「但與其說是實地考察，我那時候應該是為了做功課而來的。民宅嗎……」

我重新仰望這間房屋。和忍野一樣住過那棟補習班廢墟的我這麼說很奇怪，但我有所躊躇不敢入內。與其說是因為不衛生，應該說是因為看起來有崩塌的危險。不過都來到這裡了，也不能在外面看兩眼就走。

不是不想半途而廢。

是吃到毒料理就乾脆連盤子都舔乾淨。（註9）

不對，以這種狀況來說，應該是舔完盤子才吃毒料理吧……

「不過，當時我把這裡叫做鬼屋。」

「呵呵，鬼屋嗎……整個夏天都來鬼屋，總覺得這個物語開始出現怪異奇譚的味道了。」

「哎，算是吧……這是古老風格的怪異奇譚。」

我說著打開外門，進入前院。即使是這種土地也有地主吧，所以我這樣或許算是非法入侵，但我如果不進去，事情就沒有進展。進入這間房屋，讓我同時有種沒脫鞋就闖入自己內心的感覺，但我也非得無視於這種想法。

為了面對。

註9　日文諺語，一不做二不休的意思。

為了面對自己的過去。

「呵呵，人類是非得朝著未來活下去的生物，但是往事偶爾會追上來……這次應該可以這樣形容吧？我也有這種經驗，人們活在世間常會忘記重要的事情，然後忽然因為一些契機回想起來，讓人嚇一跳。呵呵呵，如果這次的怪異奇譚僅止於讓人嚇一跳，那就太好了。」

小扇也跟我走進來，如同踩著小跳步般輕盈在踏腳石移動，抵達玄關門口。剛才從外門角度看不到，不過玄關門把掛著一個生鏽的牌子。

「吉地出售」。

下方寫了管理公司的名稱與聯絡方式，卻因為生鏽成紅褐色而無法辨識。該怎麼說，甚至想質疑這間管理公司現在是否還在。

「……到頭來，我之前來這裡的時候沒有這塊牌子。大概是從五年前的那時候到現在換過管理人吧。」

而且，管理公司或許也不只換過一兩次。五年就是這麼久的時間。在回憶美化的我眼中，這間鬼屋和當時沒有兩樣，但如果是不死的吸血鬼就算了，這間房屋說穿了只是普通的建築物，不可能毫無變化。

「鬼屋」只是我自己說的。

廢屋始終是廢屋。

「呵呵，說得也是。無論如何，我絕對不想在晚上過來。阿良良木學長，在天黑之前回去吧。」

「嗯，我知道。我也不打算讓妳陪我這麼久。」

看向手錶，時間是下午將近五點。

不過在這個季節，只要進入黃昏，天色就會迅速變暗，如果要「在天黑之前回去」，時間可說所剩不多。

我朝玄關門把伸手。不知道該說意外還是理所當然，門鎖著，只傳來打不開的手感。那麼，管理這裡的公司果然換過吧。

我當年過來時，玄關沒上鎖。

門會為我開啟。

如同歡迎我入內。

「不過，看起來還是可以撬開就是了……那麼，找個窗戶進去吧，小扇。窗戶玻璃都破得差不多了，從任何地方應該都進得去。」

幾乎在我做出這個溫和提議的同時，小扇已經採取行動。看來她只把我的話聽一半。雖然歷經風吹雨打而老舊不堪，但依然看得出是玄關大門的這扇門，小扇突然整個人撞上去。

真的假的？

就算門打不開，我也只在推理劇看過這種用肩膀衝撞的破門方式。這女生到底多麼喜歡推理作品？

實際上，無論是密室或犯人躲在房內抵抗，用身體撞開緊閉的門似乎是沒效率的做法。因為身體撞門的著力點太大，威力會分散。真要破門的話，集中朝鑰匙孔位置踹下去比較合理（聽說機動部隊攻堅的時候，會拿像是鐘槌的工具當成敲鐘般破門）。不過，這扇玄關門似乎壽終正寢到不需要講這種道理，高一女生用堪稱嬌弱的身體可愛地撞下去，這扇玄關門就輕易往另一側倒下。

「好啦，阿良良木學長，快進去吧。鄰居聽到剛才的聲音可能會報警。」

小扇說完匆忙進入屋內，看來她的迅速行動又加速了。我好不容易才跟上這樣的小扇。總覺得這趟探索我回憶的旅程不知何時（從一開始？）就由小扇掌握主導權。

「如果警察來了，我會解釋說我們迷路了，所以阿良良木學長，到時候請配合串供喔。」

「為什麼講得很熟練啊……」

我有點傻眼地回應，但小扇或許出乎意料真的很習慣這種演變。聽小扇剛才的語氣，她絕對不是熱愛廢屋的女生吧。就算這樣，小扇肯定也和她叔叔一樣，平常就在進行各種實地考察。那麼她在現場被警察臨檢或是被鄰居通報也不奇怪……畢竟剛才進入七百一國中的時候，她也頻頻在意警察會不會來。

一邊提防警察一邊行動，簡直是表面正派的超級不良女生，但我也是一邊提防相關單位一邊過生活，基於這層意義，我和她沒什麼兩樣，所以也沒辦法以學長身分斥責。

不知道要費多少唇舌。

「放心，我會好好串供。雖然升上高中還用迷路當藉口很丟臉，但我不想流落街頭。」

「不想流落街頭？嗯，這是什麼意思？」小扇指責我這句話。「阿良良木學長，雖然警察應該會罵我們，不過只是被臨檢，再怎麼樣也不會流落街頭啊？他們基本上站在善良市民這邊喔，您膽子太小了吧？」

「沒有啦，因為我的爸媽是警察……」

「爸媽是警察！」

小扇反應強烈。

咦？

我為什麼會說出來？

阿良良木家的雙親都在警界工作，這明明是我盡量不透露的重大隱私，是我的最高機密，我對羽川或戰場原都沒主動提供這個情報，為什麼會透露給昨天剛認識的轉學生知道？

難以置信。

我只認為是自己太鬆懈了。來到懷念的地方而鬆懈。

但我再怎麼後悔，也不可能將說出口的情報收回。何況對於小扇這個推理迷來說，「爸媽是警察」這段關鍵字似乎真的很「美味」，她如同魚兒上鉤般追問下去。

「阿良良木學長，您為什麼一開始不先講啊？好過分，這種事居然瞞著我，這太棒了吧！」

「不，我認為這絕對不是一開始能講的事……」

「近親是警察，這是推理小說王道中的王道耶！天啊，我本來就認為您是可敬的學長，卻沒想到您是王！」

「……嗯，這種推理作品確實很多。」

我覺得真要說的話，這種設定出現在推理劇的次數比推理小說多……總之這方面的代表人物，記得是日本推理小說界的泰斗淺見光彥吧。

「什麼嘛，既然這樣，反倒不用擔心了吧？就算有人報警，警察騎腳踏車趕過來，阿良良木學長的父母也會幫忙吧？偵訊的警察會說：『您……您居然是阿良良木警察廳長官的兒子！』」

「我爸媽沒那麼偉大。而且也不會在這種時候幫兒子。」

我不悅地說。

不是不悅，比較像是難過地說。

我不太想聊父母的事，但她這樣積極詢問，我很難毫不說明就結束或換個話題。小扇真的是很優秀的聽眾。

我口風明明很緊……

「他們反倒是嚴格的父母，即使是自己的孩子也絕對不准違法。我小時候要是做壞事，他們就會帶我到附近的派出所當作管教。」

「派出所？那真恐怖耶，可能會造成心理創傷。」

哎，應該有造成吧。

造成相當嚴重的心理創傷。

這也是我的過去之一，現在的我是以過去組成的。我以各種事物建構而成。問題在於我掌握——記得這些過去到何種程度。

老倉說，她討厭不知道自己以什麼東西組成的傢伙。我回想起這間廢屋的現在，可以理解她想表達的意思。

忘記這裡、忘記那個少女，悠哉活到現在的我，確實不知道自己以哪些東西組成。

如同完全沒留在記憶裡。

「我最近沒接受這種管教，就算這樣，如果我被警察帶回去管束，我甚至無法預料將會面臨哪種管教。最近沒受過管教所以更難預料。」

如果是大約半年前，在高中吊車尾的我已經被父母放棄一半，或許用不著擔心這種事，不過在這層關係終於出現和解徵兆的現在，即使是還在叛逆期的我，也不想搞砸現狀。

「所以小扇，全力害怕警察吧。出現狀況的時候，抱歉真的要請妳扮演嬌弱的女高中生。」

「啊哈哈。其實用不著演，我本來就是嬌弱的女高中生……總之請放心。我再怎麼說錯話，也不會供稱阿良良木學長硬拉我進這間廢屋。」

「這也錯得太離譜了吧？」

這樣不只是管束，而是逮捕。

這是哪門子的錯誤？

就這樣，我們扔著毀壞（不用說，當然是我們毀的）的玄關門，進入廢屋深處。說來理所當然，我們沒脫鞋。依照日式禮儀應該脫鞋赤腳入內，但是廢屋不可能有訪客穿的拖鞋。

走廊當然也不是潔癖小扇能走的狀態，要是赤腳踩到散亂的玻璃碎片、莫名其妙的木片或金屬片，以最壞的結果來說不只是受傷那麼簡單。破傷風這種疾病並非完全和我們的生活無緣。

「說到破傷風，阿良良木學長……」

小扇一邊走一邊問。比起進屋那時候，她穿過走廊的速度慢了一些。之所以放慢速度是因為屋內沒電（就算有電，日光燈也全部破掉了）而陰暗，進行實地考察的她行走時還會檢視周邊。我也以懷舊的心情環視，所以不覺得這種速度慢到哪裡去。

「老倉學姊刺傷的手背沒事了嗎？」

「嗯？怎麼了，妳擔心我？」

「當然。您忠實的學妹忍野扇，不可能不擔心您的身體吧？請保重喔，因為您的身體不是只屬於您一個人。」

小扇說得莫名其妙。

這也是在消遣我吧。回想起來，忍野的笑話也是如此，但我實在無法理解忍野一族的搞笑品味，搞不懂他們究竟多麼遠離塵世。

「不用擔心，如妳所知，我是吸血鬼體質，已經痊癒到毫無痕跡了。多虧後來的那場騷動……」兩個女生昏倒的騷動。「我被原子筆刺的這件事，大家就這樣不了了之。基於這層意義，我得感謝戰場原。」

「與其這麼說，不如說是因為阿良良木學長在教室裡沒有存在感吧。甚至會不知不覺煙消雲散。這方面和兩年前一樣嗎？」

小扇輕聲笑了。

她果然瞧不起我嗎？

我如此心想，繼續說下去。

「到最後，老倉明明難得來上學了，今天卻整天都待在保健室。」

順帶一提，戰場原早退了。她肯定也被送到保健室，卻趁著保健老師不注意的時候跑掉。她是怪盜嗎？

「啊哈哈，這樣啊這樣啊。羽川學姊的辛苦可想而知呢。」

「一點都沒錯。我希望盡量減少這份可想而知的辛苦，才會像這樣進行探索記憶之旅……總之，看來不會白跑一趟了。不過這個結果對我來說大概不太舒服吧……」

「是嗎？我可以斷言一件事。」小扇說著轉向我。「老倉學姊因為兩年前班會的事件，對阿良良木學長懷恨在心……這個推論應該不成立。」

「嗯？」

「老倉學姊以為是您陷害她，或是以為您將解答範例洩漏到讀書會，因而恨您的可能性，我認為很低。您問我為什麼？」

小扇愉快地說。

但我沒問她為什麼。

蒙提霍爾問題似乎沒讓她聽得很高興，不過包含上次的教室事件，這女生基本上果然喜歡「謎題」或「解謎」吧。她的潔癖或許也是因為生性想整理混亂的狀況。不過這樣也可以說她果然只是單純的推理迷……總之就算我沒問，聽她這麼說也會想知道可能性為何很低。

「很簡單。因為老倉學姊來學校了。」

「啊？什麼意思？」

這麼說來，這也令人詫異。

是謎。

進行那次表決之後，堅持兩年不上學的老倉，為什麼今天毫無徵兆就突然來學校？感覺契機像是我在那間密閉教室和小扇繼續開班會查出犯人，不過要找出兩者的關聯性應該很牽強吧。依序發生的事情並不一定有因果關係，這連蝴蝶效應都稱不上。

「居然問我是什麼意思？阿良良木學長……到頭來，羽川學姊不是說過嗎？鐵条老師請產假之後，老倉學姊就像是取而代之一樣來上學。」

「…………」

她說過。

確實說過。

不過，後來的騷動讓我完全忘記這件事……

「換句話說，我認為老倉學姊是在鐵条老師『不在』直江津高中之後開始上學。」

「……意思是那個傢伙知道當時的犯人是誰？」

與其說知道，應該說早就知道。

老倉是在表決的時候，在要求全班舉手判斷犯人的時候，看到鐵条舉手而察覺嗎？還是在接下來這兩年，在她本人所說「家裡蹲」的時期推理出來的？我不清楚。但她已經知道當時陷害她的是班導。

「…………」

對於老倉來說，就算知道這件事，事情也完全不會好轉吧。正因為知道這一點才沒來上學吧。如果是我，就算知道鐵条已經離開學校，或許我還是不會來上學。

基於這層意義，我認為那個傢伙的內心很堅強。

「內心堅強……是嗎？很難說，就我看來，老倉學姊似乎是以自虐為樂。」

「自虐……」

「她很弱喔，可以說是重量級弱者。刻意讓自己陷入苦境，故意將自己逼入苦境，但是不確定她最後想得到什麼。或許是拐彎抹角想自殺？就算遭遇再慘再慘的事情，她可能也毀滅得不夠。」

壞心眼的語氣。或許是因為小扇沒見過老倉，所以才能這樣惡毒批評吧，不過以小扇的個性，就算當著老倉的面，可能也敢講相同的話。

即使知道對方脆弱到一摸就碎，或許依然會毫不留情斷言。

一語斷定是「笨蛋」。

「無論如何，可以確認老倉學姊沒有因為那場班會，對阿良良木學長獻上憎恨或厭惡之情。」

「居然說獻上厭惡之情……」

別講得像是獻上仰慕之情。

不過，沒錯。既然這樣，就算班會導致她的性格、她的性質變成那樣，也不是她討厭我的直接原因。

就是這麼回事。

到頭來，要是她討厭我，從我們在一年三班教室見面的第一天就會討厭。當成殺父仇人般討厭。

「『討厭自以為是憑著一己之力沸騰的水』嗎？講得真好玩耶。換句話說，老倉學姊非常不欣賞阿良良木學長不知道自己軌跡、忘記自己軌跡的生活方式？不過追根究柢，這麼說也很奇怪。忘記往事的人不是很多嗎？我剛才也說過，像是國中小學時期的自己，我已經遺忘在記憶的另一頭了，甚至以為自己是最近誕生的，完全沒有過去。」

「居然以為自己是最近誕生的……是『世界五分鐘前假說』嗎？」

「不過，老倉學姊為什麼只把阿良良木學長當成殺父仇人般討厭？真奇怪，真離奇，真詭異……真恐怖耶。」

「恐怖……」

「是的，恐怖。要問原因的話……因為『相異』。」

小扇說得很像是在打趣，我完全不認為她在害怕，但她說得對。世間最恐怖的就是莫名其妙討厭他人、攻擊他人的傢伙。

不知道對方的目的，所以無從應對。若要戰鬥，得先知道對方的正義。老倉育認為什麼是正確？相信什麼是正義？這趟旅程也是為了探索這個答案。

「哈哈哈，原來如此，說得真妙。不過阿良良木學長，請小心喔。雖然不理解對方的『正確』就無法戰鬥，但要是最後認為對方比較正確，同樣無法戰鬥。即使認為對方和自己一樣正確，或是認為自己比對方正確，只要冒出這種念頭，就再也無法戰鬥。」

「…………」

「哎呀，不講話了？學長覺得就算變成這樣也無妨嗎？還是想到老倉學姊多麼『正確』，已經失去戰意了？」

我不會這麼說。

但我想到某件事。可能和老倉的「正確」屬於一體兩面的東西。

阿良良木曆的錯誤。我自己的錯誤。

……然而，我還不能斷言這種想法是對的。畢竟我還不能說自己已經想起所有往事，也不能說自己已經完美理解老倉想說的意思。為了掌握答案，我非得抵達這間廢屋的最深處。

那裡存在著我的「真實」。

肯定存在。

我該述說的物語序章與終章。

絕對不是獨白，而是和「那孩子」的對白。

「早知道應該帶手電筒來。」

看到我不發一語的小扇一邊這麼說，一邊再度踏出腳步。

「如果有時間準備，我就會帶我的實地考察七法寶了。這次是放學就過來，我只帶著化妝盒。」

「帶化妝盒也違反校規吧？」

「我剛轉學過來，還不知道這方面的校規喔。」

講這種稱心話語的小扇，或許打算就這樣探索屋內吧，不過對我來說沒這個必要。因為只要走上階梯，看過二樓的某個房間就夠了。

所以我沿著像是踩下去就會壞掉的危險階梯上樓，進入那個房間時，我終於得到確信。

「唔哇，這個房間連裡面都很慘耶。阿良良木學長剛才說這間廢屋是鬼屋，如果這間廢屋會鬧鬼，肯定是在這裡吧？」

小扇的評論毫不留情。

大概是空氣很髒，她以手帕摀住口鼻，一副真的很厭惡的表情。

「不過，姑且看得到有人想修復這個破爛地方的痕跡。像是用膠帶貼住破掉的窗戶玻璃，牆壁裂縫也補過。代表管理公司也有盡到責任……有過盡到責任的時期嗎？」

「天曉得。假設盡過責任，也是我來這裡之前的管理公司吧。因為我當時來這裡的時候，窗戶之類的都已經變成那樣了。」

「是這樣嗎？」

「嗯。基於這層意義，這裡和五年前沒有兩樣。沒改變。如同時間靜止。」

如同昨天迷途闖入的教室。

不對，小扇討厭的塵埃與汙濁的空氣，確實顯示時間有在流動，應該不像昨天的奇怪現象那樣真的暫停時間吧。

不過，進入這個房間，我的心一下子被拉回五年前。

這種感覺比時光旅行更像時光旅行。

「那裡有個小矮桌吧？我用過。」

「用過？用來做什麼？當椅子坐？」

「不對……」

「到頭來，我不太懂。」

即使那張矮桌真的曾經是椅子，小扇曾經宣稱不想坐別人坐過的椅子，因此不可能坐在邊緣磨損又骯髒的那張矮桌。這裡看起來應該可以用腳踢開雜物騰出可以坐的空間，我五年前就是這麼做的，但是現在這麼髒，我也覺得坐在地上不衛生。

五年前的我，連這種事都不在乎嗎？

孩童就是這麼天不怕地不怕。

「阿良良木學長為什麼整個夏天一直來這間廢屋？這個行動太神祕了。您是熱愛冒險的小學生嗎？」

「熱愛實地考察的高中生沒資格這樣說我。到頭來，小時候的行動都很神祕吧？盡是無法說明的行動，不知道當時為何做出那種事。思考模式和現在完全不一樣。」

而且現在或許也是如此。

不是孩童與大人的差異，是過去與未來的差異。

在十年後、二十年後回顧往事時，十八歲阿良良木曆的行動也充滿謎團吧。到時候的我肯定會歪過腦袋，詫異這時候的我為什麼會在廢屋裡，和剛認識的轉學生聊自己的事。

……我現在就覺得這樣很奇怪。

是現在進行式的謎團。

真是的，為什麼我在小扇面前這麼管不住嘴巴？即使是可以隨便說謊敷衍的事情，只要她問了，我還是會回答。

在我察覺的時候已經答完了。

擅長聆聽的小扇也擅長詢問嗎？忍野那個傢伙也是，即使一副玩世不恭的模樣，依然擅長話術。他的姪女小扇或許也是如此吧。畢竟打聽也是實地考察的重要要素。

無論如何，我說出來了。

五年前在這裡發生的事。

遇見的人，做出的事。

阿良良木曆是以什麼成分組成的。

述說。

說出這段物語。

008

五年前。

說到阿良良木曆國一時期是怎樣的傢伙，老實說無法斷言，總之唯一能確認的就是不像現在這麼彆扭，是個率直、純真又誠摯，說穿了就是個平凡的孩子。

隨處可見的平凡孩子。

或許有人會說我說謊，不過實際上，還沒進入叛逆期，甚至還沒變聲的男生大多是這樣吧。我也不例外，如此而已。因為是我自己的事，我當然會認為自己是個特別的孩子，不過回顧往事就會發現，嗯，我只是個隨處可見的孩子。是分布於日本全國各處的平凡孩子。

阿良良木少年當然未曾想像將來會被吸血鬼襲擊，導致身體殘留不死特性。如果要在平庸的他身上找出某些特別的要素，大概只有他父母是標榜正義、和平與安全的警察吧。我在他們的影響之下，培育出自己的人格。

長大成為阿良良木曆。

不知道是必然的成果，還是直到這一步都很成功，基於這層意義，阿良良木少年的正義感比其他少年強。

啊啊，是的。

雖然不想承認，不過阿良良木少年是正義感強烈的國中生，和我應該寵愛的妹妹們——火炎姊妹差不多。不過我不像她們具備危險的行動力，也沒有那種暴力（火憐）或城府（月火）。進一步來說，相較於能出動組織的火炎姊妹，我是個人行動派。以特攝英雄舉例，那兩個傢伙是超級戰隊，我則是假面騎士。

……火炎姊妹如果是光之美少女，我就可以更寵愛她們，比應該寵愛還要寵愛了。總之，我之所以看火炎姊妹的正義活動不順眼，之所以無論如何都會否定她們的行動，部分原因在於我會回想起昔日的自己。

同族厭惡——近親厭惡。

愛恨交錯。

不對，真要承認的話，我或許單純在羨慕她們。我在高一完全失去的正義與正確，那兩個傢伙至今依然相信。

這個世界存在著正確的事物，是任何人怎麼看都正確的事物，多少人聯手都無法否定的事物。相信這一點的她們，至今依然率直、純真又誠摯。

和我不同。

和我大不相同。

……哎，她們遲早會和我一樣碰壁吧，所以我認為到時候非得以哥哥、前輩以及先驅的立場，盡量扮演柔軟的緩衝，不過這是今後的事。

我現在該說的是過去的事。五年前的事。

父母教育成功的阿良良木少年順利升上國中，認真勤於向學。不過在第一學期即將結束時，他有點慌張。或許不是有點，而是相當慌張。因為不久前發回來的期末考卷成績不是很理想。

總之，雖然結果沒有那麼悲慘，卻看得到徵兆。最重要的是當事人最清楚一件事。

這樣下去不妙。

這是危險區間。

總歸來說，從國小升上國中，課程內容的水準提高，使得他開始難以跟上課程進度。

期中考還位於國小課程的延長線上，不過到了期末考，感覺像是國中的課程內容試完水溫開始拿出全力了。尤其是數學。

從「算數」改名為「數學」，難度三級跳的這個科目，矗立在阿良良木少年的面前。

如果是現在能分辨個中酸甜苦辣的我，或許不會把事情看得這麼嚴重，可以切換心情期許自己第二學期再努力，不過現在說的是五年前還沒扭曲，也就是還缺乏彈性思考的阿良良木曆。

他認為這樣下去不妙——這樣下去無法貫徹「正確」。雖然他陷入困境冒出的念頭，應該沒有具體以文字形容的這麼嚴重，但對他來說，沒能完成「學習」這個正確的義務，是比考試成績更恥辱的一件事。

我剛才說這個時期是「父母教育成功」的時期，不過基於這層意義，他們的教育或許失敗了。徹底進行過度重視「正確」的教育，或許確實能讓孩子不會做壞事，卻會教出一個不允許失敗的孩子。教出一個失敗時可能會過度自責，就這樣一蹶不振的孩子。實際上，我高一時就變成這樣，直到現在。

總之，我沒有因為這件事而憎恨父母。不可能憎恨。雖然留下各種心結，至今也依然害他們擔心，不過多虧羽川與戰場原而重新站起來的我還是受到他們的支援，而且關於教育孩子的手法，父母教育我犯下的失敗，已經在教育兩個妹妹的時候修正了，所以如今我無從抱怨。

既然這樣，我信奉「正確」的這顆心，為什麼直到高一的七月十五日都沒有屈服，為什麼沒在國一的這時候因為成績不好而粉碎？因為放學時，我的鞋櫃放了三個信封。

「a」、「b」、「c」。

正面寫上書寫體字母的三個信封。

請各位不要責備，我剛開始以為這是情書。以為是三封情書。以為自己原來很受異性青睞。這是國一學生的心態。

當時的我不認為正面寫著英文字母很奇怪，老實說，光是這樣，我就在瞬間差點忘記期末考成績不好，但信封正面字母和背面「阿良良木同學收」的筆跡一樣，我察覺這三封信似乎是同一人寫的，感到詫異。

為什麼同一個人寫了三封信放進鞋櫃？無法合理說明，也就是和「正確」無緣的這個狀況令我混亂。

但是無論如何，這份混亂只到打開「a」的信封為止。看完「a」信封裡的信件內容，就知道這是某種猜謎。

當時的我不知道蒙提霍爾問題，不過突然遇到的這個問題引起我的興趣。與其說引起興趣，不如說引起好奇。我稍微思索之後，打開「c」的信封。

當然不是計算過機率，認為這時候變更選擇是最好的做法，才從「a」改為選擇「c」，他不是這種天才少年。只是在面對這種問題時，不經意覺得變更選擇才是正確做法，如同看透出題者的意圖般，打開「c」的信封。

這樣正如現實的蒙提霍爾問題，是以出題者意料之外的形式解謎。這個選擇不太能受到讚賞，以結果來說卻是正確答案。不對，這也是兩回事，就算不是正確答案也沒關係。反正不管是不是正確答案，我到最後還是會忍不住將「b」與「c」

的信封都打開吧。因此無論如何，我都會前往「C」信封裡地圖指示的那個場所。

明明是寄件人不明的信，為什麼冒失地依照信裡的指示，在放學途中繞路到其他地方？這個問題很難合理說明。我現在回想起來，也不免認為當時應該別管這種怪信。

不過，他——阿良良木曆想知道。

好奇心。

愛好奇妙事物的心。

「愛好」的情感。

並不是理解到這個謎題的意圖，也不知道這封信的意義，不過正因如此，他想知道。

想知道這個謎題的意圖、這封信的意義。

稚嫩的求知好奇心，引導他來到新興住宅區的廢屋。這是阿良良木少年首度前來的區域，不知道這種身處存在著廢屋。

當然，眼前的光景終究嚇到他了。

他一瞬間想要回家。他莫名害怕廢屋。

雖然沒有「禁止進入」的告示，卻認為這裡應該是不能進入的地方。習慣那棟補習班廢墟的現在，看到這種廢屋應該沒什麼好怕的，但當時終究才國一，內心還無法承受這種像是單獨試膽的挑戰。

信奉正確、信仰正義的他，對抗邪惡時並不會感到猶豫（現在回想起當年的個性還是會臉紅），但是內心還沒有堅強到能夠面對恐怖或黑暗。

敢無條件將所有正確事物斷言為正確的他，無條件地害怕所有恐怖的事物。

要是在這時候回家，這個故事就會在這裡結束，但是沒有結束。我極度慶幸沒有結束。

「阿良良木同學，你來啦。」

廢屋裡出現一名少女。

現身了。

「既然來到這裡，代表你解開信的謎題了？」

「…………」

我語塞沒回答，是因為愣住了。破破爛爛的廢屋裡出現嬌憐少女，這種幻想又倒錯的情景過於超脫現實，使我說不出話。

甚至以為自己不知何時迷途闖入異世界。

少女的身影虛幻到像是透明，在我眼中，少女彷彿幽靈。

所以，是的。

我將這間廢屋稱為「鬼屋」。

「我……」

後來，我甚至忘記孩童愛面子的心態，

老實回答寫信的這名少女。

「我沒解開。雖然換了選項，卻不知道為什麼選『C』是對的……」

「這樣啊。」

對於像是表明「以直覺亂猜」的這個回應，少女絲毫沒有失望的樣子，露出甜美的微笑。

非常幸福的笑容。

「那麼，先從這個問題開始解說吧。阿良良木同學，進來吧。」

「咦？」

「來學習吧。一起變聰明吧。」

009

「是喔……啊哈哈！」聽到這裡，小扇笑了。「該怎麼說，真滑稽耶。真是的，如果不是出自我崇拜的神原學姊心目中的主人──阿良良木學長口中，我真想斷言這段浮誇的回憶只是妄想的產物。」

「說我的回憶浮誇就算了，相對的，先收回我是神原主人的設定，這是那個傢伙妄想的產物。」我暫時中斷話題，回應小扇。「我與神原是健全的學長學妹關係。」

「呵呵，這樣啊。我也想和阿良良木學長成為這種關係。那個……剛才說到哪裡？總歸來說，寫信給阿良良木學長的人，是從這間廢屋出現的幽靈少女？」

「錯了，不對不對，不是這樣。我和怪異扯上關聯，是高二到高三那年春假被吸血鬼襲擊開始的。少女不是幽靈，是活人。不是鬧鬼，她只是比我早來，在廢屋裡面等我。」

我連忙說明。

剛才講得令她誤會了，這樣我沒資格當敘事人。

「總之，仔細看肯定就會知道。應該說原本只要看一眼就會知道。因為那個女生穿著我的母校——剛才那間七百一國中的制服。」

「穿制服。那個，這麼說來，您剛才說寄信的是國一學生吧？也就是說……這個女生和阿良良木學長同學年？」

「就是這麼回事。」

嗯。

姑且是這麼回事吧。應該。

「換句話說，阿良良木學長讓一個女生在這種廢屋等您？您從那個時候就是罪惡深重的男人耶，是女生殺手。」

小扇隨便消遣我幾句。

如果要消遣，希望她可以好好消遣我。

「到頭來，這些信封都是情書是嗎？叫阿良良木學長來到四下無人的地方傾訴愛意，這就是那個女生的刁鑽戰術？」

「居然說傾訴愛意……」

她的說法真怪。

不知道是不是在開玩笑。

「不是情書。當然也不是什麼刁鑽戰術。到頭來，無論是不是同學年，我都是第一次見到這個女生，以往沒有任何交集。」

「嗯。法律也沒規定沒交集的對象不能寫情書就是了。真要說的話，反倒是素昧平生的對象容易寫情書。不過，用數學的某某問題引起學長的興趣，這種信要當陳情書果然怪怪的。」

「是啊。實際上也完全沒這樣演變。依照她自己的說法，她寫過同樣的信給好幾個人，不過收到這些信又來到廢屋這個會合場所的只有我。」

「隨隨便便就過來嗎？」

「隨隨便便……哎，算是隨隨便便吧。」

或許應該說漫不經心。

真要說的話，這樣極度缺乏危機意識。

依照信中指示來到廢屋，後來又接受陌生少女的邀請進入廢屋，小孩子這麼做很危險。缺乏戒心與見識也要有個限度。不過，正因為當時做出這種危險的行動，才造就現在的我。

「至少如果沒有那個夏天，我的數學應該很差，應該會討厭數學，也考不上直江津高中吧。」

這麼一來，也不會認識羽川與戰場原。雖然不知道會變成什麼樣子，不過肯定會和現在的我完全不一樣。

……這令我不寒而慄。

「原來如此。我覺得我也隱約看出端倪了。看出老倉學姊究竟想對阿良良木學長說什麼。不過前因後果還沒好好連結起來。貿然判斷會過於心急，我還是先聽愚笨的阿良良木學長說完這段往事吧。」

「嗯……我想也是。因為接下來才是重點。」

「話說阿良良木學長，您就老實承認吧。我不會因為這樣就瞧不起您。就算您滿不在乎來到這間廢屋純粹是基於好奇心，您接受邀請進入廢屋，是因為那個幽靈少女很可愛吧？」

「不准把別人的回憶貶低成想入非非！」

「哎喲～」

我語氣變得粗魯，小扇卻沒有害怕，不以為意。

「國一男生應該都是這樣吧？認為女生只要可愛就好吧？這部分我不會讓步喔，

如果不是這樣，阿良良木少年應該也會稍微提防才對。比方說，如果從廢屋走出來的是強壯的強盜，您會聽話進屋嗎？」

「無論在任何狀況，只要出現強壯的強盜，我都會想辦法逃走。」

「所以，那個幽靈少女很可愛嗎？」

小扇如此詢問，如同這一點是這次調查最重要的部分。

想入非非……

「可愛的女生邀請一起用功、一起變聰明，我認為男生大多都會一口答應。實際上就是這樣吧？雖然講得像是佳話或鬼故事，但重點在於女生可愛得不得了對吧？」

「好吧，我承認並不是完全沒有這種心態，所以小扇，追究到這裡就好。」

我投降了。感覺這段回憶被弄髒了。

不過，這是我直到剛才都忘記的往事，所以沒什麼弄髒不弄髒的吧。

「不過小扇，我要為了我當時的名譽聲明一下，她說要為我『解說問題』，這句話確實也很吸引我。基於這層意義，那些信完全符合我的喜好，我甚至不敢相信有人會無視於那些信。」

「不敢相信嗎……不過，我應該會無視就是了。」小扇冷漠地說。「總之，讓我聽這個故事的後續吧。阿良良木學長那年夏天的豔遇。神祕少女與阿良良木學長這場密會的後續。」

「…………」

形容為「豔遇」令我不以為然，但我更不喜歡「密會」這種字眼。如果據實形容當時的狀況，或許應該形容為「密會」，但我自認沒有那麼偷偷摸摸，也完全沒有內疚或昧著良心的部分。

所以，我與少女從那天開始進行的聚會，應該以這個詞來形容。

「讀書會」。

010

「……所以，從『a』信封改選『c』信封，猜對的機率比較高。猜對機率多一倍。這叫做『蒙提霍爾問題』。」

聽完少女這段說明，我終於懂了。同時，我有種想大喊的心情。

太有趣了！

我心想。

從小學到現在，我第一次覺得學習很「有趣」。我認為考出好成績是正確的事，卻不曾認為是有趣的事。真要說的話，考九十分比考八十分高興，不過這種喜悅果然和「有趣」不一樣。

然而，我聽完她的說明，體認到「有趣的學習」是存在的。我認為這次學到的東西比至今學到的一切更有價值。我之所以這麼認為，當然也是因為少女教得很好吧。

像是「蒙提霍爾問題」這樣，正確答案違反人類直覺的問題，在教學時很難讓對方理解自己想傳達的意思。想教給小扇卻失敗的我就是最佳例子。

「真有趣！」

我說了。親口說出來。

這是我鬧彆扭之前的事，是我受挫之前的事，是我吊車尾之前的事，這時候的我還是純真的少年，對待他人比現在友善得多，即使如此，也不會像這樣率直表達心情給初次見面的對象。

所以，我當時應該是覺得非常有趣吧。

而且也受到震撼。

原來「學習」也可以是一件有趣的事。

我未曾這麼想過。甚至認為抱持這種想法違反道德，是一種罪惡。

舉個例子，標榜正義的警察（可以是我的父母，也可以是其他警察）被問到自己為何堅守崗位時，如果回答「因為有趣」，應該免不了遭受批判吧。要是推動國家運作的政治家說「政治很有趣」，可能會因而辭職下台。

同樣的，不可以說「學習」是有趣的事。「學習」不應該是有趣的事。

我直到當時都這麼認為。

然而實際上，少女的解說很有趣。

有趣到令我想大喊。

或許這很像第一次閱讀小說時的感覺。漫畫是有趣的讀物、小說是正經的讀物。隱約如此分類的心被打碎時何其痛快。

國中數學課當然不會出蒙提霍爾問題，換句話說，這和學校課程沒有直接的關係，然而這種事一點都不重要。

回過神時，我如此詢問少女。

「類似這樣的問題，還有別的嗎？」

「有喔，很多。」少女微笑回答。「如果阿良良木同學願意更喜歡數學，願意一直喜歡數學，無論你想學多少，我都可以教。」

我好開心。這番話令我好開心。

坦白說，期末考的結果那麼悽慘，阿良良木少年已經幾乎要討厭起數學了。這門學科如今和小學時代擅長的算數完全不同，使他生厭。但他現在將這種事忘得一乾二淨。甚至認為自己從出生就熱愛數學，而且這份想法從未中斷。

就算是孩童的想法也有點極端。

我自己都這麼認為。

雖然是內心想法，但如果看到心態轉變這麼快的傢伙，我或許會對這種人說教，不過我當時二話不說承諾今後會喜歡數學，少女絲毫沒露出厭惡表情。

「那麼……」她說。「明天起，我們在這裡一起學習下去吧。」

一直喜歡數學。

從結果來說，我一直遵守這個承諾。因為我進入直江津高中之後，即使後來成續吊車尾，也只有數學成績維持一定的水準。
然而，我直到不久之前都忘了這個重要的承諾。
忘記原因，只做出成果。
這樣該怎麼評論？
「今天很晚了，所以只出功課給你。阿良良木同學自己思考這個問題，想出答案，明天放學之後過來這裡。」
「咦？啊啊，嗯。」
今天到此為止，我覺得有點掃興，但是明天與明天之後都會繼續下去，這份期待更勝於掃興的心情。
「絕對喔，絕對要來喔。不要對數學覺得膩喔。」
「嗯，知道了。」
「那麼，我出題了。」
少女說著，從口袋取出五張卡片。看來她預先準備了「功課」給阿良良木少年做。
卡片似乎兩面都寫上數字、符號、英文字母或漢字。少女不讓阿良良木少年看到卡面，就這樣將卡片並排在廢屋地上。

「這裡有五張卡片。如果要證明漢字卡片的另一面一定是數字，至少要翻幾張卡片？」

011

「啊啊……我在其他地方聽過這個謎題，但我忘了解答。」小扇歪過腦袋思考。

「記得重點在於數字的另一面可以不用是漢字吧？總之我沒什麼興趣，但您再度被這個謎題射中內心嗎？國一學生的心接連被兩根箭射中？」

「這說法……」

總之，她說的沒錯。

若要形容為接連射出的箭，那麼這兩根箭射得很漂亮。

收下功課，從廢屋回家，依照約定獨自思考之後想出答案時的快感，使我更加沉迷。

講得簡單一點，我因而成為數學的俘虜。

「俘虜嗎……嗯。我原本期待聽到學長小時候的小小浪漫史，不過內容開始變貌了，感覺像是國中生學補習班的宣傳漫畫。」

「實際上，從客觀角度來看，確實像是在上補習班吧。從第一學期末到暑假結束，我每天來到這間廢屋，一直和神祕少女一起學習。」

與其說一起學習，正確來說，只是少女單方面教我數學。而且是和學校課程沒什麼關係的「有趣數學」。

人類史上最美麗的公式——歐拉恆等式，也是她教我的。即使是現在，我依然能憑空說明這些在學校派不上用場的「數學」。

在這裡學得的一切，我完全沒忘記。

我只忘記一件事。

只忘了教我這一切的少女。

「……所以，我個人不太覺得這是在學習，只像是每天來這間廢屋玩……真要說的話，這裡是我和那個女生的祕密基地。不對，應該說祕密補習班。」

「補習班啊……說到補習班，我叔叔住過一陣子的廢棄大樓，以前也是補習班吧？」

「嗯。聽說一直努力到數年前，不過後來別間大型連鎖補習班來搶市場，他們被壓迫到經營困難就倒閉了。」

「經營困難嗎？危急到火燒屁股，而且後來成為廢墟的大樓真的失火，總覺得令人無言耶。」

「……………」

不對。

我難免覺得剛才是小扇牽強附會，講得令人無言……

「要是扔著這裡不管，這裡或許遲早也會遭遇這種災難。廢屋被無名火燒光是常有的事。不過看這個樣子，大概還沒燒掉就垮掉了。我實在無法相信有人幾乎每天都在這種地方開讀書會。」

「哎，現在回想起來，真的很奇怪就是了……無論是公營圖書館或學校圖書室，我認為要換地方應該不愁沒地方換。不過那個女生堅持選擇這裡，她說只會在這裡學習。」

隔天。

我解開少女出的功課（在這個時間點，當然是說阿良良木少年自己想到的答案，不過後來確定答對了），兩人在廢屋房間集合的時候，她如此宣布。總是溫柔又嬌憐的她，只在這個時候嚴格要我允諾。

若要讓這場讀書會繼續下去，我必須接受三個條件。

第一個條件，讀書會的場所必須是這裡——這間廢屋二樓最深處的房間。

「三個條件……？哎呀哎呀，狀況變了耶，這不是很奇怪嗎？她前一天不是才說過嗎？只要阿良良木少年願意更喜歡數學，她不是願意一直教下去嗎？這樣很奇怪吧？很矛盾吧？言行不一致耶。這樣的物語有破綻。」

「妳在這方面挺囉唆的……不過，我現在回想起來確實是這樣，妳說的一點都沒錯。不過事後追加條件也是人類常見的行動吧？」

再說一次，對方是國一女生，和我同學年的「某人」，絕對不是擁有正式執照的補習班老師，所以就算後來追加條件，也不會違反服務章程。

「話是這麼說沒錯。所以，她出的另外兩個條件是什麼？付家教費嗎？如同您付月薪給戰場原學姊與羽川學姊那樣？」

「不准散播謠言。我沒付什麼月薪給戰場原或羽川。」

「啊啊，說得也是。不求回報是戰場原學姊的原則。羽川學姊在這方面肯定也大同小異吧。」

「…………」

不過回想起來，這傢伙明明還沒見過戰場原與羽川，卻莫名講得好像跟她們很熟。就算是從忍野或神原那裡聽來的……

「但您堅稱沒付錢也很好笑。如果您說支付的不是月薪而是感謝，那就更好笑了。」

「……第二個條件，在這裡舉辦這種讀書會，是只屬於兩人的祕密，不可以透露給任何人。然後第三個條件是……」

不可以問我的名字。

不可以調查我是誰。

除了數學問題，不可以問我任何問題。

「……以上。」

「那個女生是數學精靈之類的嗎？」

小扇說出率直的感想。

總之，她這麼想也在所難免。當時的我懾於少女散發的氣息，又沉迷於數學的樂趣，所以沒有這種想法，不過像這樣整理她的言行，就覺得果然像是虛構的故事。她的言行舉止，如同超脫現實的奇幻世界居民。

「當時有沒有問她為什麼開出這些條件？為什麼選這間廢屋當成密會場所、為什麼不能透露讀書會的事、為什麼不能調查少女的真實身分，您問了嗎？當然問了吧？」

聽小扇的語氣，感覺得到她主張身為調查員不可能沒問這些問題，不過說來抱歉，我阿良良木曆並不是調查員。

「因為這樣違反第三個條件。」

不可以問少女任何問題。

「所以我沒問。我當時不管三七二十一就接受這些條件。」

「要是不管三七二十一，數學就沒辦法成立吧……阿良良木學長是輕易就會被人詐騙的類型耶。」

「但是反過來說，那個女生除此之外沒有任何要求。真的完全沒有。只要求我遵守三個條件，以及一開始說的請求。像是家教費、月薪還是學費，這種東西她完全不要。她這樣單方面教我好多，我覺得過意不去，所以我某天帶了零食過去，但她堅持不肯吃。」

我這麼做不是在要求回報。

我啊，只要阿良良木同學願意喜歡數學就好。

除此之外沒有任何要求。

能夠教你數學，我很幸福。

所以答應我。

要一直熱愛數學喔。

「她這麼說。」

「越來越像是數學精靈了……與其說是升學補習班講座，更像是『看漫畫學數學』的感覺？還是充分將數學知識活用在詭計裡的理科推理作品？」

「這個故事當成理科推理作品應該有漏洞吧。因為太不合理了。畢竟這場讀書會在某天突然結束，而且留下謎團。」

「留下謎團？」

「也可以說增加謎團。總之，我接受她開的所有條件，後來每天都來到這間廢屋。」

「完全是每天？風雨無阻？」

「完全是每天。風雨無阻。」

「是喔……真徹底耶。」

小扇一副佩服的樣子。

我也一樣，即使是自己述說的往事，也驚訝於這居然真的是自己的行動。即使是努力準備考大學的現在，也不像當時那樣全神貫注地學習。

在這裡向她學到的東西，嚴格來說當然不是課業內容，真要說的話是國中生會喜歡的領域，比起數學更像雜學。換句話說，如同沉迷於遊戲的孩子。

這麼說來，火憐與月火那對火炎姊妹——當時她們還是小學生，還沒得到這種綽號，總之那兩人曾經抱怨我一升上國中就突然不太配合她們，不再和她們一起玩。

最近，兄妹這方面的不合也逐漸改善。我原本以為自己這種變化，單純是國小升上國中時常見的心態變化，不過仔細想想，當時「不太配合她們」或許是因為這個夏天我每天都默默出門前往某處吧。

很可能是這樣。這就代表當時的我如此沉迷於數學，沉迷到沒關心周圍，甚至是家人。

「沉迷到無法顧慮周圍，換言之就是影響到私生活，這麼一來，這個故事就開始變貌了。至少比起佳話更像是鬼故事。沒問題嗎？」

小扇有點擔心地說。所以客觀來看，即使是傾向於看好戲的她，這個事態也令她擔心吧。

「不過當然沒問題吧，不然阿良良木學長現在不會實際存在於這裡。」

「要是一直持續這樣，或許就有問題了。但我剛才也說過，這場讀書會在某天突然結束了。」

「結束了？」

「嗯，唐突結束了。是暑假最後一天的事。當天我一如往常來到這間廢屋，不過……」

012

阿良良木少年一如往常來到這間廢屋，不過總是比他先在這裡做好讀書會準備的少女，僅限於這一天沒來。

僅限於這一天沒來。這一天第一次沒來。

雖然覺得怪怪的，不過既然一直舉辦讀書會，一直約在這裡見面，總有一天會發生這種狀況吧。阿良良木少年就像這樣悠哉認定，決定先就位等她。

肯定是她在今天讀書會要教的「數學」得花時間準備，所以會比平常晚到。阿良良木少年甚至抱著這種如意的想法滿懷期待。然而過了再久、等了再久，她都沒有出現。

到了太陽下山，阿良良木少年終於晚一步開始調查廢屋內部，但是少女不在屋內任何地方。看來不是躲在某處想嚇阿良良木少年。

到最後，阿良良木回到最初的房間——二樓最深處的房間，在這裡度過暑假的最後一夜。接受父母教育，以「正確」為宗旨的他，這天首度沒報備就外宿，但是說來遺憾，這份努力白費了。

第一次的擅自外宿徒勞無功。

即使天亮，她也沒出現。

由於一定要上學，所以阿良良木少年再怎麼不願意也只能離開廢屋。結束始業典禮回家之後，他當然打算再度——在今天再度來到這間廢屋，卻隱約覺得同樣肯定是白跑一趟。

因為他在廢屋度過的那一晚，在矮桌背面發現一個信封。阿良良木少年與神祕少女用來學習的矮桌背面，以膠帶粗魯貼著一個信封。和昔日放在阿良良木少年鞋櫃的信封相同。

信封是空白的，正面沒寫英文字母，也沒寫收件人與寄件人，但總之是相同的信封。而且，裡面是空的。

和當時的「b」信封一樣。

是空的——是「錯誤」的。

國一的阿良良木曆沒有聰明到理解個中意義，或許這個信封根本沒意義吧，但他隱約冒出一種想法。

今後，我再也無法在這裡向她學習「數學」了。

我有這種預感。實際上，這個預感成真了。

這天當然不用說，隔天之後，我也一直在約定的時間依照約定來這間廢屋，但是她再也沒有來到這裡，讓我學習到數學的樂趣。

但我還是一直來到這間廢屋。

沒有死心，堅持一直來到這間廢屋。

即使如此，依然不知不覺越來越少來了。

說到可能的遠因，大概是我已經知道自己的同年級同學之中沒有那名少女。

基於少女對我開出的第三個條件，即使她不再出現，我也好一段時間沒有調查她的真實身分，但我終於忍不住開始到別班調查。

我的人際網路本來就不廣，所以只能消極地偷看別班教室調查，然而不只是同年級，高年級也沒有我整個夏天一直見到的那名少女。

她身穿七百一國中的制服，別著一年級的校徽，又能在我的鞋櫃放信，所以我理所當然般把她當成同年級的同學，然而她實際上不在校內，所以她或許是校外的人。

別說校外，我甚至不知道她是不是這個世界的人。

少女是出現在鬼屋的幽靈——雖然並不是當真這麼認為，但她如同不曾存在般完全消失，所以阿良良木少年……是的，畏懼了。

害怕。

大概是在這個時候，第一次認為她恐怖吧。

所以，他不再接近廢屋。

所以，他忘了少女。

然而，從少女那裡學來的數學，是阿良良木少年唯一沒忘記的東西，而且第二學期之後，阿良良木少年的成績以數學為中心改善了。

換句話說，基於某方面的意義，他的生活只是回到造訪廢屋之前的狀態，放長遠來看或許毫無改變，卻也有一件事確實改變了。

在這之後，阿良良木少年也大致貫徹追求「正確」的態度，有時候也因而失控，因而嘗到苦果，但是唯獨在數學這個領域，他追求的是「樂趣」。

如果沒有這份依靠，經過那場班會，他的「正確」肯定會粉碎吧。他的心肯定什麼都不剩吧。

向那個女生學到數學的樂趣、人生的樂趣、世界的樂趣，才造就現在的我。

我是由那個夏天組成的。

013

「咦？可是總歸來說，那個神祕少女是老倉學姊吧？」

小扇附和般說，一副要將各種東西搞砸破壞氣氛的樣子。仔細一看，她是一邊看手錶一邊講這麼問。她是女生，或許家裡有規定門禁時間，但是既然她自負是推理迷，希望她至少在這種解謎場面可以正經一點。

「不不不，阿良良木學長，這不到解謎的程度吧？依照這種劇情進展，如果這個女生不是老倉學姊，反倒是過度誤導了。聽眾會抱怨這樣不公平喔。但如果這個女生的真實身分是我，就某方面來說挺有趣的。」小扇說。「雖然說好讀書會是祕密，不能透露給任何人，但學長毀約了。和那個知名的雪女傳說一樣。」

既然讀書會已經單方面結束，續辦讀書會的條件就沒有理由遵守了，但我個人實在很詫異自己為什麼會對小扇講這段往事，所以小扇這番話聽起來不太像是在開玩笑。

不過，小扇當然不是那個少女。

小扇的笑容和少女的笑容完全不像。

「因為啊，我詢問這名少女外表的時候，您幾乎都沒講。換句話說，應該是之前已經登場，只要說明外表就猜得出來的人物。」

「原來如此。」

所以她姑且推理過了。就算這樣，這確實不到解謎的程度。

「如果這名少女是戰場原學姊，就是最有趣的狀況了。」

「不有趣吧？」

很抱歉，這時候的戰場原是田徑社社員，處於很忙碌的時期，沒有餘力為了別校的我開數學課。那個夏天不知道她跑了多少里程數。

「那麼小扇，暑假結束之後，那個女生——少女老倉不在七百一國中，這件事妳要怎麼說明？妳要怎麼證明少女不是數學精靈？」

「要證明精靈不存在挺費力的，但是用不著採用『少女是數學精靈』這種奇幻假設，也可以說明您為什麼在第二學期找遍七百一國中都找不到她。因為她轉學了。」

小扇很乾脆地說。

她自己也是轉學生，所以似乎不認為這是什麼罕見的特例。

「因為轉學了，所以您在學校，就算去偷看高年級教室也找不到她，她也不再出現在讀書會。與其說是別校學生穿阿良良木學長學校的制服——假設這個女生是戰場原學姊，就會是這種狀況了——擅自偷偷入侵別人學校，把信封放進陌生人鞋櫃，當成她轉學會比較容易說明吧？不過這個推測有唯一的漏洞。」

我還沒指出這個漏洞，小扇就自曝弱點。

「也就是說，老倉學姊與阿良良木學長曾經是同校同學年的學生。聽您至今的說法，您似乎是就讀直江津高中之後，才第一次見到老倉學姊？」

「……………」

「您之前說，在一年三班教室第一次見面的時候，老倉學姊就說她討厭您。這其實是敘述性詭計，意思是『第一次在一年三班教室見面的時候』，對吧？」

小扇笑嘻嘻地詢問。她應該是相當顧慮到我這個學長，才使用這種語氣吧。

然而事實不是這樣。

事實更為單純，更為易懂。

毫無詭計可言。

「我『認為』當時是第一次見面。換句話說，當時我完全忘了少女老倉。甚至忘記自己擅長數學是託誰的福，也忘記她對我恩重如山，只把她視為同班同學對待。」

難怪她討厭我。

我忘恩負義也要有個限度。

她當然記得我吧。而且忘恩負義的我考了滿分擠下她，厭惡感也更加強烈。

討厭自以為是憑著一己之力沸騰的水。

嗯，是的。

我是水。過於自以為是的水。

我「不知為何」認定自己擅長數學。實際上，要是沒有那個和老倉共度的夏天，現在的我就不存在。

「那個傢伙說過，我之所以是現在的我，全都是託數學的福。和戰場原交往也是託數學的福。但她真正的意思是說，其實這一切都是託她的福嗎……」

託妳的福。

我當時是當成客套話而這麼說。

但我真的是託她的福。

「她說她喜歡幸福的傢伙，卻討厭不知道幸福原因的傢伙……是嗎？然後她還說過什麼？討厭不知道自己以什麼東西組成的傢伙？呵呵，回想起實際忘記的記憶，就會發現這些話暗藏玄機耶。」

「總之……」

我說。

我想到各種事，也必須反省很多事，後悔的心情也很強烈。就算這麼說，也不是沒有「事到如今無從補救」的心情。

到頭來，這是往事。

是比兩年前還早三年的往事。

回憶只是回憶，就算回想起來，也不會因而改變現在。

然而……

「明天，我得向老倉道歉。討厭我的她應該不會因而喜歡我，我道歉應該也不會讓她解脫什麼，不過既然該道歉，我就要道歉。」

「哎呀，您似乎不太願意？」

「是啊。」我點頭。「我也不是不想抱怨她幾句啊？就算是基於轉學之類的隱情，離開之前講一聲不就好了？」

居然不說道別的話語。

又不是忍野咩咩。

「留下那種空信封，我也只會一頭霧水。何況在一年三班重逢的時候，如果她當場說，我肯定可以當場想起來。如今就算這麼說……」

也無法挽回。

這種心情很強烈。

即使知道拿這個責備老倉很過分，我也很難完全忽略這份悶在心裡的不滿。

想到或許可以和那個傢伙共度高中生活，「失去」的心情很強烈。

如果早點知道這件事，那場班會也不會落得那種結果……我不禁這麼想。

「呵呵，要是當場說……是嗎？」小扇露出惡作劇的微笑。「『當時的少女就是我喔。阿良良木同學，好久不見。什麼嘛，忘了我嗎？天啊，爛透了～討厭～你好冷淡喔～但你就是這一點迷死人了☆』……意思是您希望她這麼說嗎？」

「……我在這個世界觀從來沒看過這種強大的角色，總之……」

「既然這樣……」小扇突然從淘氣角色改為一臉正經，對我這麼說。「您就應該思考她為什麼沒這麼說吧？」

「……咦？」

「而且，您也得思考她為什麼不告而別。不然就算您明天道歉，事態也可能只會更加惡化喔。」

小扇明明說「可能」，語氣卻莫名斷定。

「既然搞不懂，就要思考。必須思考到懂。覺得奇怪、覺得模糊不清的事，都得解決才行。因為嘴上說說的謝罪，是最令受害者生氣的東西。」

「受害者？喂喂喂，小扇，等一下，妳這樣說得太重了吧？我忘記昔日很照顧我的人，確實是難以想像的忘恩行徑，但也用不著說我是加害者吧？我又不是故意的……」

「說得也是。阿良良木學長當然沒錯。不過，阿良良木學長是笨蛋。無可救藥，無藥可救的笨蛋。」

「…………？」

小扇對困惑的我淺淺一笑。

這就是看見笨蛋時的笑容吧。不過這樣的話，這張微笑也太溫柔了。

「小扇，妳究竟……知道什麼事？」

「我一無所知喔，知道的是您才對，阿良良木學長。」

「我……」

我知道什麼事？

我忘了某些事。

「這樣好了，就效法老倉學姊的少女時代，豪邁出題吧。接下來是問題。」

小扇豎起食指，如同電視節目的主持人。

不對，應該說如同推理小說的名偵探？自負是推理迷的她，果然確實掌握到這方面的精髓。

「老倉育把阿良良木曆當成殺父仇人般討厭，這是因為阿良良木曆沒回應老倉育的期待，所以她什麼都沒說就轉學離開。那麼，老倉育對阿良良木曆究竟有什麼期望？」

「……？有什麼……期望？」

「提示。和阿良良木父母的職業有關。思考時間是一百二十秒。」

也就是兩分鐘。

也太短了。

不過，就算她比照老倉抑鬱度過的時光給我兩年，我應該也解不出來。

014

「總歸來說，老倉學姊讓阿良良木學長學到數學的……該怎麼說，就是樂趣之類的，以此為代價要求回報。」

兩分鐘後。

小扇連一秒都不肯多給，直接說出解答。搞不懂這女生多麼想趕快回去。

「回報？」

「是的。戰場原學姊的言行之中，最讓老倉學姊不高興的就是這個吧？教您功課卻不求回報，這一點惹惱昔日和您開讀書會的她。」

甚至因而動手。

「只要阿良良木同學喜歡數學就會覺得幸福，要是永遠喜歡數學就會很開心……她這種像是精靈在講的話語，您總不可能當真吧？」

「………」

「記得她拒收您拿去當謝禮的零食？不過深入解讀她的意思，或許是不能只以零食這種東西當成『回報』才拒收吧？覺醒體認到數學樂趣的您，似乎變得沒辦法客觀看自己，但從旁觀者的立場來說，剛開始的信封果然可疑，充滿陷阱的味道。」

陷阱。

真要說的話是魚鉤——小扇說。

「當事人說她也寫信給其他學生，卻只有您出現，這個說法是假的。完全是謊言。實際上是只以阿良良木學長為目標拋竿吧。寫信給好幾個人，最後只有您上鉤，不覺得這很難想像嗎？」

「居然說很難想像……是啦，或許是我一廂情願認為只有自己是特別的，不過從機率來看，也可能是這樣吧？」

「從機率來看，阿良良木學長肯定是特別的喔。」

「………」

「哪裡特別我之後再講，不過您就是因為特別才會被鎖定。如果少女老倉也想找其他人加入讀書會，就應該繼續垂釣才對。即使進入暑假，也肯定有方法宣傳。不過到最後，整個暑假除了您，沒有其他人出現在讀書會，一直只有你們兩人，既然這樣……」

原來是這種推理。

哎，既然她這麼說，我也很難反駁，大概如她所說吧。何況，如果她鎖定中意的人選放信封，上鉤的只有我一人果然很奇怪。到頭來，很難想像這間廢屋的這個房間能舉辦多人讀書會。

從一開始，就是只有我一個人參加的讀書會。

舉辦讀書會的少女，一直都是這樣計畫的。

「應該是老倉學姊知道您的數學成績退步，就以趁虛而入的形式，將內容吸引您的信封放進鞋櫃。將數學問題拿到想挽救數學成績的少年面前……總之，這是好餌。」

「這樣的話，我真的是隨隨便便就上鉤……」

當時老倉是掛著笑容迎接我，但或許她其實是強忍笑意，因為一切都過於稱心如意。

「不不不，就說了，阿良良木學長，沒有稱心如意喔。到最後，人還是沒辦法稱心如意操縱別人的行動。就我來說，雖然您是笨蛋，但老倉學姊也很笨。真要說的話，現實世界的運作和數學不一樣喔。」

小扇說。最後那句是討厭數學的人會講的話，我身為數學愛好者很想反駁，但這時候只能忍氣吞聲。

因為實際上，我不知道老倉那時候對我要求什麼回報。

我完全不知道她想以何種方式誘導我。

小扇滿足地看著這樣的我，然後說下去。

「不過，真要您與老倉學姊誰比較笨，在這種場合，果然是您笨吧。因為如果您沒誤會，肯定就不會變成這種結果。」

「誤會……？」

「但如果沒有這個誤會，您的未來或許也和現在不一樣，現在這樣和羽川學姊與戰場原學姊和樂相處的未來或許也會改變，所以對於您來說，有這個誤會或許比較好。基於這層意義，您算是有先見之明，所以請別沮喪喔。」

小扇如此安慰我。不對，我不確定她是在安慰還是嘲笑。

唯一能確定的，就是我完全沒有先見之明。

「小扇，不用安慰了，麻煩明講吧。妳說我五年前誤會了什麼？」

「阿良良木學長。」

小扇如同迴避我的要求，叫了我一聲。不過想早點回去的她，不可能繼續賣關子下去。

反倒是率直說出口。

就某方面來說，對我毫不留情。

「我叔叔忍野咩咩在這座城鎮住的補習班廢墟，您很熟吧？」

「嗯……啊啊。當然。我說過吧？我自己都住過那裡。」

「而且您說過，這間廢屋和那棟廢墟差不多殘破。您這麼說過吧？」

「……說過，所以呢？」

「這不是很奇怪嗎？」小扇問。「幾年前剛倒閉的補習班，以及五年前就成為廢屋的民宅，殘破程度為什麼會『差不多』？」

「啊？」

咦？

慢著，對……咦？

這樣奇怪嗎？

確實……沒錯，很奇怪。

廢墟與廢屋的共通點，在於兩者都是沒人住的受損建築物，老化的方式與速度不太可能有差異。

五年前就是廢屋的這間建築物，五年後應該受損更嚴重才對，受損程度不可能和幾年前還在經營的大樓一樣。一般來說，「幾年前」大概是兩、三年前……就算放寬一點，是的，大約也是五年前……

「如同時間靜止」只是一種感傷的說法。

這裡也持續走過了五年的時間。

是的。既然這樣，依照合理的邏輯……我們現在所在的這間建築物，直到幾年前都不是廢屋。不過這代表什麼意思？

「…………」

我摀住嘴，以免發出怪聲。

避免在面對這個事實時放聲大喊。

假設。

假設五年前，我國中一年級的時候，這裡還不是廢屋……

「那麼，我五年前造訪的地方不是這裡？我和老倉共度一個夏天的廢屋，其實在完全不同的地方……」

「並不是喔。我們不是依照地圖指示過來的嗎？和五年前相同的地圖。」

那就是看那張地圖的時候看錯了。

何況我五年前看的地圖，不一定真的和今天看的地圖一樣吧？事到如今我想說一件事，五年前收到的信，今天居然放在鞋櫃裡，這很奇怪吧？

我想到這種藉口，卻沒有真的說出來。到頭來，我就是這件事的證人。

這裡——這間建築物，確實是我五年前造訪的場所。

既然這樣，事實只有一個。

五年前，這裡不是廢屋。那麼……

那麼……

「是的，阿良良木學長。」

小扇更不留情、更直接地說了。

「五年前，這裡不是廢屋。您誤以為這裡是廢屋。這裡是老倉育的家。」

015

我最不懂的事，反覆不斷抱持疑問的事，是我為什麼忘記五年前的那個夏天每天都來到這裡。即使是兒時回憶，成為人生轉機的這個夏天，自己人生這塊重要的拼圖，我真的忘得了嗎？

為什麼？

如果是可能成為心靈創傷的討厭記憶，可能會為了保護自己的內心而遺忘。不過這是讓我愛上數學的契機，真要說的話是相當正面的記憶。

是我的成功體驗。

我為什麼能忘到現在，忘到現在的現在？

這個原因使我沒察覺和老倉重逢，只把重逢當成初遇。

如果我遺忘這段記憶，是基於可以接受的「明確理由」，反過來說，如果具備理由，那就是因為這段記憶絕非「正面」的記憶。

要是深入回憶，或許會成為心靈創傷……

如果這裡存在著我不想記得的真實、我不想正視的現實，那麼……

「老倉的……家？」

「外面有門牌吧？雖然沒有掛牌子，不過我認為那裡原本應該寫著『老倉』兩個字。根據嗎？也對，您應該也感到疑問吧。為什麼要在這種廢屋開讀書會？答案是這樣的，因為這裡原本不是廢屋。」

「不，我不是這意思。就算這裡五年前不是廢屋，也不一定是老倉家吧？」

「既然這樣，她為什麼每次都比您先到這裡？毫無例外，她一定先抵達約見的場所，您不覺得奇怪嗎？」

「…………」

奇怪……吧。

確實奇怪，我甚至質疑自己為什麼至今都沒察覺這一點。即使有人說我其實早就察覺卻故意裝傻，我也無從反駁。

「應該認定因為這裡是老倉學姊家，所以她總是可以在這裡等您。只不過，既然是放學之後會合，如果班會開太久，您也可能先到，但是讀書會幾乎都在暑假舉辦。她在第一天從屋裡現身的原因，在於她就住在這裡……何況我們已經知道這裡五年前不是廢屋，那麼這裡就非得是您或老倉學姊的家，才能當成讀書會的會場吧？您不是住這裡，所以使用刪除法就能斷定這裡是老倉學姊家。」

「……又是刪除法？」

而且不是從三個選項刪除一個，是在兩個選項之中刪除錯誤的一個，所以這個答案毋庸置疑。

無比正確。

「老倉邀我到她家嗎……比起在廢屋集合，這樣確實比較有讀書會的氣氛，可是……」

真意外，我居然國一就去過女生房間。但我完全沒有這種酸酸甜甜的感覺。

因為，在那個時候，我不認為這個家是住家。

是的，我把這裡稱為「鬼屋」……

「好啦，阿良良木學長，抱歉在您受到打擊的這時候落井下石，但我的推理接下來才是重點。為什麼您五年前認為老倉家是廢屋，認為這裡是鬼屋？」

「……應該是我記錯吧？」

「不，是您誤會了。記憶本身是對的。當時這個房間的窗戶，已經像這樣破掉了。您不是具體說過這種話作證嗎？所以不是記錯，是誤會。」

「…………」

以膠帶補強的窗戶。

以補土填補裂縫的牆壁。

散亂的房間、散亂的走廊。

明明不是廢屋，卻讓人誤認為廢屋的破壞。

由此可以導出一個結論。一個令人不忍正視的結論。

如果這個家確實有人住，卻出現這種破壞，那麼……

「……所謂的家庭暴力嗎？」

家庭暴力。

家暴。

我自認不帶情感，直截了當地說出這個詞。

如同拿著新聞稿照唸。

但我無論如何都無法克制生理上的厭惡。我現在位於這種住家，這個事實令我作嘔。

而且五年前，我就是在這裡勤於學習。我實在無法壓抑我對自己的厭惡感。

「是的。」

相對的，小扇將情感隱藏得非常漂亮。她掛著笑咪咪的表情，如同對自己導出的真相毫無感覺，轉身環視亂七八糟的房間。

「要把住家弄亂到讓人誤以為是廢屋，只能蓄意破壞了。打破窗戶、敲裂牆壁、毀壞家具……對講機壞掉也是這個原因吧？」

破破爛爛的家。

亂七八糟的家——毀壞的家。

受傷。

隨時可能崩塌的家。

原來如此，這裡不是廢屋。

然而，只把家當成和平的場所、溫暖的場所、能夠平復心情的場所，依然對世間一無所知的正當國一學生，笨到誤以為這裡是廢屋。

鬼屋？

說這什麼話，荒唐。

這裡明明是最極致的「人屋」。

「是老倉嗎……在這種狀況，應該不可能吧。」

如果老倉是家暴的一方，不可能邀我進入。

「那就是父親，或是母親……」

「啊哈哈，就算動用我灰色的腦細胞，也沒辦法確認這種細節。總之應該是兩者之一吧。將一間屋子破壞成這樣，光靠一個人應該很吃力，所以或許可能兩者皆是。」

小扇毫不在乎說出相當悲慘的想像。說來遺憾，很可能是這樣。

「老倉學姊在相當悲慘的家庭環境長大耶。阿良良木學長在和平的家庭順利長大，就算您將那個夏天造訪這個家的記憶塞進內心角落，藏在內心底部，或許也不能責備您吧。唯一的救贖是這份暴力沒用在老倉學姊身上，至少沒用在肌膚外露的部位。」

「…………」

「至少」嗎……

那麼，這就是過於渺小、過於僅存的救贖了。

「這麼一來，大致猜得到老倉學姊第二學期轉學的原因了。應該是逐漸破碎的家庭完全破碎了。接下來是我毫無根據的想像，不過老倉學姊或許改名字了？在這種狀況，無法確定這個家的門牌原本寫的姓氏是什麼……正因如此，所以您在直江津高中一年三班再度見到老倉學姊時，以為是第一次見到她。如果曾經就讀同一所國中，就算沒有交流，至少也應該聽過名字。不過老實說，應該要認長相就是了。」

小扇雙手一攤。從她的態度來看，最後那段話似乎是開玩笑的。

希望她不要在推理時加入玩笑話。

在這種狀況更不用說。

「總之，老倉家當時肯定處於極限狀態吧。而且她試著想辦法解決。」

「想什麼辦法？」

「就是想辦法。所以她才會叫您來喔。換句話說，這就是老倉學姊向您要求的回報。」小扇說。「再怎麼樣也不是零食。增加一個數學愛好者是她的手段，不是目的。」

「不，等一下。要挽救破碎的家庭，解決家暴造成的破碎家庭……這個負擔太沉重了吧？那個傢伙對一個國一男生抱持什麼期待啊？我當時確實在做火炎姊妹那樣的事，但終究是孩子的遊戲……」

「阿良良木學長，順序反了吧？是火炎姊妹做您那樣的事。」

「啊，不，是沒錯啦……」

「老倉學姊當然沒對您抱持這種期待吧。如果她抱持這種期待，應該不會這樣拐彎抹角，而是直接求助。所以說，她的目標是您的父母。」

「父母……」

「他們是警察吧？」

向阿良良木學長示範「正確」的父母。

「老倉學姊期待您向父母報告老倉家的狀況。這麼一來，警方就會介入家暴問題。老實說，我不認為這樣能解決什麼，不過對於即將破碎的家庭來說，應該是孤注一擲吧。」

「…………」

「不要這樣拐彎抹角，自己報警不就好了？」這種話，應該是局外人的說法吧。如果做得到就不會這麼辛苦了。家暴是家庭內部的暴力行為，因此只能由局外人從外部採取行動。

慢著，可是就算這樣……？

「就算這樣，老倉自己也要求我封口啊……老倉要我不能對任何人透露我在這裡和她見面。」

我甚至因而和妹妹們交惡。

關於這方面要如何說明？

「這個嘛，和知名的雪女傳說很像。所以老倉學姊始終不想主動檢舉自己的家庭吧。因為身為女兒不願意大義滅親，或是害怕報復……也可能兩者皆是？」

「她始終希望我『主動』向父母檢舉老倉家的狀況，一直打這種算盤？」

居然是抱著這種企圖教我數學……但就算聽到這種說法，我也沒生氣。不，我不可能有資格生氣。畢竟我直到最後都老實地（即使因而和妹妹們交惡）依照約定，沒對任何人透露我每天到廢屋……更正，到老倉家的行為。

因為到頭來，我甚至不認為這個家是老倉家。

悠哉地向她學習數學。

沒支付任何報酬。

單方面搾取——奪取。

她說過，被我這種傢伙擔心，一點好處都沒有。一點都沒錯，這番話就是字面上的意思，絕非逞強或誇飾的話語。

我的人生被你害得亂七八糟。

她也這麼說過。

她說的這句話也沒錯。

我就這麼害她的人生亂七八糟，就這麼袖手旁觀。

就這麼扔著不管。

「……換句話說，在那個時候，老倉的爸媽雖然沒出現在我面前，卻在家裡的某處？」

「哎，肯定在吧。就算不會端茶或點心出來招待，終究沒有神經病到在別人家的孩子面前施暴。」

「…………」

不過，這不代表我來到這個家可以保護老倉吧。因為我只是來幾個小時就離開的「客人」。我回家之後，這裡究竟會捲起多麼強烈的暴風？我不願想像。

那個傢伙制服底下的身體是什麼樣子？我不願想像。

「也就是說，我完全沒能回應老倉的期望，只盡情吸收老倉給我的知識。」

當然會被討厭。

理應會被憎恨。

不只是忘恩負義，還是小偷。

她不向我道別也是理所當然。那個傢伙究竟是抱持何種心情一直教我數學？

小扇形容為拐彎抹角，不過老倉看到自己絞盡腦汁、擠盡勇氣採取這個手段卻徒勞無功的模樣，內心是怎麼想的？

或許會認為依賴我（即使是間接）的自己很笨。但是小扇說得對。我比老倉愚笨太多了。

老倉離開前貼在矮桌背面的空信封，貼切形容了我這個人。

「空無一物」以及「落空」。

我是一個不能依賴的人。

「呵呵。總之，大致就是這樣吧。」

此時，小扇再度看手錶確認時間，如同在計算我解謎的時間。

這是哪門子的計時賽？

「阿良良木學長，如果我記得沒錯，您應該是想查出老倉學姊為什麼把您當成殺父仇人般討厭，才會進行這次的調查。我認為您的目的在此時此刻已經大致達成，也就是現在差不多該準備撤退了，不過在最後，您還想講什麼話請講吧。講句話做個總結。」

「…………」

老倉如同把我當成殺父仇人。

然而真相不是如此，老倉確實希望我成為殺父仇人。天底下居然有這麼諷刺的事。

我想針對這方面講幾句話，不過既然要做總結，還是應該說得概括一點吧。

「現在的我得天獨厚，確實是一帆風順又幸福。身邊有朋友、有戀人、有學妹，我非常非常幸福。不過……」

我繼續說。

「現在，我有點討厭這麼幸福的我了。」

「那麼您討厭多少，我就愛您多少吧。」小扇如此接話之後咧嘴一笑。「而且阿良良木學長，換個想法吧，您沒有連數學都一起討厭，這不是很好嗎？」

「一點都沒錯。」

確實。

就算討厭某些事物，就算失去「正確」這個信念，只有數學，我會一直深愛下去。這已經像是一種詛咒了。

016

接下來是後續，應該說是結尾。

隔天，我一如往常被兩個妹妹——火憐與月火叫醒，拖著沉重的腳步上學。真相曝光，真相大白，遺忘的記憶被挖掘出來，個中意義也被解開。即使如此，到頭來我該做的事情還是一樣，就是改善我和老倉育的關係。

兩年前的摩擦。

五年前的誤解。

兩者都是如今無法挽回的過失、無法挽回的錯誤，我不認為能夠重來。但也正因如此，這次絕對不能失敗。至少得想辦法避免昨天那種騷動再度發生。

穿過直江津高中的校門時，我看到拖著比我更沉重的腳步行走，如同一肩扛起全世界辛勞的羽川翼。

平常走路姿勢非常標準的羽川，今天居然駝背。總之，既然背負起戰場原與老倉的對立，她的立場僅次於我。我認為這部分需要班長與副班長聯手處理，所以從後方叫住羽川。

然後，我把昨天與前天查明，我與老倉之間的各種因緣，一五一十全部告訴羽川。這樣像是完整吐露自己的愚笨與遲鈍，我不太願意這麼做，不過這些情報在現狀不應該瞞著羽川。事情都已經走到這一步了。

至於這件事是否該告訴戰場原，感覺似乎最好再觀望一下……羽川聽完會做出多麼嚴厲的反應？我預先做好心理準備。

「忍野扇？」

不過，她是對小扇的名字起反應。

「忍野先生的……姪女？」

「嗯……啊啊，嗯。託她的福，我得知了很多事。該說不愧是來自忍野家系嗎？她的表現簡直是名偵探。如果沒有她，我昨天與前天應該都無法解謎吧。」

「…………」

羽川如同在沉思，不發一語。

表情不由得變得嚴肅。

「……那個女生確定是這個身分？」

「嗯？啊啊，是神原介紹的，所以沒錯。」

我說出口才想到，就算是神原介紹的，也完全無法證明身分。小扇給人深不可測的感覺。而且我後知後覺發現自己對她一無所知。

我一無所知喔。

知道的是您才對，阿良良木學長。

……不過，我也同樣一無所知。

難道……我還知道更多事情嗎？

「阿良良木，我這樣講如同對現在的阿良良木落井下石，我非常過意不去，不過……」

羽川轉向我。她在這時候沒有不上不下地安慰我，很像是她的作風，但她似乎終究猶豫講出落井下石的話語。

我要她別在意，催她說下去。

走到這一步，留下遺憾才是我不樂見的。如果羽川以她的角度察覺某些事，我希望她毫不隱瞞告訴我。

進入校舍，並肩上樓前往教室的途中，我們繼續交談。

「阿良良木在國一第一學期的期末考遭遇數學的高牆。有很多方法可以知道這件事，所以沒什麼好奇怪的。應該也可以趁機將蒙提霍爾問題放進鞋櫃。不過這個計畫的重點在於你的父母是警察，老倉同學是怎麼知道這件事的？」

「咦？」

「這不是你一直隱瞞的事情嗎？」

對喔。

關於我父母的職業，連羽川都是幾天前聽我的妹妹們說才知道。我為了避免造成額外或不必要的問題，養成就算別人詢問也不會說的習慣。

然而，老倉為什麼知道？

怎麼知道的？

「……當然是基於某個契機湊巧知道的，或許是這樣吧。」

我以這樣的推論開場。

「應該還有吧？還有某些祕密。你和老倉同學之間，還有某些必須追溯的記憶，某扇非得開啟的門。」

羽川說。

關於記憶、關於家庭，羽川翼有自己的獨到見解。擁有異形羽翼的少女說出的這番話實在沉重。

必須追溯的記憶。

非得開啟的門。

如果這種東西真的存在，就是比國中一年級的時期更早，也就是我與老倉還是小學生的時期……但當時究竟發生過什麼事？

我還忘記哪些更早、更重要的事情嗎？

若是如此，阿良良木曆何其愚笨。

我的愚笨沒有極限嗎？

——我不可能忘記你吧？

老倉曾經這麼說。既然這樣，她肯定記得。記得兩年前、五年前，以及更早之前的那個笨蛋。

我抵達教室門前。老倉育是否在這扇門後，也是完全無法證明的問題。

第三話 育・喪失

AS
A

HA NEKA W A TS UB

001

那麼重新回到忍野扇的話題吧。雖然這麼說，但她果然是她，果然只是她，無論是開始說、重新說還是回頭說，基本的話題都能就此結束。如果要將忍野扇描寫為小說，只需要一行就完結。既然這樣，對於容易短話長說的我來說，不得不說她確實是非常令我感謝的女性角色。

忍野扇是忍野扇。可喜可賀。

一行搞定。

而且極端來說，以究極的論點來說，任何人都可以這樣總結。「人生不如波特萊爾的一行詩。」眾所皆知，這句名言來自芥川龍之介，不過無論是這位波特萊爾還是芥川龍之介的人生，真要述說的話都能以一行說完，簡短說完。無論是偉人還是凡人的人生，行數算起來都是一行。要是我這麼說，或許有人會責備我說這種私見只是悲觀主義，是自貶行為。或許有人會說，任何人的人生都沒有膚淺到一行就能說完。嗯，我當然也想這麼認為，我可不願意別人只以一行就說完我的人生。若是被人說明，若是有人說明，至少希望可以編成一本書。電子書？那個不行，我要封面。非紙製的封面哪叫封面？而且比起封面，我更想要書背。並排在書櫃上的時候，我想以背部述說自己，想成為以書背述說的書。所以我希望「一個人可以用一行說完」這句話是錯的。即使忍野扇這個活證據就在面前，我也如此深切希望。

要是我這麼說，她這個當事人肯定會笑咪咪這樣回答吧。

「不不不，阿良良木學長，您的浪漫主義確實正確喔。任何人都有一本書的厚度。」

她肯定會以漆黑的雙眼注視我，如同以視線射穿我般這麼說吧。

「不過，有沒有人看這本書就另當別論了。」

意思是沒人看的書就沒價值？

「我的意思是說，沒人看的書無法訂出價格。價格與價值當然是兩回事，估算價值與估算價格的意思完全不同。」

我聽她說完，想起曾經別名「How much」的少女。那個少女問的究竟是哪一種？是「價格」還是「價值」？是依照供需平衡而決定的「價格」，還是固定的「價值」？是重量？還是質量？不過，少女如今得知連價值都能以表決來決定，所以這個問題對她來說非常殘酷。

「在現代社會，希望別人看完整本書，是非常厚臉皮的要求。得認定光是能成為書就很夠了。我是喜歡閱讀的文學女生，但是必須在書櫃放滿沒看過的書，藉以獲得滿足感，否則我沒辦法一直當個書痴。如果就算這樣……」她繼續說。「如果就算這樣依然希望別人拿起來看，就應該整理成一秒鐘，整理成一句話。任何知識、任何物語，都應該以一秒說完。要是做不到這件事，就沒有任何人願意聽你的物語。」

沒有任何人願意看你的物語。

原來如此。

近年來，經常看得到標題直接當文章寫的小說，或是書腰宣傳文字令人印象深刻的小說，這種小說或許出乎意料是基於這個理論製作的。以一行、一句，極端來說以一個字就能傳達的文意，或許正是現今讀者最想看的物語。

所以，雖然至今都是在學習數學，不過最後就來上國語課吧。接下來是國語問題。當然不必嚴陣以待，這是大家都知道的問題。

在多少字之內回答某某問題。

小學經常看到的這種問題，小時候無法理解限定字數的意義，不過現在回想就懂了。「精簡」是使用國語的必備技能。因為說穿了，文字的職責與任務就是負責

「傳達」。如此而已。

當然，有些事情無法傳達。有些事情用盡話語也無法傳達。

也有一些事情在傳達之後被遺忘。

關於忍野扇這個人，已經如我先前所述。如果以她做為出題主軸，那麼題目就是「在四個字之內說明忍野扇這個人」，答案則是「忍野扇」。所以我最後出的題目是這個：「阿良良木曆到底多笨？」

請以二十個字之內回答。

不過，作答時一定要用一次「忍野扇」這三個字。

002

回顧就會發現，上次像這樣和羽川一起行動，好像是八月的事了。獲選為班長與副班長的我們，這兩個月左右當然不可能完全沒有共同行動，不過像這樣完全只以我們兩人處理大事件，其實是久違的聯手合作。

事件。

甚至可以形容為「案件」。

就算這樣，我也高興不起來。班長中的班長羽川翼，是將來肯定成為名留歷史的偉人。雖然我有幸和這樣的她同行，但是說來遺憾，現在的我內心完全沒有餘力高興。

因為現在的我腳步非常沉重，如同受到土星引力的束縛。

兩人共同行動的目的，要處理的「大事件」，使我的腳步和心情一樣沉重。

「阿良良木，到頭來，你知道了嗎？」

羽川問。

感覺像是終於問出一直找時機想問的事情。

今天課程結束之後，我們離開直江津高中，走在通學的道路上。不過這條路不是我通學的路，也不是羽川通學的路。

「老倉同學知道你父母職業的原因，你知道了嗎？」

「嗯……啊啊。」

我支支吾吾，含糊點頭。

在大多數的人眼中，我這個反應或許是「雖然不知道卻以態度隱瞞」，但事實完全相反。有時候是因為早就知道、已經知道，才想以態度隱瞞。雖然這是反射性的動作，不過在羽川翼面前說謊或隱瞞，應該是天底下最沒意義的事吧。

「我知道了。」我低頭說。「也跟千石確認過了，所以沒錯。」

「不，我不認為這是需要低著頭肯定的事……」

「我可以把頭低得像是結實纍纍。」

「這樣啊……總覺得你沒什麼精神耶。我們現在正要去探病，探病的人怎麼可以一臉病懨懨的樣子？」

「…………」

探病是嗎……

不過，「探病」是羽川委婉、溫和形容事實的方式，如果要冷酷又正確地說明事實，這應該是「家庭訪問」。班長與副班長的家庭訪問。這是我們就任至今這半年從未進行的工作，但這次是逼不得已。

之所以變成這樣，我不能說原因不在我身上。應該說就旁人看來，只會認為這完全是我的責任。尤其就「被探望的她」看來，應該完全是我的責任吧。我很清楚這一點，所以腳步沉重。

如同受到土星引力的束縛。

實際上，我從幾天前就有種不自在的感覺，如同自己是從其他行星被帶到這裡的。此外，也像是有人堅稱這裡才是我的故鄉般，令我有種不舒服的感覺。

「我難免會低頭。因為我明明再怎麼努力都想不起來，依照妳的建議去做就立刻知道了。羽川，妳真是無所不知呢。」

「我不是無所不知，只是剛好知道而已。」

羽川隨口回應。

到此都是一如往常的對話。但她這次又接了一句。

「所以，我不知道小扇知道什麼。」

她這麼說。

「……」

小扇。

忍野扇。

「沒問題吧？那個孩子沒跟蹤吧？」

「居然說跟蹤……不不不，她又不是殺手。」

我半傻眼地回答，但羽川似乎不是在開玩笑，真的一度停下腳步轉身向後。她好像是走到能躲的死角很少的地點才轉身。雖然是自己居住的城鎮，不過這個班長的手機大概不需要裝地圖軟體。

「殺手？阿良良木，跟蹤不是偵探在做的嗎？」

如果人生地不熟的轉學生小扇在跟蹤，只要在這裡轉身注視應該就看得到。不過即使是羽川，似乎也找不到不存在的跟蹤者或偵探。

只是，羽川似乎對此不滿。

「唔～」她說。「在這種狀況，我比較希望她跟過來。要是她跟蹤，我就甩得掉了。」

「……妳是不是太神經質了？」

「不，可是阿良良木，就算她沒跟蹤，也可能先下手為強。目的地很明確，所以要調查的話，先去調查的風險比較低。正因如此，這樣我們將無從防範，更加棘手。在這個時代，調查其他學生的住址不容易，卻不是絕對沒方法……所以這可不是我太神經質。」

「既然沒有太神經質，那麼羽川，妳太高估小扇了。她確實是忍野的姪女，而且好像挺聰明的，不過該說她果然是孩子還是一年級，感覺很可愛吧？教育那樣的孩子別變成忍野那樣，是我們做學長姊的職責，也算是報答忍野吧？」

「報答忍野先生嗎……嗯，這是了不起的心態。」

羽川再度踏出腳步。

雖然她講得像是在誇我，語氣卻頗為嗆辣。

「佩服佩服。我一直以為阿良良木再度滿腦子只有剛登場的可愛學妹了。」

「居然說『再度』……」

「神原學妹那時候，你也做過類似的事情吧？如果這份心態是真心話，就不要在班上出事的這時候纏著學妹讓人誤會。」

「……我會銘記在心。」

「很好。」

該說羽川正經還是古板，她的這種個性完全沒變。

不對，或許變了。

無論如何，只能確定羽川翼不太喜歡小扇。畢竟那個女生確實不是易於親近的個性。

而且莫名神祕。

就算這樣，我也得說她比現在的老倉易於親近多了。

「我確認一下。」羽川說。「你陪小扇進行實地考察之前，一直不記得你和老倉同學國中時代的回憶對吧？」

「嗯……不，錯了錯了，反了反了。是小扇陪我進行實地考察。小扇基本上只是跟著我走。只是在我想起老倉之後幫我。也對，基於這層意義，我很抱歉為她添了麻煩。我不應該貿然將學妹捲進我自己的私事。改天得補償才行。」

「唔。唔……」羽川歪過腦袋。「總覺得沒有好好傳達耶……是我沒有表達清楚嗎？」她說。「就我看來，沒人比那個女生危險。」

「危險？妳說老倉？」

「看吧，雞同鴨講。簡直像是你故意離題。哎，算了，肯定是因為現在不能講這個吧。」

「啊？什麼意思？」

「意思是各人能做的事情有限。不過正因如此，各人都得盡力而為。要是看到界線，也可以輕鬆走在極限的邊緣。」

她講出超乎凡人的言論，但這同時也是極為人本的言論。以前的羽川在某些方面可以輕易跨越界線。

不過，明明大多數人都距離極限很遠，羽川卻說可以極度接近界線，這樣的她不用說，當然擁有一顆堅強的心。如果她的心沒有這麼堅強，也不會立下畢業後走訪世界的目標了。

我率直尊敬她。

但也因為這樣，現在的她似乎被侷限在錯誤的推理框架裡，我感到很遺憾。抵達目的地之前，或許別再講這個話題比較好。我基於崇拜羽川的個人情感暫且不提，最好不要讓狀況更加複雜。

「羽川，如果妳認為小扇對老倉抱持惡意，那妳就錯了。因為到頭來，小扇根本沒見過老倉。妳聽過我的說明，或許對小扇的古怪個性多少感興趣吧……」

「我沒擔心這種事喔，阿良良木。我一點都不擔心小扇盯上老倉同學。我擔心的是……」

「是？」

「所以說，我擔心的是你。」羽川說。「你可能被莫名其妙的東西盯上。」

「啊？莫名其妙的東西？」

「或許是不好的東西。」

小扇確實是一個莫名其妙的女生，這是事實。但我似乎真的被她盯上了。

羽川在說什麼？

她在說什麼？想說什麼？

而且，她沒說出什麼？

「老實說，我沒自信可以保護到底。」

「啊？保護……」

「雖然你將春假的經歷稱為地獄，但你真正的受難或許現在才開始。」

受難。

不，慢著慢著，如果是這個意思，現在處於受難狀態的應該不是我，而是羽川這個不幸的班長吧？

在我想這種事的時候，在我們這樣閒聊的時候，我們——羽川翼班長與阿良良木曆副班長抵達目的地了。

老倉育現在的住處。

003

一年三班在七月十五日進行的班會，導致當時的班長老倉育拒絕上學兩年。這樣的她終於蓄勢待發排除萬難（這部分是推測）來到學校成為我的同班同學，卻在第二天再度不來上學。第二、第三天都沒來，也就是再度回到拒絕上學的狀態。不，就算是第一天，她也沒出席上課，所以是持續更新拒絕上學的記錄。那天早上目擊現場的人，基本上不會質疑她再度不來上學是當時精神錯亂的結果，也就是我的錯。不過麻煩的是戰場原揮拳動粗的現場也被旁人目擊。戰場原臨機應變當場昏倒，勉強平息這場風波，可惜這種作戰始終只是撐過當下。只不過，當時先出手的其實是老倉。

我手背被原子筆刺中的這件事不了了之，這部分正如我所願，但是兩個女生的壯烈互毆，將難得來學校的拒絕上學兒童再度趕回去。既然落得這個結果，這個事件終究無法不了了之，更不用說和平收場。

神原這種自由奔放的學生，使得各位有點難以理解，但直江津高中基本上是徹底的升學學校，因此對這種不當事件管得特別嚴。

換句話說，老倉育再度開始請假不上學，使得當事人戰場原黑儀的立場有點危險。

以戰場原的聰明才智，當然敏感察覺這股危險氣氛，同樣在那天之後不來上學。她如同和老倉同步般放長假（長假？），表面上的原因是貧血，加上毆打老倉的拳頭細微骨折，不過熟悉戰場原的我與羽川進行推理，認為她百分之百是裝病。不愧是昔日只以自保當成生活準則的人。

不過，如果是昔日的她，再怎麼冒失也不會以這種鬧出騷動的形式和老倉對決吧。

無論如何，表面上「兩敗俱傷」的場面還是成立，戰場原成功打造出旁人不方便插嘴的氣氛，這部分得稱讚她一聲了不起。不過真要說的話，這其實是自作自受。

總之老倉不來上學了，戰場原也不來上學了，所以在第二天，班長羽川翼終於出動。

「這樣下去，戰場原同學可能會被取消推薦。」

她對我這麼說。

「咦……為什麼？妳說的推薦……是推薦保送大學吧？因為她動粗出事？」

「不，不是這樣。這個事件她以兩敗俱傷的形式成功收場，所以單純是出席天數的問題。因為她雖然比不上你，卻也經常請假。」

「啊啊……我都忘了。」

確實，她一、二年級的出席率持續低迷。不過原因在於戰場原的「病」，五月之後的她肯定過著普通的高中生活……

「因為啊，她八月在你不知道的時候，曾經因為流感之類的原因請假。就算取消推薦，以她的實力正常考大學當然也完全沒問題吧，但就算當事人再怎麼不介意，取消推薦也是對學弟妹造成負面影響的大事，這個問題得由我們解決。」

「我們」。

……我被她算進來了。

已經算進來了。

「……只是，就算妳說要解決，但要怎麼解決？去戰場原家叫她別裝病，把她拖出被窩？」

但戰場原是裝病，所以不一定會乖乖在被窩休息就是了。從她平常漏洞百出的謊言來看，她反而可能正常外出購物。

真的是各方面令我擔心的女友。

「該擔心的不只是戰場原同學吧？還有老倉同學。」

「老倉……」

「沒錯，還有老倉同學。你也很擔心吧？」

「…………」

她這樣清楚斷言，我也很難否定……但我現在對老倉抱持的心情，真的可以用「擔心」這兩個字形容嗎？我不清楚。

她再度「足不出戶」，我的內心當然受到打擊。前幾天，我與她的塵封往事終於見光，想到昔日和她的這段緣分，我就不知道該以什麼表情見她。

老實說，無論要道謝還是道歉，都有種為時已晚的感覺。不，「為時已晚」只是得體的說法，實際上肯定只是我尷尬又內疚，不願面對老倉吧。

人們經常說，活在世間與其回顧過去，更應該展望未來。

過去無法改變，但未來可以改變。

原來如此，一點都沒錯，這樣的說法實在中肯。不過，要是一直不願正視過去，只顧著展望未來，到頭來這根本不是積極，而是消極吧。

向前看的動機很消極。

同時看著過去與未來，才是人們應有的生活方式，而且我是和這種生活方式最無緣的人。

無論是過去還是未來，我都閉眼不看，只努力維持現狀。

我是這樣的傢伙。

「……算是擔心吧。」

到最後，我這麼回答。

不情不願。

肯定讓人聽不下去吧。

「不過，隱情如我昨天所說。我甚至認為如今我最好再也不要接近她。那個傢伙再度開始請假不上學令我擔心，不過我並不是沒有得救的心情。」

「只是這樣而已，說出來不就好了？」

羽川努力以開朗語氣說。

這個事件，由於兩個當事人都沒上學，所以班長羽川算是遭受池魚之殃，因而看起來有些疲憊，但她在這時候終究堅強。

「這種程度沒什麼關係的，根本不算是隱瞞。畢竟人生在世，並不是只要滿嘴冠冕堂皇的表面話就好。」

「……很高興聽妳這麼說。」

這不是道謝，而是單純的真心話。我內心受挫差點崩潰的時候，羽川翼總會幫我修補。回想起來，從春假那時候就是這樣。

一直都是這樣。

「總之，如果妳有什麼點子，我當然會幫忙。無論是怎樣的腹案，只要是妳想的都好。羽川，換句話說，妳想讓戰場原和老倉和解？」

「唔。唔唔……時間這麼短，終究不可能到和解的程度吧……畢竟她們互毆過。如果是以前的戰場原同學，精神力或許夠強，不過現在……」

「啊啊……現在不行。」

我同意。

我甚至覺得自己問了蠢問題而不好意思。基於這層意義，這堪稱戰場原改頭換面之後的負面影響之一。此外，像這樣造成負面影響的例子其實意外地多。

在這種時候，我就體認到昔日總是精神緊繃，只求自保的戰場原黑儀已經不復在了。仔細想想，雖然她宣稱是策略而將善後工作交給我，應該說塞給我，不過總歸來說，她實際上的所作所為就是「只要不順心就請假不上學」。

沒有什麼堅強或戰略可言。

真要說的話，就是平凡的女生。

女高中生。

不過，如果我這樣定義戰場原，就必須以相同觀點看老倉。

否則就不公平了。

基於過去的緣分，我難免抱持偏見或先入為主的觀念，加上特別的濾鏡檢視老倉的行動，如今忍不住想從她的行動找出深層的意義。但如果放下這段緣分，即使忘不了也放下這段緣分，把她當成普通的同班同學看待的話……

我果然無法扔著她不管。

「所以阿良良木，今天放學後，我想去探望戰場原同學與老倉同學。」

「嗯？」

我率直反應。

從對話過程就可以判斷事情會這樣演變，即使無法判斷，這也是極為自然的演變，但我驚訝到不必要的程度。

事到如今也沒必要「嗯？」了。

「老倉同學現在的住處，我問過保科老師了。所以阿良良木，接下來我想打個商量。」

為了解決事態，必須由兩人前去探望，基於班長與副班長的立場，這已經是既定的路線與事項，這部分完全沒有商量的餘地。羽川以言外之意暗示這件事，然後說下去。

「總之沒時間了，所以我想分頭進行。阿良良木，你想探望戰場原同學還是老倉同學？」

「…………」

「由你決定吧。」

這問題好像心理遊戲。

不過這不是遊戲，也沒有「理」，純粹是「心」的問題。

004

探望女友？還是探望仇敵？

這是頗為極致的二選一，但我決定選後者……要是我這麼說，各位或許認為我真的和老倉一樣，刻意將自己逼入絕境，任憑這種自虐，應該說自罰的衝動驅使自己行事。總之正是如此，我在自罰衝動的驅使之下行事。

不然，阿良良木曆這個傢伙肯定不會面對老倉育。無論老倉怎麼想，這樣下去，我甚至無法知道自己的想法。

我決定在這種認定、這種想法的驅使之下行事。這對於老倉來說可能只是大麻煩，那個傢伙就是討厭我一點吧，不過，就算她再怎麼討厭我，我也不能突然變得不是我。

我是我。

阿良良木曆是阿良良木曆。

不過，這個決定關聯到一個要素，不，兩個要素，我非得先好好說明。首先是我和老倉的關係。昨天羽川質疑老倉為何知道我父母的職業，關於這個問題，我同樣依照羽川的建議行動，順利解決問題得到答案。與其說順利不如說輕易。不對，光是知道答案，不一定可以當成問題已經解決，總之，不只是我和老倉在高一時期的關係，以及我和老倉在國一時期的關係，如今我也清楚記住自己和老倉在國小時期的關係。

我想以此為主軸，和她再談一次。

……老實說，我不想這麼做，而且就算又想找她談，肯定也是基於雙重意義沒什麼好談的，但即使這樣不合理，甚至是自殺行為，我認為有時候還是肯定得跳進無底的沼澤。

我認為肯定得這麼做。

至於另一個要素，則是極度實際又實務的要素。如果我選擇探望戰場原，無論如何都會做出寵她的行動吧。這樣不算是為了戰場原著想。這麼說來，戰場原當時是為了我，也可以說是代替我和老倉對峙，這麼一來，即使不提我倆的情侶關係，我也不能嚴詞訓誡。不對，只有這層關係絕對要提。基於以上兩個要素，和戰場原的交情比我還好，因此可以推心置腹又能嚴詞訓誡的羽川，應該負責探望戰場原。這是極度符合邏輯，無懈可擊的解答。

「嗯，也對，我也這麼認為。只是我原本以為你就算這麼想，還是會選擇探望戰場原同學。不過，這也是你的作風吧。」羽川說。「那麼，戰場原同學交給我，阿良良木想辦法拉老倉同學來上學吧。我覺得她們兩人或許沒辦法和好，也不可能和解……但是這樣下去，她們只會不幸。」

為了避免校方取消戰場原黑儀的推薦入學，得阻止戰場原繼續編藉口請假；老倉好歹在最近來過學校一次，不能放任她繼續拒絕上學。雖然她們兩人在教室見面時可能又會吵到打起來，不過盡力避免落得這種結果，也是班長與副班長的工作吧。

就算做不到，也應該盡力而為。

要是這麼說，或許是在挖苦昔日中途放棄班長職責的老倉吧……總之身為副班長的我，放學後要前往老倉現在的住處。

嗯？

明明決定分頭行動，為什麼後來又和羽川會合？原因是這樣的。以我來說，這也是我認為她受難或白操心的部分。放學後，羽川說還要留在學校處理事情，我向她問到老倉現在的住址，準備獨自出發時……

「咦～？這不是阿良良木學長嗎？」

忍野扇在校門附近叫住我。

「啊……小扇。」

不知為何，我有種出師不利的感覺。

雖然沒什麼，但我現在的心情，就像是個性不堅定的自己好不容易下定決心要面對一項重大任務，卻有人不發一語送上一杯茶。我想各位大概不知道我在說什麼，但我自己也不知道。只是既然茶送到我面前，我就不能立刻走人。

「小扇……正要回家？」

「回家？那個……不。」

小扇輕敲手心。

面帶笑容。

「阿良良木學長，您在說什麼啊？我們不是約好在這裡碰頭嗎？不是約好三點四十二分在校門口碰頭嗎？不愧是阿良良木學長，真準時，您這個笨蛋就是在這種地方特別正經。」

「嗯……？」

我歪過腦袋。

我不記得約過這種事。完全沒印象。不過既然小扇這麼說，我就開始認為應該是這樣。即使剛才叫住我的語氣怪怪的，即使「三點四十二分」這個碰頭時間定得太仔細，我依然這麼認為。

糟糕，我居然忘記和學妹的約定，我這個學長真沒用。這樣就不能表現出學長風範了。

「耶~好開心喔。阿良良木學長接下來居然要帶我去不迴轉的壽司店！」

「我約定過這種事？」

「有啊，您說要慶祝我轉學。」

「吃不迴轉的壽司慶祝轉學……究竟是何方神聖轉學到我學校啊？」

這是吐槽，卻也是我由衷的疑問。究竟是何方神聖轉學到我學校？

「還說好吃完要請我去酒吧對吧？」

「去什麼酒吧，去連鎖餐廳的飲料吧就好。」

就算只是飲料吧，轉學進來的這個學妹真花錢。

不過就算事先約好，只有今天我不能去壽司店或酒吧。我決定抱持歉意認真道歉。

「小扇，對不起。很遺憾，我應該沒辦法遵守和妳的約定。」

「哎呀，這句帥氣的台詞是怎樣？毀約卻帥氣的台詞是怎樣？想必是學長沒帶錢吧？」

「別亂講。我富可敵國。」

反正要毀約，所以我說謊。

我毫無認真可言。頂多只有脫線可言。

「小扇，我現在得去老倉家一趟。」

「喔喔？又要去那間廢屋？」

「不，不是廢屋，是她現在住的地方……」

唔，糟糕，我在小扇面前又管不住自己的嘴了。

要是這方面沒謹慎一點，我恐怕會被說成口風不緊的傢伙。

我用力緊閉嘴脣。

小扇以食指碰我的嘴脣。

如同塗護脣膏般撫過。

「唔！這是做什麼？」

這個像是戀脣情結的動作使我不禁畏縮，但小扇好像不是在挑逗我。

「沒有啦，我是在拉開學長嘴巴的拉鍊。」小扇光明正大，毫不在乎地說。「不過比起拉鍊更像黏扣帶就是了。拜託，請多告訴我一點啦。發生了什麼事？居然沒幾天……應該說這兩天？就跟老倉學姊熟到可以相互拜訪，您攻略老倉學姊的速度太驚人了吧？突飛猛進耶。究竟是經歷什麼樣的過程？快給我報告吧，笨蛋。」

講到最後變成命令句。

這孩子的遣詞用句不太自然。

「沒有啦，不是變熟或是攻略之類的，也不是相互拜訪，是我單方面上門找她。那個傢伙從昨天開始又不來學校了，而且前天也等於沒來……」

我不得已向小扇說明。

哎，既然沒能遵守今天要慶祝她轉學的約定，就做個說明當成補償吧。

總之以現狀來說，這樣下去肯定會對戰場原的立場與老倉的今後不利，因此羽川翼出動了。我將這個事實報告小扇……報告？不，這樣聽起來，我好像小扇的部下……總之我覺得這樣形容還挺貼切的，所以沒有特別更正。

「就是這麼回事。」

「就是這麼回事嗎？嗯……慢著，但您獨自造訪的話，你們會吵起來喔。」小扇聽我說完，露出思索的表情說。「只會在老倉學姊家重演教室的口角吧……您不這麼認為嗎？」

「哎，我並不是不這麼認為，也這樣擔心過……」

「無論怎麼想，都應該由您負責戰場原學姊、羽川學姊負責老倉學姊吧？安排錯誤了。」

「唔～總之，或許吧。」

若想讓事件平穩收場，小扇說的安排確實才是對的。不過在這種狀況的平穩很像是「敷衍了事」，我極度質疑這種「敷衍了事」的手法是否能解決問題。

羽川是那種個性，所以不喜歡「嘗試看看」這種做個樣子的方式。即使是以馬虎行事聞名的副班長我，至少在這次也抱持相同的感受。

「是喔……不過，老倉學姊的家庭問題怎麼辦？記得她的家庭環境很悲慘，一個人去那種地方已經不只是危險，而是愚笨的行為了，我不建議這樣。」

「不，這方面似乎不用擔心……雖然我不是知道得很清楚，但她現在好像離開父母生活。」

「離開父母？喔喔，那麼是接受親戚保護嗎？」

「不，她好像一個人住。」

「是喔，這還真有趣呢。」

小扇說。

高中生一個人住。可能只會出現在漫畫裡的這種「設定」，令她相當興奮的樣子。

「所以大概如妳所說，那個傢伙的爸媽在五年前就離婚之類的吧。也就是家庭破碎。她因而在兩年前回到這塊土地。不過她應該還是有名義上，應該說文件上的監護人吧……」

「原來如此。我隨便推理卻歪打正著了。不過阿良良木學長，愚笨的阿良良木學長，這樣也會產生問題喔。換句話說，您接下來要拜訪一個實際上獨居的女生吧？這樣不好。」

「啊?不好嗎?」

「不好，一點都不好。這是紳士不該有的行為。羽川學姊或許信賴您的這一面，不過正常來想，男生單獨造訪獨居女生，難免有人質疑這兩人的關係。已經有伴侶的人不該做出這種行為。」

「唔~……」

聽她這麼說……就覺得或許如此。

在高中生的年紀，我認為還不需要動不動就注意這種社會禮儀或兩性禮節，不過可以的話還是要避免這麼做，以免招致不必要的誤會。萬一出現這種謠言，先不提我，討厭我的老倉可能當真自殺。

……自殺。

不經意浮現的這個危險字眼，我察覺出乎意料可能成真，不禁發毛。

是的。即使羽川比我適合造訪老倉，無論老倉現在過得如何，就算會招致不必要的誤會，我也絕對必須好好面對她，避免她陷入更深的困境。

這不是為了五年前沒回應她的求助而賠罪，更不是補償，純粹是現在必須處理的問題。

「看來您心意已決。」

小扇一副無可奈何般聳肩。

總覺得小扇就算賭氣也要阻止我去老倉家，而且肯定是基於親切心態提出這個建議，但她似乎感受到我不能聽從建議的意志。

「我明明那麼期待不迴轉的壽司……」

……看來不是基於親切心態，而是貪吃心態。雖然真的很抱歉，但是能夠取消這個約定，我內心只有「得救了」的想法。

總之，也不能聊太久。

我開始總結。

「小扇，那我走了。」

「啊啊，對了！阿良良木學長，我想到一個好點子喔！」

我的總結被打斷。

被小扇臨時想到的點子打斷。

「這場家庭訪問，不才在下我也一起去吧！」

「咦，妳也去？我很感謝就是了……」

嗯？感謝嗎？

在這個時候，小扇究竟有什麼想要同行的理由……啊啊，不過這麼說來，小扇剛才把「單獨造訪」當成不建議我去老倉家的理由。

「換句話說，不要單獨造訪就好。尤其我是女生，只要我一起去，老倉學姊的精神也可以稍微放鬆吧？」

「但她不會因為對方是女生就放鬆精神……」

對方是學妹就會稍微放鬆嗎？

不過，就算是眾人認定為「體弱多病」（即使已經康復）的戰場原，那個傢伙依然毫不留情就賞耳光……對病人都不溫柔的傢伙，我不認為會對學妹溫柔。

就算這樣，我還是覺得比起我獨自見她來得好。嗯，這是個好點子。我這樣想過之後，甚至會質疑自己為什麼沒想到這個方法。

「如學長所知，我是優秀的聽眾，或許可以向老倉學姊問出各種情報。」

「問出情報……」

「阿良良木學長，人際關係終究是情報戰喔。摸清對方的底細不會有壞處。您至今想起那場班會以及國一暑假的往事，回憶起過去的她，卻完全沒和現在的她好好講過話吧？我會從中調停以免兩位吵起來。放心，送佛送到西，請讓我盡一份心力吧。」

小扇笑咪咪地這麼說，這個提議聽起來完全出自善意，我沒理由拒絕。真要說的話，我原本允諾學妹要帶她去不迴轉的壽司店，卻變成要帶她去一個肅殺的戰場，使我過意不去……但是比起去壽司店，感覺小扇反而更愛上戰場。

雖然她喜歡實地考察、喜歡當偵探辦案、喜歡調查，實際上卻是毫無特別之處，什麼事都喜歡插一腳的女生。

既然這樣，我就不需要刻意拒絕她好奇心旺盛的這個要求。就算老倉等等和上次一樣變得歇斯底里，只要一開始就提高警覺，我終究可以好好保護學妹。

「那麼小扇，拜託妳了。」

「好的，學長拜託我了。」

「不可以拜託！」

嗯？

最後那句是誰說的？劇本沒寫啊？我轉身一看，似乎已經辦完事情的羽川，追上一直站在校門口交談的我們。

005

「阿良良木，不可以拜託她。」

羽川氣喘吁吁，看得出來她應該是從校舍跑到校門口。就我推測，她走出校舍要去戰場原家的時候，發現我與小扇在校門口附近交談，所以連忙跑過來？

小扇在笑。

看著這樣的羽川露出笑容。

「羽川……」

我不明就裡，總之先叫羽川。這麼做就像是遭遇困難時求神拜佛。羽川調整呼吸之後抬起頭，回應我的呼喚。

「不行啦。你想想，這是班上的內訌，不能殃及學妹。」

「嗯……」

啊啊。

是這個意思？是這樣嗎？

她剛才叫我的語氣緊張萬分，如同拚命阻止朋友誤入歧途，我還以為發生什麼大事，不過實際上，羽川只是提出極為正常的意見。

而且她說的也沒錯。

即使小扇主動要求，自己的事情殃及局外人也不太好。

重新思考就會發現這是無須思考的道理。

「小扇……」

「不不不不，阿良良木學長，請不要亂客氣喔。這樣我反而會受傷。」

小扇搶話如此主張。

語氣謙虛，卻伴隨絕不退讓的堅定決心。

「請務必讓我一起去啦，我不會礙事的。我只是希望稍微幫上阿良良木學長的忙就好。您都已經答應了，卻在這時候又拒絕，太過分了啦。」

她說。

「唔……」

她這麼一說，我就沒面子了。

我終究隱約知道，小扇不一定是想幫我的忙才那麼說，她的提議應該出自好奇與看好戲的心態，不過都已經答應了卻在這時候拒絕，確實是太過分了。

「請不要在意我啦。我完全不在意，您完全不用在意。走到這一步，您講得這麼冷漠更傷我的心，我大受打擊。我和阿良良木學長都是這種交情了……」

「妳和阿良良木是怎樣的交情？」

小扇的主動，應該說強勢（因為姓忍野？）令我快要就範時，羽川插話了。（註10）

羽川讓人感覺她很少介入別人的互動，正因如此，她這個行動令我意外。不過回想起來，她就是要介入我和小扇之間，才會全力跑到這裡。

基於這層意義，她介入也是理所當然。

「妳和阿良良木只在三天前剛認識吧？」

羽川說。她也是面帶笑容。光從這張笑容判斷，她似乎只是在溫柔勸誡任性的學妹。

「嗯，是的。」小扇也肯定這一點。「不過人際關係不一定是由時間評定。我自認和阿良良木學長在短時間內完全意氣相投。像是被關進神祕教室，到廢屋冒險，我們共享非比尋常的體驗。阿良良木學長，您說對吧？」

註10　日文「強勢」與「忍野」音近。

「嗯？啊啊，是啊。」

我甚至只以高中生的經濟能力，就要請她去不迴轉的壽司店。如果不是相當意氣相投，我應該不會這麼做。

「啊啊，嗯。這些事件我聽說了。我的重要朋友阿良良木備受妳的照顧，我一直認為得向妳道謝。」

羽川嘴裡繼續這麼說，身體也介入我與小扇之間。然後她高聲這麼說。

「不過如果是我，就可以做得更好。」

「…………」

小扇沉默了。就這麼掛著笑容——掛著像是笑容的表情僵住。

喂喂喂，怎麼回事？

我可能是第一次看見羽川採取這麼攻擊性的態度。不，就算不是第一次，上次也是很久之前的事。比方說……春假？在春假，羽川翼介入我和傳說的吸血鬼之間，接下來就是這一次嗎？

「……喔。」經過沉重的沉默，小扇終於開口。「這樣啊。嗯，應該是這樣吧。羽川學姊肯定可以做得更好，因為您是天才。是的，我聽叔叔說過。」

「叔叔……妳說的是忍野先生嗎？」

「是的，我是他姪女。」

小扇說完，羽川對這句話隱約起反應。羽川很尊敬忍野，進一步來說，羽川為他的生活方式著迷。所以我能理解她對忍野這個名字起反應。但既然這樣，她應該以相應的禮貌對待忍野的姪女……羽川對小扇的態度和「禮貌」完全相反。

「不過，您的天才如果沒發揮就毫無意義。實際上，當時阿良良木學長身邊的人是我。」

小扇忽然移動到羽川正前方，給人微風拂柳般躲避羽川視線的印象。我如果被羽川正面瞪視，大概會不敢動彈，基於各方面的意義不敢動彈吧，但小扇看起來毫不畏懼。

不愧是忍野的姪女。

她的精神力強到令人如此讚嘆。

而且小扇還試著反擊羽川。初生之犢不畏虎。

「您的天才，連叔叔都畏懼。是的，不過從這個角度來看，也沒有傳聞中那麼誇張。如果是我聽說的羽川翼，應該不會在阿良良木學長遭遇危機時缺席。」

「……………」

「所以，剛才的道謝我確實收下了，這是我承擔不起的榮譽。您或許可以做得更好，但您到最後什麼都沒做。您說的『做得更好』，或許是指您全盛時期的狀況吧。」

小扇挑釁地說。

她的態度及語氣，真要說的話和面對我的時候一樣，或許代表小扇面對任何人都不改自己的態度及語氣。不過對我這樣就算了，我終究不能放任她對羽川採取這種態度。

我規勸她。嚴厲規勸。

「喂喂喂，小扇，不該用這種語氣說話吧？有些話能說、有些話不能說。妳又知道羽川的什麼事了？」

「我一無所知喔。」

小扇如此回答。溫柔回答。

「知道的是您才對，阿良良木學長。您知道羽川學妹的過去、現在，以及未來。是的，關於這方面，原本我確實不應該插嘴。」

關於這方面。

她這麼說，聽起來像是關於其他方面，她就完全必須插嘴。她的語氣過於斷定，我甚至不敢詳細詢問。

「總之，羽川學姊，我可沒笨到和您較量，也不想因為冒犯您，害得我最喜歡的阿良良木學長討厭我。今後請井水不犯河水吧。對不起。」

不知何時，小扇如同繞過羽川般，描繪公轉軌道移動到我身後。總之，我每次察覺時，這孩子都會在我身後。從相對位置來看，這樣不就變成我介入羽川與小扇之間嗎？我絕對不想處於這種位置。

「請吧請吧，您接下來要去戰場原學姊家探望吧？她家比較遠，您應該早點出發吧？」

「比較遠……？」

羽川敏感反應。

小扇即使從我這裡問到老倉現在的住處，卻連戰場原家的位置都清楚掌握，羽川大概是覺得這樣很奇怪吧。基於這層意義，我的反應應該更強烈。因為別說戰場原的住處，我連老倉現在的正確住處都還沒告訴小扇。

不過，小扇給我的這種感覺，「知道各種不知道的事」的感覺，我已經相當習慣了。

即使就羽川看來，這是多麼具備威脅、多麼異常的狀況，我也習慣了。

「請放心，若您不想看到您的重要朋友阿良良木學長『拜託』學妹的模樣，我就別用這種形式吧。畢竟這原本是我提議的。就當成我如同背後靈，擅自跟著阿良良木學長行動吧。」

背後靈。

她在我背後這麼說，使得這句話莫名真實。不過以「真實」形容「靈」也挺奇怪的。

「這樣您就不介意吧？就像是推理小說常見的那種不請自來的助手。」

「不請自來的助手……」

又是推理用語？我在這種時候依然發揮吐槽本色。她的推理迷言行令我有點不敢領教。不過「不請自來的助手」似乎很難說是正式用語，而且真要說的話，在前天與大前天，她扮演的角色都不是助手，是偵探。

不請自來的偵探？

……總覺得更不像正式用語了。

「我肯定幫得上阿良良木學長的忙，所以明知如此卻沒陪同的話很可惜。我不能坐視阿良良木學長為難，我想拯救阿良良木學長。」

「人不是只能自己救自己嗎？」

「那是叔叔的立場。我的立場真要說的話是仙鶴報恩。」

「仙鶴報恩？」

羽川詫異複誦，大概是掌握不到含意吧。我也一樣。我認為小扇的行動一點都不像鶴。

「哎，也可以說是斗笠地藏吧。總歸來說，我是過度報恩主義。讓人覺得『報恩報過頭了吧！』的程度。我剛轉學進來，阿良良木學長卻這麼親切照顧我，我就算賭命也想回報這份恩情。」

親切照顧剛轉學進來的小扇……我有嗎？啊啊，她在說校內平面圖那件事？只以班會事件來說，我確實是站在告知真相的立場，不過追根究柢，當時是陪小扇進行個人的實地考察。不過隔天就輪到她陪同進行我的實地考察……所以比例應該是一比一，不到過度報恩的程度吧。

……不過，我不知道她述說這個立場時的當真程度。

「……阿良良木。」

應付小扇會沒完沒了……雖然應該不是這麼認為，但羽川叫我了。該不會是把攻擊的矛頭朝向我吧？我緊張了一下，但我錯了。

她是這麼說的。

「變更預定。我也去老倉同學家。和你一起去。」

這真是嚇我一跳。

因為羽川只要做出決定，就鮮少變更程序。她非常討厭朝令夕改。

「這樣小扇就沒意見了吧？既然問題在於阿良良木一個男生獨自去老倉家，只要我一起去，這一點就不成問題，不成藉口。對吧？」

「…………」

小扇在我身後不發一語。她在我背後，所以我完全看不到她，但她現在掛著什麼樣的表情呢……還是一如往常笑咪咪嗎？

羽川即使剛才不在現場，也只以推測就說中小扇使用的「藉口」，小扇對此也能一笑置之嗎？

「先不討論這樣成不成問題，羽川學姊，您不是得造訪戰場原學姊家嗎？」不久之後，小扇這麼說。「居然把好友的順位延後，我不以為然。」

「我本來就應該會和戰場原同學聊很久，所以我決定今晚住她家。我要久違在戰場原家辦一場睡衣派對。」

睡衣派對？

居然舉辦這麼迷人的活動……難道說，我也可以參與這個活動？我雖然沒有入場券，不過說不定羽川可以多帶一個人？

「這樣就行吧？因為……我可以做得比妳好。」

「在這個世界上，不一定做得好就是好喔。做得太好也會在某方面來說欠缺平衡，無法維持中庸。我想您應該很清楚這一點吧。」小扇說。「總之，先不提好不好，做決定的不是我，是阿良良木學長。」

「咦？」

「和我去？還是和羽川學姊去？阿良良木學長，請決定吧。決定權交給您。我與羽川學姊都會完全聽從您的決定。對吧？」

小扇再度講得像是在挑釁羽川。羽川應該不是接受挑釁，不過大概認為這時候只能同意吧。

「說得也是。由阿良良木決定吧。」羽川點頭說。「畢竟這不能強迫。」

「…………」

我得到一個相當重要的選擇權了。

不對，不是選擇權，是決定權。

我認為三人一起去是最和平的選項，不過羽川與小扇針鋒相對的現在，這個選項或許也很危險。不只如此，我即將前往彼此更加針鋒相對的老倉家，以我的立場，我應該避免累積更多風險。就算這麼說，都已經爭執成這樣，如果我說我要自己去，不選擇任何人的話，肯定是最棘手的狀況。

這麼一來，我只能做出決定。

這次訪問老倉，要和小扇一起去？還是和羽川一起去？

二選一。

反過來說，我無論接受誰的邀請，都將拒絕另一人的邀請。既然這樣，我實在無法輕易決定。

……不過在這種場合，果然應該選小扇吧。

嗯。

實地考察並不是先搶先贏，不過是小扇先說要一起去，而且我已經毀約在先（吃壽司的約定），老倉的往事也是她查明的。老倉的事情原本就是以我和小扇探訪校舍為開端，雖然不是對此感到責任，不過貫徹初衷也是一種想法。

在這種場合應該叫做「貫徹初伴」？

不只如此，像是前天也一樣，我不太希望羽川看見我與老倉的醜陋爭執，這份想法很強烈。羽川或許可以順利為我與老倉打圓場，但是想到我會在羽川面前和老倉吵架，我實在不願意。羽川似乎將小扇視為可疑人物，也因而擔心我，但肯定是我的說法不對吧。

關於羽川和小扇之間的裂痕，我今後再找機會負責修補，今天還是和小扇一起探訪老倉，羽川則是按照預定計畫去找戰場原，這樣應該是最好的安排。

在我幾乎做出這個結論時，小扇如同推我一把般開口。

「阿良良木學長，不可以因為自己的私事，為重要的恩人羽川學姊添麻煩對吧？真要說的話，羽川學姊也是局外人喔。阿良良木學長不希望讓羽川學姊困擾吧？」

她這麼說。

嗯，她說的一點都沒錯。

這孩子講得真正確。

「阿良良木學長，我保證。只要您帶我一起去，無論到時候面對什麼謎題，我都會再度提示解決之道。」

「…………」

哎，既然她這麼說了……在我幾乎要脫口說出結論的這一瞬間，羽川以前所未見的嚴肅表情，如同學小扇說話般這麼說。

「阿良良木，我保證。只要你帶我一起去，我就讓你摸我的胸部。」

006

然後，我現在和羽川抵達老倉家門口。

雖然老倉搬過幾次家，我並不是沒擔心過這一點，總之我放心了。在我面前的是屋齡看起來不長的公寓，不是廢屋。

「這裡的444號室嗎……看來這裡的管理公司不太迷信。」

「與其說是公寓，應該是集合住宅。」

我們一邊聊一邊上樓。這裡沒電梯。並不是老舊，不過就算屋齡不長，也很難稱得上是現代建築。該怎麼說，這裡完全沒有我們年輕人聽到「自己住」的時候會有的亮麗感覺。坦白說，對，有種柴米油鹽的味道……

在這種柴米油鹽味很重的地方獨居，也有種扭曲的感覺。關於這一點，羽川的見解是這樣的。

「我想，老倉同學大概在接受某種補助吧。」

「補助？」

「嗯，政府的補助。所以才會被安排到這裡住。」

「…………」

如果正如羽川推測，老倉在接受政府或自治單位的補助，那她接受補助的根據不難想像。住處曾經如同廢屋的她；我重新回想起來，小學時代初識她的那段過程。想到這兩件往事就不難想像……

不過，連千石都記得的往事，我為什麼會忘記？不，絕對不是忘記。

雖然時間沒交集，我還沒問過……不過我的兩個妹妹——火憐與月火呢？她們記得老倉育嗎？

「回想起來，我或許是個冷漠的傢伙。這麼說來，我也忘了千石，最初見到的時候完全不記得。」

「但我覺得這也在所難免。當時你和千石妹妹或老倉同學的關係，沒有深到讓你留下印象吧？」

也對。

不過，先不說月火當成朋友帶到家裡的千石，我和老倉應該要建立足以留下印象的關係。這麼一來，我國一的時候就不會看漏她的求救訊號吧。高一的那場班會也一樣，到頭來肯定不會舉辦。

「不要過度責備以前的自己，這樣不好。這跟反省不一樣。」

羽川說。她從我的表情看出我的想法。

「將過去的自己當成壞人，藉以保護現在的自己。如果只是這麼做，到最後只會重蹈覆轍。想像看看吧？總是被未來自己責備的人生。這種人生有趣嗎？」

「……不有趣。」

不有趣。

沒有責備或抨擊過去，而是誠摯面對過去的她，說出來的話果然不一樣。果然有分量。

是的。

到頭來，重點不是過去，是現在。

我現在要如何表現？如何面對老倉？我面對的不是昔日的老倉，是現在的老倉。不是自責當時換個做法會怎樣，而是檢討現在該怎麼做。不過這早就是老生常談的道理了。

我們抵達老倉家所在的四樓。只是走到四樓，類吸血鬼的我當然臉不紅氣不喘，但羽川也完全面不改色。果然是萬能班長，基礎體能也很優秀。

「那麼，阿良良木，你等一下。」

「嗯？在這個階梯等？為什麼？」

「因為老倉同學不是獨居嗎？要是我按下門鈴，她穿著睡衣或居家服走出來被你看到，可能會不好意思。」

「……………」

居然預防這種發生機率很低的狀況……也是啦，既然羽川以這種防禦力處理事情，難怪我沒機會看到羽川穿便服。

我乖乖聽話。

總之不提睡衣之類，最好先讓老倉和羽川一個人交談。不用說，我當然做好心理準備，一旦稍微感覺到老倉可能危害羽川就衝過去。

就這樣，羽川獨自走到老倉家門前，按下門鈴。從我聽到的聲音推測，這裡的門鈴不只是沒有視訊功能，連通話功能都沒有，完全只能呼叫裡面的人。應門時只能隔著門對話，或是開門出面。既然這樣，很可能發生羽川剛才說的那種狀況。

班長真厲害。

漂亮迴避了目擊睡衣或居家服的事件。

我由衷佩服羽川的裁量，然而事態在她的裁量之上。也可以說之下。

門開了。

似乎上了門鍊，傳來鍊條被拉緊的聲音。

接著是「誰啊？」的老倉聲音。

雖然有門鍊，不過在不明人物來訪的時候隨便開門，我認為她真是個冒失的傢伙，但她或許至少以門上的窺視孔確認外面的人穿制服。即使認不出門外是前幾天只在教室擦身而過的羽川，既然知道是同校的女學生，應該還是會開門吧。我再度心想，如果我在羽川旁邊，她或許不會開門。

如果是我一個人來會怎麼樣……我如此思考時，羽川開始和她進行問答。與其說問答，感覺對話不太成立，似乎是羽川耐心試著說服老倉。

然而狀況不甚理想……

聲音稍微重疊，我聽不出來她們在討論什麼。羽川在要求進入屋內，或是要求老倉去上學嗎？不，不太像。那她們在交談什麼？

哎，雖說是交談，但羽川的態度和剛才在校門口和小扇交談時完全不同，所以我判斷不需要從暗處衝過去。

但我再度想不透，剛才那場毛骨悚然的對決是怎麼回事……

或許有許多人誤會了，我並不是被羽川的胸部吸引，所以沒選擇小扇，改為選擇和羽川搭檔。正因為我感覺到當時羽川不惜那麼說的狀況非比尋常，我才會在那個二選一指名羽川搭檔。

原來如此，小扇說得沒錯，或許羽川已經不是全盛時期，依照進展，我或許應該和小扇一起來這裡。或許羽川對小扇有所誤解，或許我正讓羽川暴露在無意義的危險之中。

只是，羽川都那麼說了。在羽川不惜那麼說的時候，我不希望自己沒選擇羽川。即使羽川錯了，就算我錯了，在面對那個選擇時，我還是會把羽川翼視為正確答案吧。

這樣對不起小扇就是了……

好好補償她吧。我今後要成為做得到這種事的人。

也對，別提不迴轉的壽司店，至少帶她去迴轉的壽司店……

我思考這種事情時，羽川回來了。我不經意覺得她看起來精疲力盡。怎麼回事？難道是吃了閉門羹？不，羽川不會這樣就垂頭喪氣被趕回來。那麼怎麼了？發生了什麼事？

「阿良良木，可以了，過來吧。」

羽川無精打采地說。

她變成死魚眼……剛才究竟進行了多麼無意義的議論？

「妳要我過去……可是……」

「她說你可以進去。進去她家。不過我就先講明吧，她依然穿睡衣。」

「嗯？咦，但妳不是想迴避這種狀況嗎？」

「她說『我不想因為阿良良木過來就花力氣換衣服』……我努力想說服，但我越說她就越頑固，堅持絕對不換衣服，還說如果我繼續說下去，她就要脫光衣服迎接我，所以我讓步了。」

羽川說。

看來剛才的議論是以脅迫形式進行。不過議論內容只能說荒唐至極。

「放心吧。就算是我，在這種狀況也沒有輕浮到看見女生睡衣就開心。」

「天曉得。」

說來遺憾，羽川朝我投以質疑的目光。

「覬覦我胸部的人講什麼話都沒信用。」

「…………」

當事人最感受不到我的想法。

雖然悲哀，不過現狀確實說什麼都沒用。好啦，那麼我就割捨過去（割捨過頭了），面對現在吧。

老倉沒趕走羽川就算了，不知為何也沒趕走我，准許我們進入她家。我不知道她在打什麼主意，不過大概是和拒絕換衣服一樣，認為要是趕走我們就有種輸掉的感覺吧。既然門開了，我也沒有理由不進去。即使是如同宣戰的開城，我也非得接受挑戰。

因為這就是我的職責吧。

身為老倉育兒時玩伴的職責。

007

兒時玩伴。

我連想都沒想過自己有兒時玩伴，不過我和老倉的關係似乎非常接近兒時玩伴。不過與其說是兒時玩伴，正確來說曾經是點頭之交。總之，我和她——阿良良木曆和老倉育曾經認識。

雖然這麼說，但老倉不像千石住在我家附近，也不是和我就讀相同國小，我們和這種類型的兒時玩伴有點不一樣。在和老倉面對面之前，我簡潔說明「有點不一樣」的地方吧。各位正在期待看到老倉穿睡衣的樣子，我這麼做非常對不起各位，不過請稍微聽我說說往事。

我的父母都在警界工作，而且我盡量不對別人透露這件事。從小時候就是這樣。從懂事前就是這樣。比方說，即使學校作業出了「爸爸媽媽的工作」這樣的題目，我也想辦法不說明父母的職業。為什麼一直如此徹底隱瞞父母的工作，而且到現在也繼續隱瞞？至少在小時候，我這麼做是遵照父母的命令。換句話說，父母教育我盡量別對旁人說出他們的職業。總之，雖然必須回想才想得起來，不過就是這麼回事。

幼年的我過於率直，不太過問原因就將這個指示照單全收，聽話到現在。如今回想這件事，父母這樣教育應該有兩個意義吧。首先是倫理上的意義。我的父母是警察，這個職業在社會上扮演特殊又重要的角色，子女不應該隨便見人就吹噓這種事。要求「正確」的父母從理性角度讓我學會這一點，要我保密。再來是管理上的意義——危機管理上的意義。不是從理性，而是從感性來解釋。換句話說，要是對外公開我父母是警察，我可能會暴露在危險之中。

總之，我的父母一直在提防自己的工作危害到兒女。現在回想起來，這麼做有著過度保護的一面，不過若問這樣是否小題大作，其實也不會。至少到了十八歲的現在，我可以理解他們的這份擔憂。我總是將「父母都是警察」當成一種驕傲，所以我大概在最初的最初疑惑為什麼不能告訴別人，也對此抱持不安，不過父母對我說「英雄都會隱藏真實身分」，我就這樣深信不疑了。

到了現在，蠢到無法巧妙隱藏父母職業的火憐，以及將父母的警察身分巧妙活用到極限的月火——這對栂之木二中的火炎姊妹，使得我隱藏父母職業至今的做法沒什麼意義了。不過俗話說「三之子的靈魂定到百」。如果把這句話的意思誤解成「三胞胎都能長命百歲」就很難矯正。（註11）同樣的，一開始植入的行為模式，即使當事人失去目的或失去記憶也很難矯正。所以即使實際上毫無意義，我至今依然繼續向旁人隱瞞父母的職業……但至少在國中一年級那時候，和少女老倉共度一個夏天的那時候，這個行為是有意義的。

在廢屋度過的那個夏天。

喜歡上數學的那個夏天。

註11　實際的意義是「三歲孩子的靈魂到百歲都不變」，也就是「江山易改，本性難移」。

在小扇的協助之下，我已經得知那個夏天背後的隱情，得知我當時沒注意到她的求救訊號，不過若要這麼說，她應該不知道自己發出求救訊號的前提，不知道我父母的職業才對。

當時，連我僅有的幾個朋友都不知道我父母的職業，老倉為什麼知道？羽川在昨天早上問我這個問題。

我沒能回答。我完全不知道。

感覺她在那時候就暗示我和老倉的關係特殊，但這也毫無根據。老倉究竟知道我哪些事？知道到什麼程度？雖然我覺得毛毛的，不過如果我和老倉還有其他的交集，那就是小學時代的事……

只是，連國一記憶都模糊不清的我，不可能想起小學時代更朦朧的記憶。

「無論如何都想不起來的話，要不要問問你的父母？」

在我苦惱的時候，問我這個問題的羽川，給了我這個建議。

「家長都清楚看在眼裡喔。哎，我講這種話或許沒說服力，不過就我所知，你的父親與母親一直好好看著你喔。因為他們看起來是很盡責的父母。」

嗯……總之，我和父母之間現存的芥蒂，即使沒辦法讓羽川完全理解，但羽川曾經在我因為某些隱情不見蹤影的時候待過阿良良木家，接觸過我的父母，所以我覺得可以接受她的說法。

其實我沒立場講得這麼囂張，現狀也不適合講這種話。我二話不說就決定聽從這個建議。畢竟這是羽川的建議，如果她命令我吃鞋子，我或許會吃。

果然，我因而得知答案。

我和老倉在小學時代就認識。

也就是兒時玩伴。

正確來說，是我國小六年級那時候——我和妹妹月火，加上月火帶來家裡玩的千石等人一起玩耍的那時候。

我和老倉育在一起。

話是這麼說，但我們並沒有一起玩，也不是就讀同一所學校。如果是這樣，我對她的印象應該會更深，而且更不一樣。至少會和千石那時候一樣，只要見面講幾句話就會想起來——即使老倉的名字和當時不同。

……就算這樣，我還是認為記得往事的千石很厲害，但千石自己的說法是：『撫子小學時代沒什麼回憶，所以清楚記得和月火玩耍的回憶，不過當時叫她良良就是了。除此之外，當然也清楚記得曆哥哥。』這孩子講得真窩心。總之，我不曾和老倉玩耍過。

不是同一所學校，沒有一起玩，也不是住得很近，這樣的話，我與老倉很難形容為兒時玩伴。

然而，即使只在人生的一小段時期，即使沒有一起玩，只要曾經一起住，就算這段時期多麼短暫，應該也可以說我們是兒時玩伴吧？

至少我這麼認為。

我可能講得有點混亂，總歸來說，是某天發生的事。

某天。

不，我講得像是已經回想起往事，但這次和我忘不了的班會或是回想起來的廢屋夏天不一樣，我依然完全沒回想起真相。我完全沒記憶。只不過是我詢問父母之後聽他們說的，而且千石也記得，證明這無疑是真相，我自己則是完全失去這段記憶。這應該是再也不會回復的記憶吧。

總之某天，父母帶了一個女生回家。

這個女生當然是現在的老倉育。父母沒詳細說明，就說這個女生會暫時住在家裡，要我與兩個妹妹和她好好相處。

當時的我是對父母百依百順的兒童，火憐與月火也分別是小三與小二，年紀還很小，所以聽完父母毫無說明又堪稱唐突的通告之後沒有提出異議，但我現在就知道父母為何這麼做，也知道父母為什麼不對小學的孩子們解釋。

換句話說，父母將兒童老倉帶回家，是為了保護她不受她「家庭」的危害。她的「家庭」恐怕從當時就充滿暴力。

我不確定當時的社會情勢，所以只能推測，不過在那個時期，政府單位肯定比現在難以介入各個家庭吧。我父母的行為——暫時將老倉收容在自家的這個行為，大概是遊走在法律邊緣，至少是政府無法正式認可，不在法律許可範圍的行為。父母在這方面沒有詳細說明，我也沒詳細詢問。這裡的重點是老倉住進我家並且見到我。當時她當然得知了我父母的職業。

沒什麼好奇怪的。

老倉見過我的父母，見過我當警察的父母。根本沒有知不知道的問題。

這麼一來，小扇說的推理就需要稍微修正，在幾個細節微調。即使大致上沒有改變，不過羽川提出的疑點確實因而得到解釋，總之這部分之後會慢慢說明。至於我一點都不記得的兒童老倉是什麼樣的女孩？依照我父母以及千石的說法，她是個「完全不說話的孩子」。連內向的千石都這樣形容，所以肯定很誇張。不過既然是「不說話的孩子」，我知道類似的例子，所以很容易想像。這裡說的類似例子，當然就是當時還不在我的影子裡，而是住在補習班廢墟的忍野忍——總是瞪著我，嘴巴緊閉成一條線時的她。

「當時撫子覺得是個不可思議的人喔。不和大家一起玩，卻也不離開房間，而且不說話。」

千石這麼說。

我越聽越覺得很像當時的忍，不過當時的忍之所以不說話又不動，是基於相應的理由。換句話說，應該認定兒童老倉也是基於必然的理由而不說話。不難想像是因為她的家庭環境。

即使在暫時收容的家庭，也就是我家，兒童老倉也完全沒卸下心防。不，到頭來，她甚至不一定理解「家庭」這個概念——這是我媽的說法。

如同不知道自己為什麼在這裡，因而嚴加提防。她當時的心境或許是自己被綁架到陌生的家。就算沒這麼認為，或許也還無法理解「保護」的概念。

真是的。

這種事不該讓孩子知道。

無論如何，我打聽到的老倉童年性格，和我所知道那個時期的老倉不同，缺乏相似性，我甚至認為可能是只有年齡相同的另一個人，不過依照我聽到的外在特徵，應該可以確定是老倉沒錯。

老倉育。

我不禁思考哪個老倉育才是真正的老倉育，但答案應該是「兩者皆是」吧。至少那個傢伙不希望我講得好像知道「真正的她」。

兒童老倉曾經短暫住過我家，和我住在同一個屋簷下，我對此完全沒記憶。因此聽父母與千石說明當時的印象時，我並不是沒感到疑惑。（我並非完全沒想過可能是大家串通好一起騙我，不過我父母與千石要怎麼串通？）只是聽他們說完，我清楚回想起一件事。雖然這麼說，但我不是想起老倉住在家裡時的事。

我想起的是老倉消失時的事。

某人從家裡消失的感覺。失去某種東西的感覺。

比方說，如同在班會失去「正確」時的感覺。如同在廢屋失去「同志」時的感覺。

失去某種東西的感覺。

最初把這種感覺植入我心中的人，是她。

雖然不知道是什麼東西，卻失去了某個東西，消失了某個東西。我清楚回想起自己體驗過這種失落感。

我回想起這種失落感。

總之，她突然消失了。不過或許只是兒童老倉主動回到自己家吧。主動回家。

不是她的父母帶她回去，也不是我的父母基於各種原因無法保護她。兒童老倉是依照自己的判斷離開我的「家」，回到她的「家」。

到頭來，對於孩子來說，父母永遠都是父母，也只有自己的家才是家吧。無論是多麼悲慘的父母或多麼悲慘的家都一樣——這是我爸的說法。

哎，我爸說的或許沒錯。至少兒童老倉認為這樣是對的，這個行為是正確的答案，才會消失蹤影。

我的父母沒有詳細說明這部分，不過我認為她回家之後，應該也造成一番風波。只是想到後來的際遇，老倉的事件應該沒以我父母期望的形式解決。

必須由家庭裡的某人發出求救訊號，否則家暴問題很難解決。如果任何人都不把問題當成問題，就沒有任何人能回答。

述說這段往事的父母，以這段話做為總結。

看來他們沒多想就認為我是忽然想起童年回憶，想起曾經住在一起的女孩才問這種問題，但我完全沒想起小學時代的回憶，我知道的是後續的事情。

是老倉育接下來的悲慘人生。

我唯一能說的，就是大約一年後，她透過我向我父母發出求救訊號，而且這道訊號傳到我這裡就停止。

和老倉就讀相同國中的我，不記得她這個人。我們不同班，基本上沒有真正打過照面，但我在廢屋見到她的時候也完全不認得。即使主要原因是她後來的個性完全不同，即使次要原因是她後來給人的感覺不同，我也完全不認得。

我不禁心想，在她一句話都沒留、一句話都沒說就離開阿良良木家的時候，她就基於各種意義，從我的面前消失了。

那個傢伙消失之後，我成為冷漠的人。

008

睡衣比我想像的更像睡衣。

我已經做好心理準備，而且我也經歷過各種戰場，自認能應付各種出乎意料的場面，但老倉在社會住宅某戶所穿的睡衣，完全是男高中生幻想女生會穿的那種睡衣，是正中直球。這麼沒創意就某方面來說很創新。

羽川在我耳際低語。

「大概是因為長期在室內生活，所以服裝品味朝這種方向專精下去……」

原來如此。

羽川也是因為家庭環境的關係，所以服裝品味的方向著重於內衣吧。不提這個，羽川在我耳際低語很危險，和小扇的低語大不相同，會讓我覺得一切都變得不重要。不過兩者不該相提並論就是了。

取下門鏈，雙手抱胸迎接我與羽川的老倉，一副趾高氣昂的樣子。

「來得好，我就稱讚你這份膽量吧，阿良良M……」

她這麼說。

阿良良M？

這是怎樣？我以為這是蘊含強烈惡意的臭罵，不過似乎只是單純口誤。她明顯版起臉。

「唔……太難唸了啦，你這家活的名資……」

她又口誤了（應該是想講「你這傢伙的名字」吧）。如果她在這時候說「抱歉，我口誤」就有可愛的感覺，但她撇頭背對我們，進入走廊深處。

大步行走。

羽川將手伸到身後，關門上鎖。老實說，可以的話，我希望她別鎖門，方便在發生緊急狀況的時候逃走，但是應該不能這樣吧。

在接下來要面對老倉的局面，我必須多學學羽川這種強大的精神力。

「室內格局是兩房兩廳，適合小家庭。但鞋子只有相同尺寸的女用鞋兩雙，確定是一個人住。雖然是那種態度，不過依照空氣裡飄來的味道，她似乎在我去叫你的時候泡了紅茶，所以準備道謝吧。」

羽川脫鞋經過我身旁的時候，迅速對我說明。

她一下子灌輸這麼多情報，我的大腦處理不來。剛進入玄關就掌握室內格局也太厲害了。

到頭來，我沒想過事前情報錯誤，老倉可能不是一個人住的可能性。即使是現在，羽川翼依然是全盛時期吧？反倒因為面對過去、面對自己而更加成長。事實上正如羽川所說，餐桌上已經備好紅茶。

不過，很難說羽川完全猜對，因為準備的紅茶只有兩杯。除了坐在桌旁的老倉面前一杯，只剩下另一杯。總歸來說就是沒我的分。

即使是羽川，應該也沒完全看透老倉對我的厭惡程度吧。但我如今也已經不在意了。

不提這個，我比較在意單調的室內。不對，不只是在意的程度，而是極度不對勁，該怎麼說，室內像是在玩大家來找碴。

有桌子，不過椅子只有老倉坐的那一張。如果是故意整我而收起椅子，應該會留下羽川的分，所以大概是原本就只有一張椅子。

沒有窗簾。不對，有蕾絲窗紗，但是只有窗紗。仰望天花板會發現兩盞日光燈只裝了一根燈管。

回想起來，明明玄關有刮泥墊，室內卻沒有地毯。她準備的紅茶附帶砂糖與奶精，還附上茶匙，看起來無微不至，卻沒有放在茶碟上。

此外在各方面……總覺得都缺了一點什麼，如同反映出屋主的特性，不只是令人感到不對勁，也令人感到詭異。

講難聽一點，這已經超越詭異，達到悽慘的程度了。這種奇妙的感覺，羽川應該感受得比我更深入，但她完全沒將想法顯露在言表。

「那個……」

她開口了。

沒有椅子，所以當然沒辦法坐，但她隔著桌子和老倉面對面。

「老倉同學，妳看起來很好。太好了。」

「看起來很好？就妳看來是這樣？」

老倉展露自己的臉頰說。

雖然不嚴重，但她臉頰紅腫。既然是被打了一拳，紅腫也是理所當然的。被甩巴掌的戰場原臉頰當然也還在紅腫吧。

「說真的……那個女生到底多麼會裝啊？雖然我一直覺得她不只是體弱多病的內向女生……」

老倉說。

然後她看向我。如同在瞪我。

「乾脆告她傷害罪吧？趁著沒消腫之前去找醫生開驗傷單。這麼一來，校方也會取消推薦那個傢伙進大學吧？」

「……彼此彼此吧？畢竟是妳先出手，真要說的話，她是正當防衛。」

「是嗎？」

老倉不負責任地說。以當時的狀況，我確實不知道是否能主張正當防衛。與其說彼此彼此，還是比較像是兩敗俱傷。

我嘆口氣瞥向羽川，向她使眼神。不知道是否傳達到了，我有點擔心，不過到頭來，用不著我使眼神，羽川就展開行動了。

太聰明了吧？

結果我只朝著無人的空間使眼神。天底下沒有比這更空虛的事了。總之，羽川以自然的動作朝紅茶杯伸手。

視野範圍有會動的東西，就會反射性地去看。這是人類的習性。原本瞪著我的老倉也不例外，目光追隨羽川的動作。

我如同抓準這一瞬間，迅速繞過桌子，以食指觸摸老倉的臉頰——也就是患部。

「慢著……你做什麼啊！」

老倉身體頂了椅子一下，但是為時已晚。我如同蜻蜓點水回到原位。既然已經達成目的，我就不必迅速歸位，不過要是停在那裡，我恐怕會被她賞巴掌……

「怎……怎麼回事……為什麼戳我臉頰啊？就這樣戳兩下……我們的交情好到能讓你頑皮玩這種遊戲嗎？你想被我用什麼罪名告？」

先不提戳臉頰構成什麼罪名（我並沒有戳兩下），總之我以沒戳老倉的另一隻手指向老倉。之所以換另一隻手，是因為剛才以安全別針刺破之後戳她臉頰的食指還在出血。不過應該會立刻治癒吧。

和她的臉頰一樣立刻治癒。

「老倉，就算去找醫生，我認為妳的臉頰也開不成驗傷單喔。」

「嗯？咦……哎呀？」

我的血液——吸血鬼的血液完全治癒臉頰，老倉對此露出詫異表情，一副不明就裡的樣子。會這樣也是當然的，她無法想像是因為我這一戳而治好。看來她將我剛才那一戳解釋成在確認臉頰治癒的狀況。

她不只是因為無法相信這種超自然現象，也是因為無論如何都不願意認為受惠於我吧。總之，我不認為她真的想告戰場原，不過那個傢伙握拳打老倉確實有點過火。身為那個傢伙的男友，幫忙這種程度的善後應該無妨。

「唔……腫成那樣居然兩個晚上就好，我的治癒速度真快……」

老倉似乎認為自己的治癒速度使她失去惡整我的把柄，因為怒火無從宣洩而懊悔。

將手伸向紅茶的羽川，最後沒有拿起茶杯，而是回復到原本的姿勢。

「看來精神很好，沒什麼問題。」羽川回到剛才的話題。「所以老倉同學，妳明天之後還是能來上學吧？」

「……所以是來盡到班長的職責？那個……妳是羽川同學？是嗎？」

老倉這麼問。我不知道她是真的不認識羽川，還是明明認識卻裝傻。老倉從一年級第一學期之後就沒上學，至少我不認為她會詳細知道羽川的威脅性……這麼一來，她堪稱不明就裡就在面對一個極度強大的敵人。雙方戰力差距在旁人眼中大到好笑，不過在這種時候，戰力差這麼多也是問題。

因為老倉育——現在的老倉育過於軟弱，極度脆弱，這邊光是揮一記試探用的刺拳就可能打壞她。

「是的，我是羽川翼。」

羽川微笑回答。

……不過以羽川的立場，她不像我或戰場原，基本上和老倉沒有利害關係，所以應該不會出現明顯對立吧。

這麼一來，我就更慶幸這次和羽川一起來，但我不能一直依賴她。羽川原本希望我獨自來找老倉，肯定是因為她認為這麼做比較好，認為這麼做絕對是為我好，也是為老倉好。

然而小扇的存在使她無法如願，所以現在絕對不是羽川歡迎的狀況。

「……是老師委託妳來接我嗎？我想想……那一班的班導是誰？」

「保科老師。是一位好老師。」

「好老師？有這種東西？」

老倉笑著說。我難以判斷她這張表情是在笑還是在忍痛，但我認為應該是在笑。因為如果會痛，在這時候不需要忍。

看來她果然知道鐵条的現況。

小扇說，老倉是因為鐵条離開才來上學，看來這個推理是對的。

「我當過班長所以知道，羽川同學，你只是被老師恣意利用了吧？」

「唔。唔唔。我沒這麼想過，不過確實也可以這樣解釋吧。」

羽川迴避老倉的惡意。沒否定卻也沒肯定的這種回答，大概是現在應付老倉最有效的手段吧。連對話都不是漫無目的，真的是羽川翼的作風。

羽川剛才講睡衣的時候說不過老倉，或許是因為這樣，所以在可以退讓的時候退讓一次，給對方一個面子。

也可能是在這次的事件，羽川終於認真起來了。

相對的，老倉雖然落魄到令人不忍卒睹，但昔日也是以率領全班聞名的女中豪傑。經過這段簡短的對話，她似乎察覺羽川翼不是普通的班長，不再說任何多餘或找碴的話語，大概是不希望被抓到話柄吧。

追根究柢，她帶我們進入房間可能也是賭氣使然，不過另一方面肯定是因為這裡是她的領域，是她的主場（事實上，她現在的態度比之前在教室對峙時更強勢），然而她似乎發現狀況和她想像的不一樣。即使如此，如果是兩年前還很難說，但現在的老倉完全不會在這時候撤退。

她再度將視線，也就是將目標轉移到我身上。

瞪人的雙眼瞄準我。

「所以……」她問。「羽川同學就算了，阿……阿，良，良，木，為什麼你會來？」

這次她慢慢說出我的名字，以免口誤。

「我不想看見你，你也不想看見我吧？記得我們現在應該水火不容才對，難道是我誤會了？」

她硬是以客套語氣這樣問，我還以為她是小學生。

不過，我認為現在是機會。想找合適的時機應該也徒勞無功吧。在我與老倉之間，絕對沒有最佳或是最準確的時機。假設真的有這種時機，也早在兩年前、五年前或是六年前錯過。既然這樣，現在只要努力避開最壞的時機就好。

只思考老倉的事吧。

只有現在，我是為了老倉而存在。

「不是誤會。但我們肯定也不只是這種交情。妳前天不就告訴我了嗎？」

「！」

她露出驚訝表情。

我回想起那間廢屋令她這麼意外？還是令她遺憾？

不過既然這樣，我乘勝追擊。

「小學那時候也是。」

「啊……嗚。」

此時老倉採取意外的行動。她粗魯抓起手邊的紅茶杯扔向我！

麻煩了。不是清理紅茶很麻煩，是這個演變很麻煩。

原子筆就算了（不過當時我也中招），不過面對擴散的液體，不可能完全閃躲。現在的我無法像是瞬間移動般閃躲。這樣下去，我會被剛泡好的紅茶潑到。燙傷沒關係，但老倉看到我燙傷治好的過程就麻煩了，或許這次她會聯想到這就是臉頰痊癒的原因。

我只有腦子這樣運轉，身體卻沒反應。就算起反應，大概也只能反射性地縮起身體吧。但我再度因為羽川而避開這個危機。

不知何時，真的不知何時，羽川往我這邊接近半步，在老倉扔的杯子命中我之前接住杯子。

不對。

不是擋住，是接住。

絕對不是挺身保護我，而是正常伸出單手，抓住朝我旋轉飛來的茶杯握把，如同要卸下力道回收濺出的液體般，讓茶杯在手心旋轉，然後就這樣放回桌面。放回去的時候稍微濺出一點茶水，然而就只有這樣。

老倉目瞪口呆。總是瞇細雙眼瞪我的她愣住了。

哎，知道羽川多麼厲害的我都把眼睛瞪得很大，她難免目瞪口呆吧。

經過暑假尾聲的那個事件，這傢伙的實力其實提升了吧……難道如果是放暑假前，她在最後把杯子放回桌面時，也不會濺出半滴茶水？

「嗯？沒有啦，只是因為我認為老倉同學萬一扔紅茶的話很危險，所以預先提高警覺……我前天沒能阻止戰場原同學，所以反省過了。」

「…………」

反省的成果也太好了。

看來這傢伙甚至不能貿然反省。

結果到目前為止，羽川在這棟公寓沒能迴避的麻煩事，只有老倉的睡衣……和羽川在一起真的不會出事耶。

感覺即使羽川在睡衣這件事讓步屈服，也已經好好取得相應的補償。我差點認為接下來或許出乎意料可以順利和老倉談下去，不過事情當然沒這麼簡單。

即使羽川展現多麼超乎常人的危機迴避能力，最後面對老倉的依然不是她，而是我。

是阿良良木曆。

「老倉。」我下定決心開口。「來聊聊吧。聊往事。我和妳的往事。」

「…………」

老倉沉默片刻。

「我討厭你。」

然後，她這麼說。

我至今聽過許多次的話語。

不過，無論聽她說多少次，每次都令我受傷。

009

「幫我找出失蹤的母親吧。」

經過一番峰迴路轉，老倉在最後這麼說。

「如果幫我找到，我就願意上學，也願意向戰場原同學道歉。」

……為什麼我們的議論落得這麼突然，堪稱文不對題的結果？若要說明這一點，就得從老倉育這個女生的歷史，從她的觀點來敘述。換言之，得敘述老倉離開這座城鎮之後過著何種生活——在我們看不見的地方，究竟成為什麼樣的人。

得敘述這種事。

推理小說，應該說偵探作品的基本之一就是「尋人」，所以這段鋪陳絕對不是將至今的流程擾亂，反倒是汲取。必須好好展現至今的水路給各位看。

「你回想起來了……不只是回想起來，看樣子你隔了五年，終於明白我當時想做什麼了。也就是說……你現在相當瞧不起我吧。」

老倉這麼說。

以一副非常厭惡的態度說。

關於羽川接下的茶杯，由於她沒辦法解釋，所以似乎當成沒發生過。

「你瞧不起當時努力諂媚你，希望你出手相助的我……」

「居然說諂媚……」

她自己是這麼認為的嗎？

我回想起來的暑假回憶，如果是她在向我求助，那麼就只是沒能回應的我很愚蠢罷了，如果這段回憶經過優秀的敘事者粉飾，或許會成為佳話流傳下去，不過老倉親口說當時如同精靈的舉止以及幸福的笑容是「諂媚」，我覺得在我心中已經墜地的回憶進一步遭到踐踏。

但我無法抱怨。

即使同樣是回憶，這也是在她心中的回憶。無論要怎樣弄髒這段回憶，都完全是她的自由。

……可是，她曾經那樣責備我忘記這段回憶，在我回想起來的現在，依然拿這件事臭罵我，這樣根本有問題。不過事到如今，我已經不想把她現在個性的問題拿來討論……

「好……好像笨蛋。」

的。

她說。

我以為她在罵我。以為她在嘲笑我當年沒發現她那麼溫柔教我數學都是裝出來的。

但我錯了。這部分錯了。

她在這裡說的「笨蛋」是她自己。

「好像笨蛋，好像笨蛋好像笨蛋……我真的好像笨蛋！居……居然不惜諂媚這種傢伙也想得救的我好丟臉！我……在那個時候拋棄自尊，阿諛這種傢伙！在心情上就像是舔了他的鞋子！」

「……」

「想要彌補失敗，卻犯下更悽慘的失敗……丟臉，丟臉！丟臉，丟臉……好想死！好想消失！」

她大喊之後趴在桌上。

響起「咚」的響亮聲音。

聲音大到我以為她撞破額頭，但她立刻抬起頭，恢復為倔強的表情。恢復為咧嘴笑咪咪、倔強、險惡的表情。她究竟是以什麼方式切換心態啊……

好想消失。

不過，如果只看她說的話語，她後來確實「消失」了……

她說想要彌補的失敗，應該是收容在阿良良木家保護時的事情吧。在臨時避難所不說任何話，不對任何人打開心房，換句話說就是不諂媚任何人，獨自回到荒廢至極的家。這應該就是她說的失敗吧。

結果，她後來那種拐彎抹角的求救方式果然大放異彩，應該說大為異常，但我反而覺得這補強了她沒有直接向我父母求救的原因。換句話說，老倉一度拒絕他人伸出的援手，對此感到內疚。

「不過，阿良良木。就算不是我，我認為其他人也會這麼做。我認為我並不是特別不幸。這是常有的事。你不這麼認為嗎？你該不會在同情我吧？」

「…………」

「比我不幸的人很多。在整個日本很多，報紙刊登過很多。我沒罹患絕症，沒餓肚子，沒被捲入戰爭，也沒有無故被陌生人打。我沒有不幸，我沒有不幸，我沒有不幸。對吧？你說對吧？」

「…………」

在這時候徵求我的同意，我也不知道該說什麼。我只能說一件事，她最不幸的就是只能像這樣尋找比自己更不幸的人來肯定自己。

比我不幸的人很多。

這種話不應該自己說出口吧？

「所以不要可憐我。如果連我最討厭的你都可憐我，我真的很想死。」

「……我認為我被妳怎麼講都是應得的。因為我從妳那裡得到這麼多東西，卻完全沒有回報。」

我是自以為憑著一己之力沸騰的水。

對於老倉，我總是只有接收，換句話說就是奪取。這是事到如今無法歸還、無法回報的東西。

「所以如果妳要求別可憐妳，我就不會可憐妳；如果妳要求別補償，我當然不會補償。」

「這是怎樣，想耍帥？以為這種態度很瀟脫？做這種事，自以為是上等人？裝什麼瀟脫……實際上明明只是半途而廢。」

「是啊。不過妳也一樣半途而廢吧？」

糟糕，我不小心反駁了。

只要對話似乎成立，我無論如何都會放鬆戒心。其實只有我認為對話成立，實際上頂多只是單行道，只是車輛在道路會車罷了。而且在這麼窄的道路，只要方向盤稍微打錯，就會輕易發生對撞車禍。

我以為又會有東西扔過來，但是不知何時，茶匙與糖罐都從她手邊消失了。仔細一看，這些東西不知為何都擺在羽川面前。究竟是什麼時候沒收的？我也完全沒察覺……

羽川沒有介入我與老倉之間，不過似乎協助維持了能夠繼續交戰的最底限狀況。她這樣的立場比起己方更像裁判，不過光是她協助進行公平審判，我就很感謝她了。

「……這也沒辦法吧？這不是我的錯。我之所以半途而廢，之所以討厭之後就逃避，都是因為家長。」

都是家長的錯。

老倉不情不願地說。沒有扔東西，而是改扔話語。扔出令我認為扔東西砸我反而比較好的話語。

「我變成這樣都是家長的責任。」

「……妳的家長現在怎麼樣了？」

「哈！你憑什麼關心我這種人的家庭狀況？國中那時候明明完全沒想過！」

她這樣挖苦讓我不好受，但是這番挖苦似乎也傷了她自己。不只挖開皮肉，還撕裂她自己。

「你沒救我之後，他們可喜可賀地離婚了。媽媽得到我的撫養權，帶我離開這座城鎮……男方家長現在怎麼樣，跟我一點關係都沒有。」

男方家長。

老倉以這種方式稱呼父親，這個稱呼據實表現出她的心情。也就是說，將那個家摧殘成那樣的人，肆無忌憚摧殘家庭的暴力源頭，應該是父親。

老倉現在的思考能力是否能看出我的這份想法？我打一個很大的問號。

「沒錯，那個家變成那樣是因為男方家長。那個人渣。」

老倉這麼說。

她臉頰泛紅。不是憤怒，反倒有點含羞的感覺。或許是覺得小學時代主動回到這個「人渣」身邊的愚蠢自己很丟臉。

或者是覺得至今沒聽明過的自己很丟臉。

「媽媽頂多只是『偶爾』打我，發洩被男方家長打的怨氣。」

她這麼說，然後如同在等待我做反應般停頓。她說明昔日發生過這種暴力的連鎖，說明她自己是暴力連鎖的終點。即使如此，她也不是在要求他人憐憫。完全沒有。但我不知道該怎麼回應，完全找不到正確答案。

昔日要求拯救的她，如今在要求什麼？

我不知道。

強人所難也要有個限度。

「所以在那個時候，妳決定跟著還算好的媽媽一起走？」

到最後，我只能問這種問題。

但老倉對我淺淺一笑。

「以為我的立場可以做什麼決定嗎？當時只是大人擅自決定的。總之，與其說我媽媽還算好，應該說我媽媽就世間看來同為受害者吧。現在回想起來，當時我也是這麼認為的。」

如同小學時代依然將男方家長視為父親，國中時代也將母親視為受害者嗎？

太沒救了。

不，害她人生沒能得救的禍首就是我，所以我甚至沒資格評論她多麼沒救。然而，老倉的沒救人生並非只到這裡為止。

距離結束還早得很。

後來，她就讀高中前的這兩年多——從國中一年級第二學期到國中畢業的這段期間，也就是她不在這座城鎮的期間，沒救的際遇——不幸的際遇襲擊她。

比起絕症、飢餓或戰爭好得多的不幸襲擊她。也就是母親失蹤了。我原本希望她的人生至少要有一個美好之處，但目前為止完全找不到。和這間屋子的內裝一樣失去平衡。

她的人生失衡，在各方面都有所不足。

「我不知道你多麼上等，只知道你多麼下等，不過就算是你，只要出生在和我一樣的家庭，一樣會成為我。我也想出生在警察父母的家庭。」

「父母也沒辦法自己選孩子吧？」

我再度多嘴反駁。我這麼說是希望她克制一點，卻好像出乎意料正中老倉的心，她露出驚訝的表情。

「對。」她點頭說。「媽媽也說過完全相同的話。她說她其實很期待。期待生活將從那時候否極泰來，期待那時候成為轉折點。媽媽說我的行動完全沒有符合她的期待，不過在家庭瓦解之後，她認為這應該已經是人生的谷底，今後應該不會更差了。她抱著這樣的期待。畢竟那種家庭其實從我小學時代就一直是破碎的，她早就知道遲早會變成這樣。不過正因為曾經失敗，所以應該可以從這裡重新站起來。媽媽說，既然至今這麼悲慘，她這樣的人今後或許將會幸福，否則人生就不公平了。她抱著這樣的期待。然而完全不是這麼回事。後來同樣很悲慘，和之前一樣悲慘。」

「……意思是後來也繼續施暴嗎？那個……妳媽媽對妳……」

「不對。你剛才沒聽我說話嗎？媽媽打我是為了發洩被男方家長打的怨氣。既然沒了那個人渣，媽媽當然不會打我。」

「…………」

我還無法接受這個前提，但既然這個道理成立，至少暴力的連鎖就此打住。不過這樣的話，究竟哪裡悲慘了？

「我說我變成這樣是家長害的，這就是根據之一。我至今像這樣過了兩年多的繭居生活，不過我媽媽同樣是個繭居族。」她說。「我們母女相依為命之後，她很快就變成繭居族。好像是離婚的打擊逐漸造成後遺症，她窩在新家的其中一個房間，再也不肯出來。」

「不肯出來……」

「家長變成繭居族，你能想像這是什麼感覺嗎？我才國一就得照顧母親。很好笑吧？」

如同在逼我笑的她，自己也確實掛著笑容。我無法判斷她是回憶往事而笑，還是在嘲笑說不出話的我。

「教導家長如何面對繭居兒女的書或節目很多，卻完全沒人教兒女如何面對繭居的家長，所以，那個時候，真的是……那個時候，是的，嗯，我發誓無論如何絕對不會變成繭居族……只是我數年後就輕易毀約了。不過，我媽媽是重度繭居族，是極度繭居族，所以我和她比起來正常多了。」

老倉這麼說。說她比自己的母親好多了。

「真的很誇張喔。窩在上鎖的房間，縮在牆角，三餐都是我來準備跟收拾，而且後來甚至完全不吃了。媽媽用板子釘死窗戶，窗簾也一直拉上，房間伸手不見五指，完全漆黑，還拆掉日光燈以免燈亮。而且她一直自言自語……自言自語說什麼父母沒辦法自己選孩子，不知道從什麼時候開始，就算我對她說話，她也完全不理我……簡直是青春期的孩子。媽媽比我這個國中生處於更嚴重的青春期與叛逆期。有句話說孩子生孩子，我家則是孩子養孩子。」

大概是老倉母親的心因為家庭破碎而受到重創吧。即使是內部充滿暴力的家庭，只要家庭存在就是她的幸福，是她的心靈支柱嗎？

總之，我無法想像母親變成那種狀態、陷入那種狀態時的女兒心境。戰場原或許可以稍微理解吧。不，她的狀況也和老倉不一樣。當時她並不是非得自己照顧母親。

「學校成績一直退步，我好不甘心……比我笨的傢伙接連超越我，原因居然在於我是為母親著想的好孩子……不過校方同情我，好像額外幫我的成績加分就是了。不然的話，哈哈，我那種在學成績不可能進得了直江津高中……」

老倉高一的時候，就我看來，她對於自己身為直江津高中的學生驕傲到不必要的程度，原因或許就在這裡吧。而且這也是她對我抱持數學情結的原因。

本來明明做得到，卻沒能發揮能力，失去機會，逐漸被超越的感覺。從她自尊心的強烈程度來看，持續數年的這種狀況肯定壯烈到超乎想像。

「就算這樣，母親依然是母親，媽媽依然是媽媽，家長依然是家長。我認為既然已經失去其中一方，就非得小心以免也失去另一方。我認為媽媽總有一天也會走出房間，或許她會因為說過『家長也不能自己選孩子』這句話向我道歉。或許會對我說幸好她生下我。因為沒人知道世間會發生什麼事吧？沒人知道未來長什麼樣子吧？難道說未來全都已經既定，不可能變更？」

老倉說到這裡咳嗽了。不是暫時停頓，好像單純只是嗆到。剛才她講我的名字也講得不是很順，看來現在的她果然不習慣說話。

「幸好日本是社會福祉比較充實的國家。就算媽媽沒賺錢，就算男方家長沒支付慰問金或贍養費，只要備齊相關文件，也可以勉強讓相依為命的母女溫飽。所以我從來不認為媽媽消失比較好。只有這一點是千真萬確的。」

然後，她的瘋狂再度上演。

「因為我每天晚上都在祈禱。祈禱自己別認為媽媽消失比較好。祈禱自己別認為媽媽消失比較好。祈禱自己別認為媽媽消失比較好。祈禱自己別認為媽媽消失比較好。然而，媽媽消失了。」

母親違反老倉的心願，消失了。

「某天，媽媽什麼都沒說、什麼都沒告知，就這樣消失了。我放學回家，媽媽就不見了。媽媽就消失了。毫無徵兆就突然不知道跑去哪裡……怎麼樣，跟我很像吧？大家都說女兒會像爸爸，但我肯定像媽媽吧。」

老倉笑了。這張笑容大概和她的母親很像。

010

「我做好晚餐，端到房間，開鎖進房間一看，裡面是空的。連一張字條都沒留。雖說毫無徵兆，但還是有預兆嗎？與其說預兆，應該說預感……我覺得媽媽總有一天會留下我，然後不知去向。對，就像男方家長不知去向那樣。我已經不知道我的雙親──他們兩人的去向了。」

老倉這麼說。

扼殺情感、扼殺自己。

虐殺自己的心。

「剛開始，我以為媽媽跑去找男方家長，畢竟媽媽好像很想念他……只要這麼想，我就不想去找媽媽了，不過現在回想起來，應該不可能是這樣。因為媽媽只是為離婚的不幸嘆息，似乎沒有復合的打算。總之我就此解脫，再也不用照顧媽媽，落後的課業也補回來了。我在親戚之中找到掛名的監護人，然後接受國家補助，回到這座城鎮。我不想見到你，所以我其實不想回來……不過只有這裡才有空位。」

她說的「空位」應該是住處吧。所以羽川的推測在這裡也正中紅心。這傢伙是不是去當算命師比較好？

不過，當事人羽川面有難色。

嗯？怎麼回事？難道老倉話中有令她在意的地方嗎？聽她說這段往事，確實打從心底不好受，但羽川的表情實在不像是對於現在氣氛的反應……

雖然我不清楚，不過既然羽川在專心思考，我認為自己更該繃緊神經。

「為什麼決定一個人住？」我問老倉。「就算是掛名，親戚依然是親戚吧？而且，既然妳不想回到這座城鎮，應該可以繼續住在妳們母女原本的家，為什麼刻意搬到這裡？」

「因為是垃圾屋。我光是照顧媽媽就沒有餘力，完全無法打掃。而且也不是一個人能管理的規模……與其從那時候開始打掃，我認為拋棄整個家比較好。」

拋棄整個家。

拋棄。

她不會猶豫嗎……哎，應該不會吧。到了這一步，對於老倉來說，那個家已經不是守護或珍惜的對象了。

既然不是家族或家庭，只守護「家」一點用都沒有。

「我活用這份教訓，精簡這裡的家具。很清爽吧？」

老倉難得（就她看來或許只是一時疏忽）在這時候正常徵詢我的同意。既然她如此正常徵詢，我應該正常同意才對，但是這個家使我難以同意。

室內確實清爽，但我覺得不是因為家具少，而是因為家具不夠。我知道這種不平衡的內裝是她活用教訓的結果，不過老實說，她幾乎沒活用到這份教訓。

不只沒活用，反而還死用了。

所謂的「整理整頓」絕對不是這樣。

而且老倉無視於我的第一個問題。這肯定是故意的。明明有掛名的監護人，為什麼選擇一個人住？難道她認為這是用不著回答的無聊問題？這麼說來或許如此吧。

用不著詢問。

到頭來，她持續監護了監護人兩年，如今要找人監護她，聽起來只像是滑稽的笑話。我不知道這方面的法規是否完善，不過既然老倉現在像這樣接受補助，如願一個人住在社會住宅，應該算是勉強解決了這方面的問題。

總之老倉返鄉了。返回兒時生活的這座城鎮。

她接下來的經歷，我已經知道了。

老倉在直江津高中再度見到我，但我基於想像得到的所有意義忘了她。她即使在班上建立起領導者的立場，卻在沒多久之後被班導與同學們陷害（應該說是自掘墳墓），後來在這裡住了兩年。

和母親一樣變成繭居族。

即使程度不同，繭居時間卻好巧不巧和母親差不多。然後在前天，她透過某種管道得知鐵条請產假，終於再度上學。不過實際上，即使她重新上學，也再度撞上暗礁……

「懂了嗎？我沒有那麼不幸。」

老倉講完往事之後這麼說。

一副有些驕傲的樣子。

伴隨著抽搐的笑。

「這種程度的事情，任何人都可能遭遇吧？任何人或多或少都會經歷，這是很常見的事……也沒什麼辛苦可言。總之或許比正常標準難熬一點，不過要是這麼講就很難處世了吧？真要說的話，只有家長變成繭居族比較稀奇，但也應該慶幸自己累積這種罕見又難得的經驗吧？不是只有我一個人不幸，所以我得努力。我是還算幸福的一方，因為可以像這樣活著……」

「…………」

她說出的這些話語膚淺無比。到頭來，世界上最不相信這番話的就是她吧。

「所以，我不需要同情……阿良良木，你不用道歉，不用補償，也完全不用贖罪。畢竟我說出來之後覺得舒坦多了……」

說出來會舒服些。

記得某人對我這麼說過。

「反正這都是往事了。你想聽的往事，都只是過往的事情，都是已經結束的物語。雖然我是因為火大才找你麻煩……不過事到如今，我不想要求你為我做任何事。真要說的話，我只有一個要求。你可以離開嗎？」

老倉這麼說。

經過這一小時，她看起來好像縮小了。縮小不只一圈。她當然沒因為完全說出來而變得舒服吧，就算這樣，她看起來也像是走出陰影，看起來再也沒有對我賭氣。是這樣嗎？

到最後，老倉之所以從高一那時候就找我麻煩，不是因為我擅長數學，或是沒有回應她沉默的求救，重點是在我完全忘記昔日和她的兩次交集嗎？所以在往事完全見光的現在——我回想起一切、認知到一切的現在，她逐一責罵之後，怨氣就全消了嗎？

如果我這麼說，小扇大概會笑我吧。會哈哈大笑吧。她會說老倉肯定只是因為恨我所以討厭我。

「…………」

這裡是她家，所以如果她要求我離開，我就只能離開，沒有選擇或抵抗的餘地。但是我還沒達成讓老倉回來上學的目的，要是我就這樣回去，我簡直等於沒來過。該怎麼辦？總之我開口叫她。

「老……」

「老倉同學。」

不過我剛說第一個字，羽川就像是搶話般開口。她久違發言了。

而且她問了一個有點無視於話題走向，離題又神奇的問題。

「妳剛才說……開鎖？」

「咦……？什麼？」

一瞬間，老倉有點混亂，似乎不知道羽川在問什麼。不過這是她講過的話，她立刻想到這是在講她發現母親失蹤時的事，所以她點了點頭。

「嗯，是的。我開鎖進房，就發現媽媽不見了……」

「可是，窗戶用板子釘死對吧？既然門也上鎖，那麼……」羽川接著詢問。「妳媽媽是從哪裡出去的？」

011

羽川點出這個問題，我嚇了一跳。這是我完全沒注意到的地方，不過確實奇怪。我沒想到來到這裡居然會再度遭遇「密室」這個關鍵字，而且和上次我與小扇受困的那間神祕教室不同。是和怪異毫無關係，貨真價實，還可能成為案件的密室。真的是推理小說。

而且這是沒有任何特別設計的單純密室，所以無從尋找解答。窗戶以板子釘死，門也上鎖的房間？這是無從使用詭計的單純構造。一個人從這種地方失蹤？從密室失蹤。

這個主題很普遍，可是……

「……妳問從哪裡出去，當然是從房門吧？」

不過，當事人老倉似乎聽不太懂羽川的意思，講得像是質疑羽川為何問這種瑣碎的細節。

「門鎖在內側，轉動鎖頭就可以打開，所以媽媽不就是這樣出去的？」

「那麼，房門是自動上鎖的門嗎？」

「這種房子也太先進了……那是出租的舊房子，所以是普通的門鎖。不過房門的鑰匙，我只有隨便放在屋裡某處，應該是媽媽離開的時候上鎖吧。」

啊啊。

總之，如果想做個合理的說明，老倉這樣的說明就足夠了。不過，羽川肯定在想，準備要失蹤的人，會刻意將房門鎖好才離開嗎？

即使已經決定目的地，為了讓自己成功失蹤，應該會想要盡快離開吧？至少應該沒空尋找「隨便放在屋裡某處」的鑰匙。先不提時間上是否有空，精神上肯定沒空。

換句話說，還是無法合理說明老倉為什麼非得打開上鎖的房門，才發現母親失蹤。

「所以說，這是瑣碎的細節吧？我或許記錯了，不過媽媽也可能只是毫無原因隨手上鎖啊？或許是覺得上鎖比較好。」

「哎，嗯，說得也是……」

羽川說。

她似乎只把老倉的意見當成耳邊風。不，應該有聽進去，卻沒有深思。羽川覺得不對勁的地方，應該不只是老倉現在的說明，而是老倉述說的這整段回憶。而且這份不對勁的感覺，以老倉母親失蹤的狀況為契機決堤。只不過，我完全想像不到她從整段回憶發現哪裡不對勁……

我只被老倉的敘述、老倉的經歷震撼內心，幾乎放棄思考。但羽川似乎不是如此。

不過，老倉的意見確實有道理。看到行動總是不合道理，甚至違反道理的老倉育，就覺得即使有人在失蹤前特地一絲不苟鎖緊門窗也沒什麼好奇怪的。

唔，說到鎖緊門窗……

「那麼老倉，除了房門上鎖，玄關呢？玄關大門有沒有上鎖？」

「啊？為什麼問這種不重要的問題……但我不記得了。」

老倉不高興地說。

「不記得代表沒印象，也就是說確實上鎖吧？畢竟如果沒鎖，妳在這個時間點就會覺得奇怪了。」

「…………」

這麼一來，老倉的母親不只是鎖上房門，還鎖好玄關大門才失蹤嗎……

「如果當成是為了留下來的女兒而防止小偷闖空門，就可以解釋玄關為何也上鎖……畢竟玄關鑰匙應該也在屋內某處，備份鑰匙也……」

終究不會把備份鑰匙藏在盆栽底下吧，不過既然找得到房門鑰匙，玄關鑰匙想找的話應該也找得到慣用或備用的，至少並非絕對不可能。

「為了我而鎖門防小偷？我媽不會做這種值得稱讚的事，不會做這種監護人會做的事。」

真要說的話，我的發言比較站在老倉這邊，但她冷漠駁回我的推測……世間確實有這種不合理的事，所以區區一兩扇門是否上鎖，果然不是討論的重點吧。

但是羽川繼續思考。看起來甚至像是苦思不解。

她究竟在思緒盡頭看見什麼？我當然完全不在意這種事，不過這麼說來，羽川不是說好要讓我摸胸部嗎？可惜在這種氣氛之下，我完全不敢問。

「我不懂……妳這麼在意我媽的失蹤？為什麼？」老倉不耐煩地詢問這樣的羽川。「到頭來，我媽的行動都讓人猜不透。我不知道她為什麼失蹤，不知道她為什麼會為了那種男人受挫，不知道她為什麼一直被那種男人打，依然想繼續一起生活。我說過嗎？我沒說過嗎？要求離婚的不是被施暴的媽媽，是男方家長。真的莫名其妙，我的家人是怎樣？不對，已經不是家人了，從一開始就不是什麼家人。我究竟是怎樣？阿良良木……我被帶到你家保護的時候，你知道我的想法嗎？」

「啊……？」

「我當時心想，為什麼要對我『炫耀』那種光景。我一直認為我的家、我的家庭理所當然是那副模樣。窗戶沒破、牆壁沒裂、地板沒壞，那種整潔的家，那種安穩的家庭居然存在於世間，我無法相信。所以我一直瞪著你們，默默瞪著你們。你記得嗎？」

「啊啊……」

我點頭回應，但我在說謊。

我沒有當時的記憶。不過如同千石清楚記得當時的事，對於老倉來說，這是震撼的體驗。

她說，我們很耀眼。

老倉這麼說。

……我要聲明一下，在我家，「父母是警察」是特殊的隱情，但是家庭內部的關係沒什麼特殊可言，是極為平凡的普通家庭。

不合的部分就是不合。

這在她眼中很耀眼。

極為平凡的普通家庭很耀眼。

連不合的部分也很耀眼。

「很耀眼。所以我逃走了。耀眼到暈眩，害我的眼睛快毀了。這份溫暖、這份溫度，害我的身體快毀了。但還是不行，還是太遲了。看過那種東西一次，我就知道我家多麼悲慘。」

別知道就好了。

別遇見你就好了。

老倉說。

「知道之後，我不知如何是好。我貿然想做一些事，那個男的就說我叛逆，更常打我，在別人看不到的地方痛打別人看不到的部位。可是逃回這個家的我逃不掉，再也逃不掉了。所以我在國中再度見到你的時候，我甚至認為這是命中註定。我當時很努力諂媚你吧？」

「…………」

「不過當時的反作用力，使得我升上高中第二次和你重逢時，對你的態度變得太凶了……反正你已經忘了我，所以沒差。」

然後在第三次重逢時，她如同將所有人格整合，成為情緒不穩定的女生……

她至今走過的路好坎坷。

老倉在人生的道路上嚴重迷路。甚至讓人質疑要怎樣才會迷路得這麼嚴重。

「真是的……老是不順心。鐵条不在的現在，我明明認為這次肯定可以重新來過……卻又和阿良良木同班，太離譜了。我果然感覺這是命中註定。」老倉這麼說。

「這是如同詛咒的命運。你出現在我人生中的每個關鍵點，散播災難。」

「……是我害的？」

「沒錯。你害得我的人生亂七八糟……不對。」她用力搖了搖頭。「我早就知道了。這不是你害的，是我的錯。也不是家長害的。我媽媽說得沒錯，如果生下來的不是我，她的人生將會更加順遂。是我的錯。是我的錯。是我的錯。」

我討厭。

我討厭我自己。

老倉這麼說。

「不過，阿良良木，如果不當成你的錯，我沒辦法撐下去。對不起，你就當我的壞人吧。已經不行了，追不上了。如果只把家長當壞人……」

「老倉……」

「為什麼不順利呢？我明明好好表現了啊？我很努力，很拚命……是啦，我的個性或腦袋在各方面有毛病……但我沒做任何必須受到這種懲罰的壞事啊？阿良良木，告訴我，你現在很幸福吧？如果我稍微有點貢獻，如果你這麼認為就告訴我吧。我為什麼沒辦法幸福？」

「妳之所以沒辦法幸福……」

我沒有得到思考的時間。

回答這個問題的是羽川。

「是因為妳不想幸福。沒人能讓不想幸福的人變得幸福。」

「……居然講得一副無所不知的樣子。」

「我不是無所不知，只是剛好知道而已。」

羽川嚴肅回應，相對的，老倉反倒放鬆表情。

「真的就是這樣。妳答對了。」

老倉這麼說。如同這個問題是有獎徵答。

「因為啊，我這麼脆弱，要是得到幸福會壓扁毀掉。眼睛跟身體都會毀掉。無法承受幸福的重量。如今與其變得幸福，我寧願讓不幸的溫水泡到腳踝，隨便得過且過。我想穿著溼透的鞋子活下去。實際上，我就是這樣走過來的……嗯，如今我不想幸福。為時已晚了。」

為時已晚。

那麼，從什麼時候開始才不會太晚？

兩年前？五年前？六年前？

還是說，我的這個兒時玩伴，從更早之前就為時已晚？

一切都是往事，事到如今無從挽回，無從歸還，為時已晚嗎？

否。錯了。

不是這樣。

羽川說得對，一直責備過去的自己不叫做反省，是逃避責任的行為。但是斷然放棄過去、割捨過去，也不是正確的行為。

我當然不知道怎麼做是正確的，不知道什麼是正確。這種東西我已經遺失，已經失去了。但我自認至少怎樣是錯的。若是就這樣扔下老倉離開，肯定是一種錯誤。

「沒有。」我說。「在這個世界上，沒有任何幸福會沉重到壓扁妳。幸福不耀眼，也不沉重。不要太高估幸福。所有幸福對妳來說都是剛剛好。」

都是恰到好處。

如同量身打造，非常適合。

「所以，不要這樣討厭幸福。不要討厭世界，不要討厭一切，更不要討厭妳自己。妳體內的所有『討厭』，我會全部承擔，全部接受，所以妳就更加喜歡妳自己吧。」

喜歡老倉育吧。

儘管討厭我沒關係，喜歡妳自己吧。

至少要和以前的我一樣喜歡。

「我現在確實很幸福。正因如此，我要刻意這麼說！這種東西，是所有人都理所當然該擁有的東西！」

有人從旁邊輕敲我一下。

是羽川。

我因而回神。

我在講什麼啊？我在做什麼啊？羽川剛才難得打斷我和老倉的對話……變成那種構圖之後，我交給羽川處理不就得了？但我卻插嘴講那種話？

羽川罵我也在所難免。我懊悔得咬牙切齒。不過羽川一邊收手，一邊以只有我聽得到的音量低語。

「說得好。」

看來我的妄語沒壞了羽川的心情，我對此鬆了口氣。

不過，老倉育如何看待我這番話？

她無疑是我現在如此幸福的恩人之一，我卻講出這種忘恩負義的妄語，她將會如何看待？

「……公所。」

她這麼說。

公所？

她抬起頭，神情疲憊。

「公所的人快來了。抱歉潑你冷水，不過說真的，你們可以離開嗎？他們要來檢查我是否好好過生活……我就明講吧，他們現在是勉強放任我拒絕上學，在這種狀況，要是公所的人看到我和學校同學吵架，那就不太妙了。」

如果這是用來趕走我們的藉口，她應該會更早說出來。

所以這應該不是謊言。至少羽川也是這麼判斷的。

「這樣啊。那我們今天先走了。」羽川點頭說。「但我們明天也會來、後天也會來，就算是週末也一樣。或許會造成妳的困擾，不過讓喜歡的人為難是我們的做法。啊……」

羽川翼如同補充般說下去。

「忘記說了。應該一開始就講出來才對。因為我已經很喜歡妳了。」

「…………」

這句話——羽川翼最後說的這句話，使得老倉育真的露出為難表情，憤恨地看著下方。

「那麼……」她這麼說。「那麼，幫我找出失蹤的母親吧。如果幫我找到，我就願意上學，也願意向戰場原同學道歉。」

012

我與羽川——副班長與班長該努力的目標變得明確，我應該感到高興。不過回想起來，如果換個方式解釋，或許老倉是委婉宣告「只要你們沒找到媽媽，我就不去上學」。

「我覺得就算這樣也好。只要你和老倉同學之間的誤解稍微有冰釋的徵兆就好。因為這本來就是最好的結果。」

「冰釋的徵兆嗎……哎，但願如此。」

實際上，大概只有稍微撼動老倉的心吧。或許到了明天，她的心會再度頑固定形。就算明天不會，也可能是後天。

她討厭我的這份心情，在這兩年、這五年，或者是這六年慢慢凝固為雕像，不可能如此輕易融化損毀，應該耐心以對。

「可是，羽川班長，這可以說是最好的結果嗎？我與妳背負的使命是讓那個傢伙來上學耶？」

「只要她和戰場原同學的那件事可以圓滿……或是至少平穩收場的話，我就不打算強迫她。何況上學不應該抱著不情不願的心態。」

昔日正經八百的羽川，如今也比較會講話了。哎，她說得對，實際上以我的立場，我認為自己根本沒資格要求她上學。以老倉的狀況，她就算不上學，只要考試成績夠好就能畢業升學，所以沒必要硬是參與不快樂的校園生活。不過……

「沒錯，阿良良木。如果是快樂的校園生活，我就算來硬的也希望她參與。剩下的時間大約半年，雖然短暫，但青春就是青春。這麼一來，我也非得讓她和戰場原同學和好。」

「但我認為這是最大的難題……」

「既然要解題，題目難一點會比較有趣吧？」

我們離開老倉家，下樓走出建築物，就這麼移動到集合住宅裡的廣場。這裡似乎是讓居民讓孩童嬉戲的廣場，卻是空無一人。不知道是因為時段不對還是其他原因。

這樣的風景冷清又落寞，不過很適合想事情，所以我們決定在這裡討論老倉母親的密室失蹤案件。

「密室失蹤案件」是推理小說的說法，以鬼怪小說的說法應該是「神隱」。因為一個人就這麼如同一陣煙突然消失。

今天先各自回家，隔天將各自思索一晚的結果帶到學校，經過一番討論得出一個結論——這是我原本預料的後續行程，不過大概是天才與凡人的差異吧，羽川說：「那麼，在公所的人去找老倉同學的這段期間，我們至少決定大方向吧。如果順利在這裡就得出結論，就可以在公所的人離開之後向老倉同學報告。」

確實，如果做得到這一點，就可以趁著老倉內心不定的現在進行心理戰，如果老倉與戰場原都可以從明天開始上學，就是最佳的結果……不過我就算思考一百年也不會冒出這種點子。

實際上，尋找失蹤人口這種事，是現實世界的偵探可能以人海戰術做的事，區區兩個高中生真的做得到嗎？不提這個，聰明人的行動力果然迅速……思考著這種事的我，決定先從容易挑論的方向討論。

「雖然老倉那麼說，但我也認為確實很奇怪。我投妳一票。如果她母親是自己離開，在離開的時候鎖門果然奇怪。玄關大門就算了，連用來繭居的房間都上鎖實在是……」

「我認為玄關上鎖就很奇怪了。這部分是老倉同學說得對，但她大概只是反射性地反駁吧……心理陷入那種絕境的人，居然會在意自己再也不會回來的家是否鎖好門窗，果然很奇怪。」

羽川回應我的意見。即使是羽川，她這番話與其說是深思的產物，更像是腦力激盪之下的產物，感覺她是想到什麼就直接說出口。

雖然稱不上是在解開密室之謎，不過消除疑點真的有助於我們查出老倉母親的下落嗎？我不確定，甚至認為這樣沒有助益，但是以現狀來說，這是看得見的最大線索。

「那麼，可能是什麼狀況？如果上鎖的不是老倉母親……那麼是綁架？綁架犯抓走老倉母親，將門窗維持原狀當成障眼法？」

「嗯，有可能。如果是綁架犯鎖門當成障眼法，就比失蹤者鎖門更具意義。也可能是意外。」

「意外？」

「老倉的母親並不是失蹤，只是單純外出。所以才會鎖房門避免老倉同學進去，也鎖好大門提防小偷。然後她在出門的時候遭遇某種意外或是事件，所以回不了家……也可能是出門之後突然冒出想失蹤的心情。」

「到目前為止，這是最能解釋現狀的說法。」

「想失蹤的心情」有點難以想像，不過依照老倉的說法，她母親似乎是無故就隨興行事的人，比起在失蹤之前刻意鎖上房門與大門，像這樣「改變主意」的可能性更大，但是羽川自己提出進一步的質疑。

「但是老倉的母親一直足不出戶，我不懂她為何突然想出門。」她搖頭說。「都已經繭居兩年，卻在湊巧出門的這一天，湊巧冒出失蹤的念頭……只發生其中一種就算了，兩種湊巧同時發生不太合理。」

「不，兩年沒走出房間只是老倉自己的觀點吧？或許在老倉上學的時候，老倉母親會意外地偷偷出門買東西。」

「偷偷出門有什麼意義？成年人正常出門，就算被看到也不用被罵吧？」

「不過以老倉家的狀況，是老倉在照顧母親。要是老倉發現她隨便跑出去，或許就不會照顧她了。」

這種母親也太誇張了……我一邊心想，一邊提出這個意見。我始終把這個意見當成假設。不過實際上，失蹤的確實是老倉負責照顧的母親，所以絕對不是假設。

「原來如此，我接受這個說法。然後呢？」

「然後，所以說……她一如往常外出……哎，先不提老倉，她應該很難不被任何人目擊……不過在某一天，她冒出失蹤的念頭？」

我試著連結前半的推論，但是怎麼接都不合邏輯。繭居兩年的人在難得外出時突然想失蹤，光是這樣就不太可能了，每天當成例行公事般健全外出的疑似繭居族突然想失蹤，是更不可能的事情。因為這樣根本不是繭居族，而是正常生活的人。

相較於密室或神隱，失蹤在一般社會應該比較多見，但是正常生活的人肯定很難冒出失蹤的念頭。繭居兩年的人突然想失蹤還比較可能真實發生。

但這應該不是真不真實的問題……

「至今出現的推測中，有提到第三者介入，也就是綁架的可能性。不過綁架的不是孩子，是大人，而且是家裡的大人，犯人的目的可能是什麼？勒索嗎？」

「不，當時的老倉家是接受國家補助過生活……應該不是為了錢。既然鎖定老倉母親在家的時候下手，應該認定歹徒預先做過功課……到頭來，沒人向老倉要求贖金吧？」

「那麼，綁架目的是老倉母親本人……嗎？有動機綁架老倉母親的是……父親？現在連去向都不明的那位父親？」

「唔……應該是重要嫌犯之一吧？」

老倉剛開始懷疑失蹤的母親是去找父親，不過反過來說，也可能是父親主動來找母親。雖然是父親要求離婚，但是在這種事件，他們想破鏡重圓的可能性很高……

「……這麼一來，兩人情投意合私奔也不無可能。因為如果是以蠻力綁架，多少都會抵抗一下吧？那麼老倉肯定會發現痕跡……既然沒有，就代表即使強硬了些，老倉母親也是達成某種共識才被綁架的。」

「等一下，阿良良木。就算是被強行綁架，也可能不會留下痕跡喔。」

「嗯？」

「因為，雖然老倉同學現在的家那麼整潔，但她不是說當時的家是沒空打掃的垃圾屋嗎？既然這樣，就算稍微亂來也看不出來吧？因為原本就亂七八糟。」

「啊啊，對喔……真要說的話，就像是神原的房間那樣。」

到了神原房間那種等級，稍微亂來反而會讓周圍乾淨一點，只是兩者的髒亂方式應該不一樣吧。

「不過，當然可能是基於共識而離開或啟程。而且這個人不一定是父親，可能是別人。」

「別人？妳心裡有底？」

「不，完全沒有。我只是認為，如果老倉母親是和父親一起走，應該不會像是私奔一樣扔下女兒老倉。」

「私奔是吧……不過既然這麼說，即使老倉母親是和父親踏上新旅程，也可能是因為這樣才留下老倉。比方說如果只有兩人，肯定能重新來過之類的。」

「阿良良木，你真瞭解男人的心理耶。」

「不，絕對不是這樣……」

「我開玩笑的。不過想查出老倉同學母親的下落，最後還是得確認這一點就是了。」

大概是決定就此告一段落，羽川像是做記號般輕敲手心。不過當然不是到此為止。

「就算查出失蹤之後的下落，對於老倉同學來說也絕對不會是好的結果吧。我們應該考量到這一點。但我認為這件事的結果原本就不太樂觀……」

「哎……如果後來證實老倉的父母是為了私奔而扔下老倉，無論怎麼想，這種事都很難告知老倉吧。」

「只是難以告知就算了，也可能是不能告知的結果。」

「嗯？什麼意思？」

「雖然應該和密室分開思考，但我們不能忽略失蹤老倉母親已經死亡的可能性吧？進一步來說，老倉母親在一開始『失蹤』……更正，下落不明的時間點，或許就已經遇害了。」

「遇害……」

「死人是否比活人容易搬運，這個問題應該還有待爭議吧……不過至少歹徒會認為綁架對象死亡就不會掙扎，比較容易搬運。」

「嗯……我也聽說死人肌肉僵硬，又無法自己支撐身體，所以會比活人重，這部分還有待爭議……歹徒贊成哪種觀點也有想像空間。只是……」我繼續說。「事到如今，我認為就算得出多麼難受的結果，我們還是非得告訴老倉。這是我們的……應該說我的義務。畢竟那個傢伙也認為應該再也見不到母親了。」

「這就是重點。」

「嗯？」

「到頭來，為什麼老倉同學要將『找母親』這個重責大任託付給我們？你也不知道吧？」

「這個嘛……」

我不經意把女兒找母親當成天經地義的事，以此為前提認為這是合理的委託……但是老倉絕對不算是喜歡母親。只是比男方家長好，但可能差不了多少。我不知道老倉將內心對母親的想法整理到什麼程度，沒整頓到什麼程度，但我只確定她絕對不是想找回母親，再度和母親一起生活。

老倉委託我們找她的母親，究竟是基於什麼目的？實際上，如果只是要委婉趕走我們，應該還有其他藉口可用……

老倉的目的。

她……想知道什麼？

「我不知道……不過大概是她無法接受某些事，一直悶在心裡……應該是這種感覺吧？換言之，雖然老倉也那麼說，但她心底依然覺得母親失蹤時的狀況不對勁吧。她說她很像母親，或許正因如此而意外地害怕。害怕自己哪天也毫無根據突然不見，如同一陣煙消失。」

如同小學時代的她突然消失。

……開什麼玩笑，我可不能讓她消失。

不能再度放任老倉消失。

說實話，即使沒辦法查出老倉母親的下落，如果能推論出具體的可能性當成提示，至少肯定有機會再和老倉對話一次。但我絕對不是想聽她向我道謝。

總之，我是這麼想的。

就算我的人類強度比現在再降一階也不差。

「那麼……」羽川說。「我們從頭整理老倉母親失蹤的疑點吧。這次要一邊整理一邊取捨。雖然沒討論出最好的解決方案，但我個人認為關鍵在於房間為什麼上鎖。我不懂。」

「嗯，我也不懂。」

「兩位不懂嗎？」

此時，一股黑暗突然介入我和羽川之間的時間。

周圍瞬間變暗，如同白天突然切換成夜晚。

這只是我的錯覺，實際上時間才正要進入黃昏。只不過是她——忍野扇拉長的影子落在我臉上造成的現象。

忍野扇——小扇。

小扇站在那裡。

「連這種程度的密室之謎都解不開，總覺得好失望耶。我知道阿良良木學長很笨，但是羽川學姊，沒想到連您也這麼笨。」

「…………」

羽川抬起頭。

她在詫異小扇為什麼在這裡嗎？不，羽川應該沒這麼想。如她自己所說，即使會花費一些工夫，但是要查出老倉現在的住處絕非不可能。這是羽川說的「麻煩事」。小扇大概是在那之後回到校舍，查出老倉住在這裡吧。

小扇笑咪咪的。

不過如果是在笑，這張笑容也很恐怖。

「沒有啦，我實在很在意，所以明知這樣是多管閒事，還是來看看狀況了。我心想，羽川學姊該不會幫不上阿良良木學長的忙吧……來了就發現果不其然。果不其然。啊哈哈，您果然過了全盛時期吧？啊哈哈……啊哈哈。明明只有這種能耐，卻從我身邊搶走阿良良木學長，真好笑耶……哎呀哎呀。」

小扇說著走過來，如同以物理方式介入，如同在擁擠的電車上搶座位，硬擠到坐著的我與羽川中間。

羽川也不得不退讓。看起來有點為難。

羽川早就預料小扇會「先下手為強」，所以沒有因為她的出現感到驚訝。羽川現在抱持的疑問，並不是她為何會出現在這裡，而是她為何在這個時間點向我們搭話。

我也不知道。

總不可能是校門那件事讓她懷恨在心吧。

「明明用胸部那兩塊肉勾引阿良良木學長，結果卻是這樣？哈哈哈！」

……簡直懷恨在心底了。

我原本想在明天之後補償她，不過這樣好像太晚了。我這種凡人的緩慢行動力果然會留下禍根。

「啊啊，好丟臉喔，好丟臉喔。如果是我就會丟臉到活不下去了。色誘阿良良木學長讓他選擇自己，卻反倒造成困擾……不，回想起來，我自己也很羞愧。明明只要我一起過來，阿良良木學長就不會留下這種回憶，我卻眼睜睜看著阿良良木學長被羽川學姊的胸部搶走，落得這種下場……」

小扇說著轉頭看向我。

她看起來非常愉快，由衷享受著現狀。換句話說，她在享受介入我與羽川之間的這個現狀。

「阿良良木學長，抱歉讓您留下這麼不堪的回憶。我真的這麼認為喔，認為要是您當時選我就好了。但我不會責備！我不會責備阿良良木學長，不會責備。因為任何人都會犯錯。對吧，羽川學姊？」小扇這次轉頭看向羽川。「羽川學姊也原諒阿良良木學長吧？原諒他犯下天大錯誤選擇您。不然要不要親口對他說？『阿良良木，我的愚笨不是你的責任』這樣。」

「…………」

羽川即使面對小扇失禮至極的這種言行，依然不發一語。她什麼都不說？不過我終究不能默默旁觀。我不在乎她對我多麼肆無忌憚，卻不能坐視她對羽川這麼粗魯。

「喂，小扇……」

「不過……」

小扇再度轉頭看我。一瞬間，我還以為她的頭從反方向轉過來，不過這當然是我看錯吧。

「我已經解開那個密室之謎了。」

「咦？」

「而且那位伯母的下落……哎，我也大致知道了。算是知道了。」

小扇淺淺一笑，看似在嘲笑背後的羽川。雖然面對我說話，實際上卻講得像是在貶低羽川。

「居然還有人不知道，尤其是還有大奶不知道，我反倒無法相信。居然不知道這個謎底，我不知道究竟要怎樣才能這麼笨。阿良良木學長其實也知道了吧？阿良良木學長人很好，所以才配合某個姓名是『羽』開頭的人。不知道這種事真的太離譜了。至少在想要搶走別人實地考察搭檔的時候……」

「小……小扇……等一下，妳也沒偷聽得這麼詳細吧？妳剛到這裡，只有聽到我們交談的片段吧？居然這樣就解開這個謎，實在是……」

「不，這次只要聽片段就夠了喔。只要不是大奶。」

「…………」

她對大奶的敵意真不是蓋的。

看來比起實地考察的搭檔被搶走的事實，搭檔被大奶搶走更令她懷恨在心。感覺我第一次窺見小扇身為晚輩學妹的一面。

不過，回到正題……這是怎麼回事？即使部分原因當然是在羽川面前誇大其詞，但小扇還是宣稱這個密室很簡單。

小扇的調查主要是打聽情報，肯定不是抵達現場就早早解開謎底的名偵探。慢著，不過小扇在班會事件與廢屋事件都那樣犀利拆解出真相，我不認為她在這時候是打腫臉充胖子。既然她說已經解開，應該是真的解開了。解開老倉母親失蹤之謎。因為她說她連老倉母親的下落都知道了。

雖然她宣稱時加上「大致」兩個字，但光是大致知道也很厲害。光是這樣應該也足夠讓老倉認同，讓老倉願意上學。

然而，只是，即使如此，我還是難以置信。

就算小扇是忍野咩咩的姪女，從那麼少的情報量，究竟能知道多少真相？

「小扇。小扇……忍野扇。妳知道什麼？」

「我一無所知喔，知道的是您才對，阿良良木學長。您知道小學時代的她，知道國中時代的她，知道高中時代的她。您知道老倉育這個人。既然這樣，要釐清她母親事件的真相肯定不難。」

只要不是大奶。

她追加了這句話。

「這麼說來，羽川學姊以前是綁麻花辮戴眼鏡？是這樣嗎？哎，換掉那個造型是對的喔。明明連這種問題都解不開，卻打扮成那種聰明的模樣，這樣是詐騙喔。會被抓喔，繩之以法喔。這對我來說是非常簡單的練習題，不過羽川學姊，如果您再怎麼樣都不知道，我畢竟想當大家的好學妹，所以只要您為大奶道歉，我會考慮大方回應喔。」

為大奶道歉？

這是什麼狀況？

不過小扇似乎很認真，她從我與羽川中間起身，站在羽川的正前方，和她面對面。

「『營養全被胸部吸收了。晚輩小扇學妹，我實在解不開這個簡單的問題，所以請告訴我答案。我再也不會搶走阿良良木。』只要您這樣拜託，我並不是不能提示依下標準答案。」

小扇笑嘻嘻的，明顯在享受這個狀況。哎，到頭來，對於沒見過老倉的她來說，這件事完全和她無關，就算有關也只是當成調查對象，所以她應該是當成遊戲在進行。

然而，對於我或羽川來說，這完全不是遊戲。如果是遊戲還能賭氣，但這攸關老倉的人生。

我認為這樣下去，羽川可能會讓步。

「小扇！」

所以我稍微加強語氣叫小扇。

「我來拜託，由我拜託吧。這樣就行吧？既然妳知道，那就告訴我吧。三年前，老倉母女發生了什麼事？」

「咦～傷腦筋耶。我真的很氣羽川學姊，但是阿良良木學長這樣拜託，我就拒絕不了。我總是對阿良良木學長沒轍。」

小扇說。

比剛才更愉快地說。

「羽川學姊，您認為呢？我這時候應該接受阿良良木學長的拜託嗎？應該原諒他的背叛嗎？這種小事，就算是羽川學姊應該也知道吧，不要不講話，請回答我啦。我可是為了給羽川學姊一個面子才特地問您的。」

羽川沒回答。就只是看著小扇。

如同在這個狀況分析小扇——忍野扇這個人。

似乎想看穿她的真實身分。

想看破她的真實身分。

「居然不講話，好無聊喔。真的沒有叔叔說的那麼厲害耶。其實您在全盛時期也沒什麼大不了吧？只是旁人把您捧過頭了。沒關係喔，那麼，阿良良木學長……」

小扇如同消遣羽川到膩了，嘆口氣之後對我說。「『選擇羽川這個沒什麼大不了的傢伙是我的錯。我的搭檔只有小扇。比起羽川，我更喜歡小扇。』只要您這麼說，我就告訴您事件的真相。」

「呃……」

我畏縮了。

要我說這種話？

「這個條件沒有妥協的餘地。請一字一句照著說。就算改成『比起羽川的大奶，我更喜歡小扇大小適中的胸部』也不行喔。怎麼了？沒必要猶豫吧？因為只要知道真相，老倉學姊肯定很高興。現在這是您應該報答老倉學姊的時候吧？還是說到頭來，無論如何都要以羽川學姊的胸部為優先？」

她在話中混入胸部的話題就令我混亂了。

不過，她說得沒錯。

如果是為了老倉……這是為了老倉。

那麼，我的決定只有一個。我撕破嘴也不能說出這種像是放棄信仰的話語，就算這麼說，如果我這時拒絕，羽川可能被迫說出那種話拜託，可能會承認敗給小扇，我更不想看到這種結果。就算實際上小扇現在比羽川先得到解答……我也不希望羽川認輸。

我不想看到這樣的羽川。

這完全是囚徒困境的狀況，不過這麼一來，我只能比羽川先說了……

「阿良良木，不要。」此時，羽川開口了。「不要說那種話。就算是謊言，就算是為了我，我也不希望你說那種話。」

「可……可是，羽川……」

「我當然也不會說。無論多少次，我都會一直把你搶過來。」然後，羽川站了起來。「小扇，給我十秒，我要證明阿良良木選擇我是正確的。」

「十。」

無須議論、無須交涉，小扇就開始倒數。沒錯，小扇這種迅速的行動力與判斷力也是天才等級，她絕對不是只靠嘴皮子對抗羽川翼。

「九。」

羽川踏出腳步行動。她要做什麼？要去哪裡？她前往廣場角落的飲水區。飲水區？她在這個狀況口渴了嗎？

「八。」

我錯了。

她打開水龍頭，將頭伸到水龍頭下面！

「七。」

水龍頭開到底。瀑布般的水流淋溼羽川的頭。不只是水流如同瀑布，實際上簡直像是在瀑布下方修行。換句話說，羽川在冷卻腦袋？用那種強硬的方法，試著讓自己冷靜？因為小扇的挑釁讓她激動發熱？

「六。」

時限經過一半了。如果這是考試，羽川大概已經要驗算了，實際上卻還在沖水。她將時間定為十秒，大概是要牽制小扇吧。如果是一分鐘，不，至少是三十秒該有多好……我慌張心想。不過羽川大概早就料想到，要是時間定得這麼長，小扇就不會接受挑戰了。

「五。」

羽川關閉水龍頭，如同淋雨之後的貓，迅速甩頭。接著，她的頭髮變樣了。染黑部分的染料脫落，她頭上約一半是白髮。站在遠處看過去，黑色與白色混合在一起，整體彷彿灰色。

「所以是灰色的腦細胞嗎……」小扇輕聲說完繼續倒數。「四。」

羽川迅速跨大步回到我們這裡。她不只是頭髮，連制服都溼透，如同豪雨只下在她身上。她走回來之後豪邁坐回原位，坐下的力道使得水滴四濺，但我懾於她的這股魄力，沒想過要擦掉濺在身上的水滴。

「三。」

羽川在思考。

「二。」

羽川在思考。

「一。」

羽川在思考。

「零……」

「不用數了。」羽川思考完畢。「我贏了。」

013

「我贏了。不過，這是……」

羽川翼向小扇宣告勝利，但她看起來完全沒有得意或驕傲，甚至缺乏勝利應有的樣子，缺乏勝者應有的樣子。從她臉上甚至看得出煎熬，如同在細細品嘗敗北的滋味。

相對的，小扇沒有變化。毫無變化。即使聽到羽川宣告勝利，依然維持笑嘻嘻的表情。不對，她看起來也有點高興。

兩人在進行和這裡處於不同次元的智力對決，我不知如何是好。無論是事件之謎還是兩人的想法，我一無所知，因此只能沉默。

「妳……」

終於，羽川開口了。

一副無法置信的樣子。

「妳一開始就想到這種事？只要聽我們的對話片段？連調查都不用……就直接想到這種真相？」

「是的。」小扇點頭說。「這是構思的開端。我直覺這麼認為，然後從這裡驗證推理。畢竟其他的可能性非常低。」

「妳的思考模式究竟是怎麼回事……居然首先就想到這種事，簡直瘋了。」

瘋了。

羽川難得用這種強烈的用語。而且看她的表情，就算這樣形容似乎還不夠。

「您最後也得出這個真相吧？既然這樣，您可沒資格對我這麼說。我們彼此彼此，差別只在速度。您和我沒有顯著的差異。何況……最瘋狂的應該是老倉學姊吧？」

「…………」

「那位學姊是遠勝於我們的瘋子。」

「…………」

羽川沒反駁。同班同學老倉被小扇說是瘋子，她卻沒反駁。怎麼回事？小扇與羽川得出的事件真相究竟是什麼？

「阿良良木……不可以。」

羽川對我說。

雖然是對我說，卻沒有看著我說。

「這不能說……這絕對不能告訴老倉同學。剛才你好像說過，無論真相為何都要告訴她，說你有這個義務……但我認為你聽完這個真相終究會反悔。」

「反悔……」

「不可以喔，羽川學姊。不可以寵壞笨蛋，得讓阿良良木學長自己稍微思考一下。不然他永遠都會這麼愚笨。永遠。」小扇開心地插嘴說。「也得讓阿良良木學長想到這個真相——光是想到就會作嘔的這個真相。」

看來經過剛才的對決，小扇已經不對羽川生氣，甚至不對大奶生氣了。雖然那場對決算是小扇輸，不過她引導羽川想到這個「瘋狂」的真相，似乎讓她一吐怨氣。

不過，「光是想到就會作嘔的真相」是什麼？不能對老倉說的真相？絕對不能說的真相？老倉經歷那麼壯烈的人生，還有什麼事情不能讓她知道？

有可能在這之上——在這之下嗎？

「我想得到的最壞真相是……」

「提示1：老倉學姊的母親已經死亡。」

小扇斬釘截鐵地說。

……我隱約想過這種可能性，但小扇以及羽川為何做出這個結論？

「死亡……也就是說，對……殺害老倉母親的人，可能是老倉的父親……所以才發生這種離奇的失蹤，如同神隱的消失……」

「完全不對。」

小扇搖頭說。我明明還沒說完，她的評分真不留情。

「想得到的最壞真相居然這麼溫和，阿良良木學長人真好。那麼羽川學姊，請說出提示2。」

「我……我來說？」

「是的。我們因為胸部而對立，但我們都想教導阿良良木學長，所以在這方面是同志吧？我們同心協力教育阿良良木學長吧。您也在當阿良良木學長的家庭教師吧？」

「…………」

羽川沉默片刻。

「提示2。」

然後她這麼說。

她大概判斷對老倉就算了，不能對我都隱瞞真相。不過扮演這種角色似乎很辛苦，完全是黑臉。為了避免羽川繼續做這種事，我也非得迅速想到答案……

「你在國中時代，誤以為老倉同學的家是廢屋。同樣的，老倉也誤解了一件事。關於她的母親，她誤解了一件事，而且誤解到現在。」

「啊，羽川學姊。真是的，這樣給太多提示了啦。不過我也在本書第一話連載的時候做過類似的事……太寵了。簡直寵壞了。阿良良木學長變得這麼沒用，想必是因為您吧？」

「…………」

就算小扇說羽川給太多提示，我還是想不出任何端倪。

最壞的真相。最壞的真相。最壞的真相。

誤解。

「媽媽被殺……凶手是老倉，但她自己沒自覺……類似這樣？」

我想到什麼就說什麼，卻祈禱自己別說中。這種真相毫無救贖的餘地。然而要是這樣的沒救正是正確答案的佐證，那麼我猜中了嗎？這就是最壞的真相嗎？

「錯～！」

小扇搖頭說。我鬆了口氣。但我不能在這時候就安心。因為既然這個回答錯誤，就代表接下來有更殘酷的真相在等我。

「當然，老倉學姊說的可能都是虛構，可能從頭到尾都是虛構，其實是在完全不同的狀況殺害自己的母親，但是從這裡懷疑將會沒完沒了。她不是不能相信的敘事者，但人類在某些時候必須下定決心堅信他人。人們非得相互信任才行。對吧，阿良良木學長？您說對吧，阿良良木學長？」

小扇說得非常假惺惺。

不過，她說得沒錯。

如果相信老倉的說法，其中卻有某種誤解，產生某種齟齬，那麼……

「提示3：從密室消失，不一定等於是從密室逃離。」

小扇說著再度繞到我身後。這女生真的很喜歡跑到我後面。

消失不等於逃離？

確實如此。

例如在推理作品，會出現凶手和受害者屍體一起躲在密室的狀況。這種詭計如今不會讓任何讀者驚訝，讀者反倒會驚訝現在居然還有這麼落入俗套的作者。偽造成已經逃離密室，其實依然躲在裡面。換句話說……

「換句話說，老倉開鎖進房的時候，她母親還在房裡……可能是躲在門後，然後偷偷從老倉身後溜出家門？」

「錯～！這樣有什麼意義？」

確實。

毫無意義。

老倉上學就是家裡沒人的時間，何必刻意選在老倉在家的時候瞞著老倉溜出房間？

這是無謂的風險。

如果老倉母親是被關在房內，就可能使用這種詭計，但她不是被關在房內，是自願窩在房內。

雖說是密室，不過這個事件果然不是那種暗藏詭計的推理情境。

「提示4：阿良良木，既然老倉母親死亡，為什麼找不到遺體？為什麼老倉的母親依然被當成失蹤？」

「…………」

雖然是小扇安排的，但是現在這樣如同我輪流被羽川與小扇兩巨頭教訓。羽川應該非常不願意這樣，所以我其實很想趕快下結論，但我遲遲沒能靈光乍現。果然是因為大腦拒絕靈光乍現嗎？

找不到遺體……

換句話說，小扇剛才委婉說自己「大致」知道老倉母親現在的下落，意思大概是老倉母親已經死亡，所以位於另一個世界……但是找不到屍體也包含在「大致」的意思裡嗎？

「提示5。」小扇不等我回答就說下去。「在口述物語的時候，即使是我這樣高明的聽眾，也有一些部分無法完整傳達。這次我是間接聽到的，但就算阿良良木學長當初選我當搭檔，也無法從老倉學姊的敘述正確得知『這方面』的線索吧。因此實地考察不只是打聽情報，原本還得土法煉鋼親自到現場調查。那麼，『這方面』是什麼？」

「提示6。」

羽川也接著說。她希望盡快結束這段時間。我因為無法如她所願而心急。

「老倉同學的上一個家，處於沒空整理的垃圾屋狀態。」

「提示7：她的母親某天突然消失。某天突然，某天突然。那麼，在這天之前是什麼狀況？」

小扇也不留空檔了。

接連提供提示給我這個笨蛋。

「提示8：家庭破碎使得老倉母親的心極度脆弱，脆弱到窩在房間，脆弱到失去活下去的氣力。」

「提示9：老倉學姊負責照顧母親，但這位母親後來完全不吃飯。這裡說的『完全』，阿良良木學長是不是擅自解釋成『就算這麼說，至少也會吃一點』？是不是擅自做了圓融的解釋？」

「提示10：老倉同學說過，不知道從什麼時候開始，她就算對母親說話也完全得不到回應……對吧？」

「提示11：老倉學姊的母親在房間角落動也不動。」

「提示12：不吃、不聽、不說、不動。你覺得這樣還算活著嗎？」

「提示13：國中生真的能一直照顧足不出戶的家長好幾年嗎？如果是照顧屍體就另當別論。」

「提示14：人類的屍體可以一直維持原貌嗎？」

「提示15：提示5的答案是『氣味』。打聽情報時，很難從話中得到氣味的情報。老倉學姊說明的時候，也很難提供氣味的情報吧？雖然『味道』也是知覺情報，但味道還有『甜、鹹、酸』等各種形容方式，氣味頂多只有『香』或是『臭』，不然只能直接以東西比喻。像是『玫瑰的氣味』、『雨的氣味』、『牛奶的氣味』、『臭雞蛋的氣味』……或是『腐爛屍體的氣味』。」

「提示１６：不過，垃圾屋的氣味可能會蓋過所有氣味……就算家裡有屍體，就算屍體持續腐敗，附近的人也可能沒察覺。」

「提示１７。」

「提示１８。」

「提示１９。」

「提示２０。」「提示２１。」「提示２２。」「提示２３。」「提示２４。」「提示２５。」「提示２６。」「提示２７。」「提示２８。」「提示２９。」「提示３０。」「提示３１。」「提示３２。」「提示３３。」「提示３４。」「提示３５。」「提示３６。」「提示３７。」「提示３８。」「提示３９。」「提示４０。」「提示４１。」「提示４２。」「提示４３。」「提示４４。」「提示４５。」「提示４６。」「提示４７。」「提示４８。」「提示４９。」「提示５０。」

「我已經知道了啦！」

我放聲怒罵。如同放聲悲鳴。

幾乎是慘叫。

「也就是說，老倉這兩年來！幾乎都在照顧母親的屍體吧？直到屍體腐爛到底！直到腐爛到不留痕跡，她都沒察覺！」

啊啊，沒錯。

在兩年前的班會，我看漏真相。

在五年前的廢屋也是。

六年前的兒時玩伴，我還沒回想起來。

正因如此，我不能在這時候逃避，不能在這時候敷衍。

我非得面對老倉育的悲劇——老倉育的瘋狂。

這樣才叫做前進。

這樣才叫做好好面對老倉。

「正確答案。什麼嘛，阿良良木學長，您有心還是做得到耶。只憑五十個提示就得到事件的真相，您這位笨蛋還挺有看頭的。」

看頭。

小扇如同覺得有看頭般愉快拍手。感覺像是毫不保留地讚賞。

「是的。基於這層意義，老倉學姊的母親不是突然消失，是『緩慢』消失。因為絕食而緩慢餓死，然後緩慢腐爛。腐爛到不成原型的時候，屍體融化殆盡的時候，分解殆盡的時候，老倉學姊大概是這麼想的：『我媽媽跑去哪裡了？』」

小扇這麼說。

如同補充般這麼說。

「如同水的蒸發。記得學姊說她討厭憑著一己之力沸騰的水？是的，不過真要說的話，她的母親正是自己沸騰的。」

「水……」

「阿良良木學長，您養過鐘蟋嗎？」

小扇開心地舉例，想以舉例的方式淺顯說明。以非常淺顯的方式，說明這個悲慘至極的真相。

「我養過……我喜歡鐘蟋的聲音。這是我小學時期的往事。當時我拿小黃瓜餵，因為鐘蟋很愛吃小黃瓜。然後，那根小黃瓜在我發現的時候就消失了，我還想說昆蟲的食慾很旺盛，但其實不是這樣。小黃瓜幾乎都是水分，所以只是水分蒸發之後扁掉而已。啊啊，順帶一提，鐘蟋吃了爛掉的小黃瓜死光了。」

小扇在最後加入沒必要的噁心情報。

「換句話說，老倉學姊的母親也是這樣蒸發了。因為人體同樣有許多水分。失蹤與蒸發。說來諷刺，這兩個詞意外變成相同的意思，不過密室、房間與玄關鑰匙的疑點就此得到解釋。所以玄關與房間當然鎖著。到頭來，老倉母親沒離開過房間。不是如同一陣煙消失，是如同一灘水消失。」

「……可是，人體並非都是水分吧？『剩下的東西』呢？」

「關於這一點，我不是在提示29說過了嗎？」我好不容易提問，小扇卻這樣回應。「既然至今沒造成什麼問題，應該是在清理垃圾屋的時候，連同垃圾一起清理掉了吧？」

她不在乎地說。

不在乎地說明一個人可能和垃圾一起清理掉。

「或許垃圾屋那種環境會加速屍體腐敗吧。」

「換句話說……」

我問。

準備面對更恐怖的真相，戰戰兢兢地問。

「是以餓死的方式自殺……嗎？」

「這就不一定了。雖說失去活下去的氣力，但我認為不是自殺。失去活下去的氣力以及想一死了之，這兩種心態完全不同。不過在這裡應該會分成兩派意見吧。要表決嗎？羽川學姊怎麼認為？做母親的果然不會選擇留下女兒自殺吧？」

羽川沒回應。

小扇當然不知道吧。自稱一無所知的小扇應該不知道吧。

生下羽川的母親，正是選擇留下女兒自殺。

如果她知道，肯定不會問這種問題。

「我只希望……」

羽川靜靜地說。

平靜、痛苦地說。

「老倉同學不知道這個真相，今後也永遠不知道這個真相，繼續活下去。」

「說得也是。能繼續活下去就好了。不過當事人應該隱約覺得奇怪，覺得不對勁吧。因為她就是這樣才委託你們調查。這就是她請你們找母親的理由。她覺得不對勁，覺得自己在隱瞞某些事，覺得自己假裝沒察覺某些事。這三年來，她應該抱持這種想法吧。而且今後也永遠如此。」

「不，只到今天。」

我說。

對小扇說，然後對羽川說。

「我來說。由我來說。我現在就回老倉家，全部告訴她。」

「咦……」

羽川驚呼一聲。小扇雖然沒發出聲音，卻也露出意外的表情。但我完全不認為自己這番話令人意外。我只是做我該做的事情罷了。

「公所的人也差不多離開了吧。我自己去就好，妳們在這裡等。」

「阿……阿良良木……你當真？」

「我當真。我剛才也說過吧？我一直對老倉視而不見，長達六年以上。如同她沒能直視母親的死，我也沒能直視她。正因如此，我不能繼續不管她。」

我回應羽川。

「阿良良木學長，這樣不知道會造成什麼後果喔。或許老倉學姊會比至今更討厭您。」

「放心，她不會比至今更討厭我。就算會，如果她因為更討厭我而更喜歡自己，哎，這樣應該更好。」

我回應小扇。

然後我踏出腳步，前去找老倉。

不是道歉，也不是補償。

是為了告知，為了說明。

對了，我就傳授她吧。

身為在這條路上稍微領先她的前輩，我傳授她幸福的方法吧。雖然這麼說，但老倉是那麼優秀至極的學生，只要稍微掌握追求幸福的訣竅，她應該會立刻超越我吧……但是幸福並不是競爭，要是她超越我，只要改由我請教她就好。像這樣相互砥礪學習，教學相長就好。

舉辦讀書會吧。

雖然我們愚笨到無以復加，不過，一起變聰明吧。

好好變得幸福吧。

「阿良良木學長，您要恩將仇報？」

遠方傳來小扇的聲音。我聽著她這個問題心想，即使是恩將仇報，我依然很慶幸能夠拿東西報答老倉。

014

接下來是後續，應該說是結尾。

隔天，我被兩個妹妹——火憐與月火叫醒，前往學校。我在這個時候問了兩個妹妹。當事人改過姓名，所以我沒說姓名，但我詢問她們是否記得小學時期有個孩子暫時收容在家裡。她們兩人都不記得了。我以為小時候的事都容易忘記，但是實際上和我想的不一樣，當時有好幾個孩子在不同時期收容在家裡，所以她們不知道我說的是哪個孩子。看來除了老倉，我還忘記好幾個兒時玩伴。想到這裡我難免感到不耐。真是的，我曾經有這麼多兒時玩伴，卻說什麼希望早上有兒時玩伴來叫我起床，我覺得這樣的自己好丟臉。不過，只要老倉討厭我就夠了，所以我應該不需要更討厭我自己吧。

到最後，老倉沒來上學。我今天到學校，依然沒見到老倉。雖然這樣算是違反承諾，但這也在所難免。

「我剛才也說過……但是至今真的很勉強。然後，已經不行了。」

老倉說。

昨天，我回到她獨居的住處時，她對我這麼說。

「公所的人剛才說，我的獨居生活達到極限了。補助金額會減半，所以我沒辦法繼續住在這裡。接下來有別的家庭要住進來。雖然這麼說，但是沒關係。他們說已經找到小一點的社會住宅……所以我要搬家。轉學離開直江津高中。」

她這麼說。這時候的她心平氣和到嚇人的程度。是因為和公所的人講過話，得知獨居生活到此為止，被宣告終結而脫力嗎……不對，不是這樣。

我想，如果是我單獨見她、單獨和她說話，老倉都會是這樣的態度吧。和我國一的暑假一樣。如今我知道，她之前在教室那麼凶，是因為有人在看，是繃緊神經威嚇旁人。這是待在人多的地方就慌張的個性。基於這層意義，羽川原本要我一個人來找她的判斷果然正確。

我說出關於母親下落的推測之後，老倉也非常乾脆地接受。

「這樣啊……果然是這樣。」

她說。

和我在封閉的教室聽小扇說犯人是鐵条徑時的反應一樣。

換句話說，她早就隱約知道了？下意識地知道了？不，應該不是這樣。或許無論真相為何，她都會說「果然」。

果然。

這是她對自己人生的感想。

「我早就知道自己不久之後非得離開這座城鎮……不過，我在這個時間點得知鐵条請假，所以去了學校。我認為或許會發生某些事，或許會改變某些事。然後……」

然後……發生了什麼事？改變了什麼事？

或許什麼事都沒發生，或許什麼事都沒改變。或許只是變得更討厭我。到最後，或許只有「果然」。後來我和老倉聊了一下，然後回家。完全沒繞路。

哎……總歸來說，我告知真相之後，我和她這個兒時玩伴的關係沒有任何改善，也沒有比以往惡化。而且她和六年前一樣，也和五年前一樣，又要突然消失了。就這樣，今天的我上學時，不用擔心會在教室遇見老倉……不過在我照例步行上學的途中，一輛腳踏車隨著舒暢的車輪轉動聲追上我。

是小扇。

原來她是輕盈騎著腳踏車上學……

而且她騎的腳踏車真不錯。

「嗨～阿良良木學長！」

「嗨什麼嗨……小扇，妳昨天怎麼先走了？我不是要妳等我嗎？」

「因為羽川學姊要我走。」

「羽川為什麼講那種話？」

「她講得很棒喔。她說要讓你們兩人自己聚一聚……」

「不，講這樣哪裡棒了？我算是很早就離開她家……不過當時妳們就已經不在廣場了，妳根本不知道我嚇了多大一跳。」

哎，算了。

這種事沒什麼好責備的。

小扇與羽川在我離開的時候聊了什麼？即使很難意氣相投……我也希望她們相互讓步。熟人針鋒相對的狀態造成我不少壓力。

「昨天那件事，是我輸了。」

小扇說。

她說完低頭致意，不過依然騎在腳踏車上。

「對不起，老實說，我小看學長了。我一直以為您會捲著尾巴逃走，但您最後展現了意外的毅力。」

「……我不懂妳的勝負標準。不過妳又是煽動我，又是煽動羽川，究竟是想做什麼？」

我問。

這是根本的問題。

「我總覺得不可思議。妳轉學進來不久，鐵条就請產假，老倉就來上學，接著又轉學離開。感覺像是至今停止的事物或是含糊敷衍的事物，如同想起什麼般突然開始運作……」

「是喔，老倉學姊要轉學了？我不知道耶。」小扇無視於我的問題這麼說。「這個選角其實很棒耶。您想想，那個人在某方面就像是至今各種女主角的原點吧？角色性質非常適合影響您。不過並非一切都能順心如意，這是我的失算，應該說誤判。換句話說，這是阿良良木學長的功勞。我其實期待老倉學姊再稍微擾亂你們一下。不過，真的希望她轉學之後過得順利。如果是沒有任何人認識她的新天地，她肯定會成功吧……這是託阿良良木學長的福，託您的福。」

「……小扇，妳在這種地方做什麼？妳家在這附近？」

我認為這樣講下去會沒完沒了，決定換個問題。

「討厭啦～阿良良木學長，您為什麼想查出我住哪裡啊？我真的完全不能粗心大意耶。」接著她這麼說。「我在找迷路的孩子。我原本就是以此為起點。」

「…………？」

找迷路的孩子？難道不是她自己迷路，正在找路嗎？如果她不知道怎麼去學校，我打算為她帶路，但我還沒開口，她就已經踩起腳踏車。

「這次是我輸了。不過，我講幾句不服輸的話吧，這次始終只是試個水溫。我想看您在兒時玩伴面前的表現，既然這個目的已經達成，那麼在平衡這方面輸給您也是剛好而已。阿良良木學長，請小心喔。下次不一定會這麼順利。因為伸手不見五指的不只是夜路。」

她朝著遠離學校的方向騎車離開……沒問題嗎？我雖然擔心，卻也沒辦法做些什麼，所以我不再注視她的背影，前往學校。

我在途中遇見羽川。應該說她在校門口等我。既然這樣，我認為她應該等了很久，不過問完得知她大概等一分鐘左右。看來她掌握了我的上學時間。這一分鐘的誤差，應該是我和小扇交談的那一分鐘吧。感覺羽川與小扇的無形戰鬥，在今天依然持續上演。總之我說明昨天和老倉見面的狀況。

「這樣啊……真遺憾。我還以為可以成為好朋友。」

羽川說。

她一副真的很遺憾的樣子，卻也像是隱約鬆了口氣，如同迴避最壞的狀況而安心。不過，我應該不會知道羽川認為的最壞狀況是什麼狀況。

「總之，現在就慶祝老倉同學迎接新生活吧。」

「是啊，小扇也是這麼說的。」

「阿良良木，我得繳交休學申請書，所以你可以先去教室嗎？」

「嗯，我知道了……慢著，休學申請書？咦？怎麼回事，妳也不念直江津高中了？」

「不是啦，是休學，休學。你想想，我不是預定在畢業之後要四處旅行嗎？我想先做個場勘，稍微繞世界一圈。大概會離開一個月，這邊就拜託了。」

不要拜託這麼天大的事情給我好嗎……

稍微繞世界一圈？

講得好像繞操場一圈那麼簡單。

我確實聽她說過畢業之後要旅行……不過這種事需要場勘？計畫周全的人，腦子想的果然不一樣……和飛機一樣遠超過我的想像。

「要是在旅行途中發現忍野先生，我會打個招呼。」

羽川這麼說。忍野？但我認為忍野很少出國……很難想像那個傢伙有護照。啊，不過環遊世界的國家也包含日本，所以也可能在路上某處見到那個傢伙。

無論如何，我沒理由阻止羽川旅行。雖然事出突然，不過這也是羽川行動力強的表現之一吧。一個月見不到羽川很寂寞，但我決定盡量別把心情寫在臉上，開朗送她這一程。

「那麼，如果妳在某處見到忍野，就說妳見過他的姪女吧。」

「嗯，總之我就是要對他說這件事。」

然後，再度落單的我抵達教室，坐在當然沒人坐的自己座位。手機在我坐下的同時響起通知音效。糟糕，我在校門口遇見羽川，所以當時忘記關機。

太冒失了。危險危險。

如果是在我和羽川在一起的時候響起，她會火冒三丈。

手機收到一封電子郵件。

是戰場原寄的。

『給曆曆。我手指真的骨折所以先去醫院再去上學。』

……為什麼跟打電報一樣全部用片假名？

就算使用「給曆曆」這種可愛的開頭，內容也是在講她打老倉的手指真的骨折。哎，那個傢伙也應該受到這種程度的報應吧……所以戰場原沒拜託我用血液治療，而是自己去醫院。不過她今天好像要遲到。她沒想過可能會遇見老倉嗎？我還沒把老倉的事告訴她……我如此心想時，下一封郵件來了。

『給橫橫。』

橫橫？是左還是右？慢著，不對，是她把「曆曆（koyokoyo）」打成「橫橫（yokoyoko）」。誰叫她玩「打電報」這種怪遊戲……

『老倉同學今天早上來道歉，我原諒她了。所以我沒事了（不過骨折）。』

全是片假名好難解讀……嗯？

咦？老倉去道歉？她怎麼知道戰場原住哪裡？戰場原以前在學校登錄的住址是假的，應該就這樣沒有改回來……啊啊，我想起來了。一年級的時候，老倉會去照顧體弱多病的戰場原，應該是這樣知道的。這麼說來，老倉也知道校方推薦戰場原保送上大學……既然知道這方面的事，代表老倉繭居的這段期間依然在關心戰場原吧？

不過，居然去道歉……

看來老倉遵守了要和戰場原和好的約定，所以戰場原得以解決問題，將從今天起上學。總之，太好了。這封郵件得在羽川出發之前拿給她看。

然後第三封寄來了。

『抱歉讓曆曆擔心了。下次約會的時候會多多跟你舌吻，所以要原諒人家喔☆☆☆你我的舌吻中毒☆☆☆☆☆☆』

這樣我沒辦法拿郵件給羽川看吧！

我正要關掉手機的時候，第四封——最後一封郵件寄來了。

『老倉同學要我傳話。注意書桌背面。你的左上。』

你的左上？

這是什麼問候語？好像「前略　在路上」的感覺……是劍客砍人前的預告？還是說剛才的「橫橫」是「左左」的意思？不過這應該也是打錯字，原文推測應該是「你的黑儀上」。（註12）

真是的，這麼一來，感覺郵件其他部分也可能有錯字……但老倉傳話給我？桌子背面？我一邊心想怎麼回事，一邊伸手到自己座位的桌子背面摸索。

桌子背面貼了某個東西。摸起來像是紙，用紙膠帶貼著。我撕下膠帶取出。

是信封。

是一個我沒印象，設計成現代風格的薄信封。不過就算沒印象，我也記得這種信封的貼法。當年，五年前的暑假，我在廢屋矮桌背面發現過類似的信封。

不過，當時的信封是空的，這次用摸的就知道裡面有信紙。

雖然正面與背面都沒寫收件人或寄件人，但我很清楚是誰把這個貼在我的桌子背面。

老倉育。

註12　日文「左」與「黑儀」音近。

那個傢伙遵守了所有約定。

恐怕是在老師都還沒來幾人的清晨，那個傢伙來到學校，將這個信封貼在我的書桌背面。

毫無徵兆突然消失。老倉——這樣的她消失了。這雖然是小小的變化，卻是她的變化。這個事實令我高興，卻也像是被她拋在後面般，感覺有點失落。

我也得在這時候展現成長的一面。如此心想的我，不像五年前粗魯撕破，而是仔細打開信封，取出裡面的數張信紙。那麼，信的內容是數學題？是不像她會寫的感謝函？還是臭罵的字句？這三種都有可能，我就打開看看吧。

「……啊哈！」

我不禁綻放笑容。

各位。

你們認為信裡寫了什麼？

後記

後知後覺認為人類記憶力非常馬虎的時候，卻發現自己忘記的事情並沒有從心中消失。忘記與消失是兩回事，以為忘記的事其實都記得——這不是我要說的東西，我想說的是因果關係。換句話說，即使完全忘記自己怎麼學會騎腳踏車，卻也不會忘記怎麼騎腳踏車；雖然完全忘記看過什麼書，但至今依然能活用自己從那本書學到的知識。大概是這種感覺。「忘記」不會產生連鎖效應。講得詳細一點，情節記憶（episodic memory）和其他記憶不同，所以混為一談其實是錯的，不過把這一點放在一旁試著思考，就覺得「就算忘記也不是未曾發生」這樣的事實激勵人心，因而覺得這個不確定的世間依然存在著確定的事物，不過這算是相當嚴重的錯覺。說到錯覺，在這時候最麻煩的不是忘記，而是記錯。也就是當事人自認記得如何學會騎腳踏車的往事，實際上卻完全錯誤；誤以為受益良多的知識來自別本書。這並非不可能發生的事，在這種時候，這個世界確實以不確實的事物形成。什麼是正確的？什麼是錯誤的？什麼是真相？什麼不是真相？將「如果我的記憶正確……」這句話反過來，嘴裡說著「如果我的記憶錯誤……」非得逐一確認過往的記憶，這種人生意外地悲慘。忘掉這種疑問或許比較好。

總之，本書是《物語》系列的第十五集。第十五本。不用說，這早就是西尾維新史上最長的系列作品，不過出到這麼多本已經搞不懂了。十五本可不是隨便就能推薦給別人的系列作品。閱讀十五本書是一項大工程。身為作者也會放不太開，遲遲不敢下筆。因此基於回到初衷的意義，我再度以百分之百的興趣寫作。不過以興趣寫作的結果就是分量增加太多，必須分冊……這方面的自由度也是一種趣味，所以沒關係。有趣又有味。就這樣，本書《終物語（上）》是以〈第一話　扇・公式〉、〈第二話　育・謎題〉、〈第三話　育・喪失〉構成的。

在第二季一直神祕兮兮的忍野扇，終於開始褪下神祕的面紗，在本集風光躍上封面。VOFAN老師，謝謝您。《終物語》的故事將延續到下集，我會努力避免上集與下集之間多加一本中集。

初出

「扇・公式」別冊少年Magazine 2013年10月號
「育・謎題」全新書寫
「育・喪失」

作者介紹

西尾維新 (NISIO ISIN)

　　1981年出生，以第23屆梅菲斯特獎得獎作品《斬首循環》開始的《戲言》系列於2005年完結，近期作品有《續・終物語》、《悲業傳》等等。

Illustration

VOFAN
1980 年出生，代表作品為詩畫集《Colorful Dreams》，在臺灣版《電玩通》擔任封面繪製，2005 年由《FAUST Vol.6》在日本出道，2006 年起為本作品《物語》系列繪製封面與插圖。

譯者

哈泥蛙
專職譯者。附近小吃店的貓從見人就躲變成見人就討食物，如今成為工作疲累時的最佳療癒。

書盒子

終物語 上

（原名：終物語 上）

作者／西尾維新　插畫／VOFAN　譯者／張鈞堯
執行長／陳君平　榮譽發行人／黃鎮隆
協理／洪琇菁　國際版權／黃令歡、梁名儀
執行編輯／呂尚燁　美術編輯／李政儀
出版／城邦文化事業股份有限公司 尖端出版
台北市中山區民生東路二段一四一號十樓
電話：（〇二）二五〇〇七六〇〇　傳真：（〇二）二五〇〇二六八三
E-mail：7novels@mail2.spp.com.tw
發行／英屬蓋曼群島商家庭傳媒股份有限公司城邦分公司 尖端出版
台北市中山區民生東路二段一四一號十樓
電話：（〇二）二五〇〇─七六〇〇（代表號）
傳真：（〇二）二五〇〇─一九七九
中彰投以北經銷（含宜花東）／楨彥有限公司
電話：（〇二）八九一九─三三六九
傳真：（〇二）八九一四─五五二四
雲嘉經銷／智豐圖書股份有限公司 嘉義公司
電話：（〇五）二三三─三八五二
傳真：（〇五）二三三─三八六三
南部經銷／智豐圖書股份有限公司 高雄公司
電話：（〇七）三七三─〇〇七九
傳真：（〇七）三七三─〇〇八七
一代匯集／香港九龍旺角塘尾道六十四號龍駒企業大廈十樓B&D室
電話：（八五二）二七八三─八一〇二
傳真：（八五二）二七八二─一五二九
馬新經銷／城邦（馬新）出版集團Cite (M) Sdn. Bhd.
E-mail：cite@cite.com.my
法律顧問／王子文律師 元禾法律事務所
台北市羅斯福路三段三十七號十五樓
二〇一六年三月一版一刷
二〇二三年四月一版四刷

■中文版■

郵購注意事項：
1. 填妥劃撥單資料：帳號：50003021戶名：英屬蓋曼群島商家庭傳媒(股)公司城邦分公司。2. 通信欄內註明訂購書名與冊數。3. 劃撥金額低於500元，請加附掛號郵資50元。如劃撥日起 10～14日，仍未收到書時，請洽劃撥組。劃撥專線TEL：(03) 312-4212 ・ FAX：(03) 322-4621。E-mail：marketing@spp.com.tw

國家圖書館出版品預行編目資料

終物語 / 西尾維新 著 ; 哈泥蛙譯 . --初版.
--臺北市：尖端出版, 2016.03
面 ; 公分.--(書盒子)
譯自: 終物語
ISBN 978-957-10-6467-3(上冊，平裝)

861.57　　　　105000573